日知文丛

大鹏扶风

彭 勇 著

浙江古籍出版社

图书在版编目（CIP）数据

大鹏扶风 / 彭勇著 . -- 杭州 : 浙江古籍出版社，2022.7

（日知文丛）

ISBN 978-7-5540-2300-6

Ⅰ . ①大… Ⅱ . ①彭… Ⅲ . ①随笔—作品集—中国—当代 Ⅳ . ① I267.1

中国版本图书馆 CIP 数据核字（2022）第 102412 号

日知文丛

大鹏扶风

彭　勇　著

出版发行　浙江古籍出版社

（杭州体育场路 347 号　电话：0571-85068292）

网　　址　https：//zjgj.zjcbcm.com

责任编辑　伍姬颖

封面设计　吴思璐

责任校对　吴颖胤

责任印务　楼浩凯

照　　排　浙江时代出版服务有限公司

印　　刷　浙江海虹彩色印务有限公司

开　　本　889mm × 1194mm　1/32

印　　张　9

字　　数　210 千字

版　　次　2022 年 7 月第 1 版

印　　次　2022 年 7 月第 1 次印刷

书　　号　ISBN 978-7-5540-2300-6

定　　价　54.00 元

写在前面的话

本书是我的学术随笔集，收集了我多年以来的读史札记、书评序跋，以及对先师顾诚先生及其学术的追忆等。写作时间跨度大，篇幅都不长，内容有点杂。为方便阅读，我把小书的主要内容和写作思路做一简要介绍。

“大鹏扶风”是我使用了多年的网络名字，大约从 2001 年读博士开始，先是用在史学论坛上，再是新浪博客，后来是新浪微博，并一直用到今天。记得 2004 年我刚到中央民族大学历史系工作，有一天与同事奇文瑛老师聊明代的达官问题，她说：“网上有个叫大鹏扶风的，把达官问题说得真好。”又一年，到故宫博物院参加“明代宫廷史会议”，明清史专家赵铁峰先生拉着我的手说：“你就是大鹏扶风，名博啊。”那时候，我时常在网络上发布些明清史学术信息，结识不少学界同好，“大鹏扶风”承载着我对学术、生活乃至人生的思考，一直走到今天。

喜欢“大鹏扶风”这个名字很早。李太白的“大鹏一日同风起，扶摇直上九万里”诗句为人熟知，而彭姓人喜欢它又多了一分情感。入大学后喜欢泡图书馆，读些杂书，写点文字练笔，有一天读到魏晋诗人刘琨的《扶风歌》，深深地被作者的忧国忧民、慷慨悲凉、壮怀激烈的情感所打动。当“大鹏”遇上了“扶风”，我很喜欢《扶风歌》表达出的意境和情感。

18岁进了大学之后，就再也没有离开过校园，读书，教书，写书，以书为友，以书为伴，以书为乐。从郑州大学到北京师范大学，再到中央民族大学，在历史学研习的路上，我是顺利而幸运的。读本科时还是全免费上学，读硕士是推免入学，读博士能投到顾诚先生门下，这是多么的幸运。别人都说找工作难，我在硕士时，母校就邀我留校工作，博士毕业时在北京有3家单位可以选择，郑州大学有2个学院欢迎我回去。别人为住房受累，为工作发愁，而我在家人和师友的帮助下，一路顺顺利利，平平坦坦。说实在的，我很知足，内心充满感激。也有朋友说，我是考试制度的获益者，是时代的幸运者。是的，我热爱这个时代，知识改变命运，付出会有回报。我喜欢以学习和欣赏的心情面对一切，也正是因为热爱，才希望一切都会变得更美好，希望那些不公、不平、不满的事越少越好，所以许多时候又是以批评者的姿态出现，但我的批评是发自内心的真爱，批评是为了更好地建设。这样的心态，能体现在我的这本随笔杂记中，这也构成了小书的基本色调。

我把内容简单地分成了上中下三编，分别为《读史札记》《书人书事》和《学问人生》。上编《读史札记》选辑的是我最近10年发表在《光明日报》《人民论坛》《学习时报》《北京文史》和《环球人物》等报刊上的简短、通俗的文字，是把历史的知识、经验和智慧以稍显轻松的方式分享给大家，虽然其中一些是命题作文，但观点都来自我的思考，至于能否体现“批评性建设”这一“中心思想”，就只能交给读者评判了。

中编《书人书事》都与图书有关，包括两部分，一是介绍我自己著述撰写的前前后后，曲曲折折，左思右想，酸甜苦辣，也是向读者交代文字形成的过程，共涉及6本书；二是阅读前辈、同行著作的心得体会，共7篇短文。其中，有6部书的作者都是我熟悉的学者，他们的研究与我关注的领域也很密切，能奉命谈一点读书体会，倍感荣幸。唯一不同的是阎盛国教授《〈孙子兵法〉经世致用研究》的序文。我在阅读明代文献时，对明朝人大量引用《孙子兵法》有深刻的印象，当看到阎教授的相关研究成果，便答应了他的邀请，有趣而传奇的是，我们通过网络认识已有十多年，至今尚未谋面。

下编《学问人生》中，有9篇与我的博士生导师顾诚先生有关。顾先生去世之后，我协助师母整理顾先生的图书、书信、日记和文集等遗物。与中州古籍社联系出版了《顾诚先生纪念暨明清史研究文集》(2005)。与孙献韬师兄一起编辑出版了《顾诚著作系列》（光明日报出版社2011年）。2017—2019年，作为宁平教授翻译《隐匿的疆土：卫所制度与明帝国》（国家社科基金中华基金外译项目，英国劳得里奇出版社2019年）的中方学术顾问，协助完成了翻译工作。2020—2021年间又帮助师母完成了顾先生著作的新版事宜。虽然先生离开18年了，但他一直就在我的身边。其间，或因情之所至，或因出版需要，写了几篇与先生相关的随笔。我曾想以《孤夜长灯》为书名写一本顾先生的学谱，终未能成行，此次刚好把这些散乱的文字收集在一起，也算是向关心顾先生的朋友做一交代。本部分还选录了我发布在“大鹏扶风”博客上纪念吴智知先生、王兴亚先生、王天有先生的3篇文字，是想纪念在自己求学、教学和治学的路上，有许许多多让我感动、值得我学习和永远铭记的老师。

小书共收录38篇短文，它们原本分散在各处，这次结集出版，除做极个别的文字编辑处理外，均以原稿为准。为了每篇文章论证的完整性，个别篇章间交叉的内容未做删除，因属随笔性质，注释也不甚详尽，特此说明。感谢谭徐锋先生的策划与邀请，让我有机会回顾在过往的岁月里，因为种种机缘写下的点滴零碎的文字。我问谭先生对内容选辑有什么要求，他说没有，又说“好读有料，就行”。当我把这些文字编辑在一起，才发现“好读有料”是很高的标准。我虽然很喜欢写东西，但写实性的语言实在谈不上有多么“好读”，唯一能保证的是言语平实，言由心生。至于“有料”，自然更不敢奢望。如果这本小册子能成为大家外出旅行的轻松读物，或者枕边床头书，那就是我最大的心愿了。

彭勇

2021年2月1日于魏公村

目　录

读史札记

书人书事

学问人生

读史札记

明代卫所的辖区属性及其管理权

近年来，明代卫所制度的研究不断深入，成为明清史研究的新热点，这在很大程度上得益于人们对卫所属性有了更深入的认识，卫所不再仅仅被理解为单纯的军事组织，还兼具行政管理的职责。具体而言，卫所在很大程度上像府州县一样，是独立的管理系统，管辖卫所内的人口、土地、财政、司法、教育和民政等方面，加之卫所又呈现出与州县不同的特质，这对明清五百多年的社会都产生了深远的、全方位的影响，所以值得研究的内容极其丰富（顾诚《隐匿的疆土：卫所制度与明帝国》，光明日报出版社 2012 年）。

毫无疑问，近年学界对卫所的基本属性取得了越来越多的共识，如军户世袭、军民并立、互不统属等，但对卫所系统的独立性在定量、定性方面的认知还存在明显差异，这势必影响到对卫所基本属性及其运行的理解，影响到对诸多具体问题的判断。笔者认为，虽然明代卫所的类型多、分布广，但作为系统性的制度设计，卫所的基本属性应具有普遍原则。因卫所具有独立完整的管理权，将其视为传统意义上的辖区，要比视为现代意义上的政区更妥当。

卫所属性的判定与辖地面积大小、划界清晰与否无关

学界对卫所属性理解的主要分歧之一是，卫所是否具有普遍的“政区”性质，而判断其政区性质的标准，是否可以用、如何用诸如卫所管辖面积（屯田数量）的大小、划界清晰与否，以及是否切割州县等指标来判断。有学者沿用传统历史地理学的观点，将卫所分为实土卫所、准实土卫所和非实土卫所，认为“沿海卫所的小地盘、防区、屯田区，皆不足以支撑它成为与州县相当的行政地理单元，基本上不具备‘实土’特征”（李新峰《明代卫所政区研究》，北京大学出版社 2016 年）。对上述观点，也有学者提出不同看法，因为《明史·地理志》使用“实土”卫所一词，只是借用了南朝“实土郡县”的概念，将防区内没有州县的卫所称为“有实土”。用有没有实土和“实土性”来分析明代卫所的“政区”属性，是对“实土”概念的误解（傅林祥《“实土卫所”含义探析》，《丙申舆地新论——2016 年中国历史地理学术研讨会文集》，东北师范大学出版社 2017 年）。

确实，早在 20 世纪 30 年代，谭其骧先生在《释明代都司卫所制度》中就提出：“置卫所以统辖军伍，设都司以掌一方兵政，其初本与地方区划不相关。洪武初或罢废边境州县，即以州县之任责诸都司卫所；后复循此例，置都司卫所于未尝设州县之地，于是此种都司卫所遂兼理军民政，而成为地方区划矣。”（《长水集》上册，人民出版社 1987 年）这句话被后人广为征引，以证明实土卫所的政区属性。然而，他后来对“非

实土卫所”的解释却长期为人忽视：“《明史·地理志》将卫所分成实土、非实土两种，实际所谓实土卫所，指的是设置于不设州县处的卫所，无实土卫所则指设于有州县处。前者因无州县，故即称其地为某某卫、某某所，后者即以某州某县称其地，因其地极大多数土地人口皆属于某州某县也。但有一小部分土地人口是属于卫所的……并非真正无土。”（靳润成《明朝总督巡抚辖区研究》，天津古籍出版社1996年，书前影印书信）在这里，谭先生的解释已非常清楚，实土与非实土之别在于当地是否设有州县，并不是有没有土地以及面积的大小。事实上明代的内地卫所、沿海卫所以及在京卫所（在内卫所），也都是有屯地的。

如果认为只有设在府州县系统“力所不及”地区的卫所，才充当行政区划单位，也不符合明代卫所的实际情况。因为尽管边地卫所普遍被认为具有现代政区属性，也确实独立管辖有大片疆土，但不同卫所之间很难讲有清晰划界，大量的边地卫所（实土卫所、羁縻卫所）之间的边界，反而不如内地卫所、沿海卫所的辖地更清晰。正如周振鹤先生所说：“在古代，由于开发程度较低，许多政区都没有明确的边界，只有大致范围。”（《中国历史政治地理十六讲》，中华书局2013年）因此，管辖面积的大小和划界是否清晰这样的现代政区的指标，并不能直接对应古代政区。考虑到卫所类型的复杂性，为整体把握卫所的基本属性，虽然它已具备古代政区的基本属性，但把卫所称为“辖区”而不是“政区”更具有普遍意义。在卫所辖区内，不仅在明代卫所独立行使其管辖权，即便到了清代，卫所体系内的若干管辖权仍长期延续，卫所归并州县在清代经历了漫长的过程。

明代的卫所辖区及其管辖权的主要体现

卫所作为独立的辖区，一是表现为卫所在辖区内具有完全独立或相对独立的管辖权，辖区内的治权与区外的行政系统并行存在；二是卫所管辖权与它的辖区大小并无直接关系，与是否独立成片、划界清晰没有必然联系。边疆实土卫所因连面成片，其政区性质会更明显，而内地卫所、沿海卫所等“非实土卫所”的辖区虽然以插花地、飞地等形式存在，但并不能否定其政区意义的存在。实际上，正是因为卫所具有类似于府州县的相应管辖权，它才被视为与之并列的独立系统。

卫所独立管辖一定的区域（屯田）。作为卫所存在的经济基础，屯田的独立性表现为卫所管辖权的独立。边疆实土卫所辖区的独立性自不待言，内地卫所不论它们的分布如何散乱错置，也都不影响屯地的官田性质和卫所对它们的管辖权，即便到了明末依然如此。在华北，崇祯初年，浚县知县张肯堂称：“李自立，宁山卫军也，有地七顷……然而隶在卫者，不能去其籍也。”（《䓨辞》卷5《李自立》）在中原，明末归德府（今河南商丘）侯方域称：“国初开设屯田，派坐甚远，幅员甚广。名隶本卫，地落他处，有相去数百里者，有相去数千里者。军产民产，相错其间。”（《壮悔堂文集》卷4《代司徒公屯田奏议》）在西南，康熙《九溪卫志・凡例》有记，九溪卫屯田分布极广，“卫土非一隅，在慈利县图内者仅一卫城，其屯田一在澄州石门界，一在澄州图内，一在公安界，一在松滋界，一在越永定，在武陵界……”

虽然是插花分布，但卫所与相邻的府州县对辖区管辖权的划分很清晰。嘉靖《清苑县志·城池》载：“此县志也，何府治军卫而亦志耶？盖府卫虽不可登于县志，然建设之所皆于清苑地焉，故志之。然则书何略耶？曰详在郡志矣。县志其纲，备参考焉，不敢悉惧其僭而赘也。”万历《定襄县志·田赋志》也记载了卫所和州县地近而不统属的关系，“按：屯地与民间相杂，其所从来，靡可考辨，顾同一地耳。在民每石派粮一两，余屯则五钱，不啻损半，犹然逋赋，何哉？且屯余自有丁差，业属本卫审编”。

明初卫所屯田的划拨原则，在内地拨给以无主地，不扰动原来的土地关系，在边地则以就近整块分配为主。明初设立卫所或州县以稳定局势为前提，内地不少地方是先设卫所再建州县，地方的行政权也由卫所官来兼理。如在颍州（今安徽阜阳），“（洪武元年）置颍州卫，命指挥佥事李胜守之。颍州自元季韩咬儿作乱，民多逃亡，城野空虚。上因如汴道，过其地，遂命胜筑城立卫，招辑流亡，民始复业”（《明太祖实录》卷36下，洪武元年十一月），就是由卫所官暂理民事。在河南邓州，“守御前所千户所，治在州治东。明洪武三年命镇抚孔显兼知邓州事。六年，升正千户，颁印专理军务”（顺治《邓州志》卷9《创设志·所治》），同样是军政合并管理，军政官设置在先，行政官任命在后。明后期因田土归属已相对固定，中央再组成新的卫所，确实需要调整原来卫所和州县的辖境。在四川，明初叙南卫的屯田划拨与全国差不多，“凡武职一员皆食有田。时当开创，各属腴田，听其自择，而卫有兵丁以备防御者，概发屯田”（嘉庆《宜宾县志》卷 20《屯田志》）。但到万历初年新设建武守御千户所时，屯田及千户所的辖境就要“切割”附近的行政区（州县和卫所）了，“以九丝城都蛮作乱，巡抚都御史曾省吾勒兵讨定，割县属山都六乡，设建武所”（康熙《叙州府志·兴文县》卷 1《建置沿革》，光绪《叙州府志》卷 16《明周爻平蛮颂碑》）。建武守御千户所的辖区范围是，“府南四百二十里，东北至泸州卫九十里，东至永宁宣抚太平长官司八十里，西至珙县百五十里，南至镇雄府安静长官司八十里，北至长宁县百五十里……万历元年，剿平山都，水都震惧，悉归编户，拓地五百余里”（顾祖禹《读史方舆纪要》卷 70《四川五》）。在这里，卫所的独立辖区和管辖权的划分明晰可见。

卫所对人口的独立管理。明代实行“配户当差”和“以籍定役”的人口管理和赋役制度，军、民、匠、灶等户类均世袭，其中军户的世袭性更突出。卫所军户专有黄册来管理，必要时再编“勾军册”，府州县户籍中要开列“州县军户”以别于普通民户。因不同的户籍承担不同的差役，他们的社会角色也不大相同，比如军户例不得分户，以保障军差的世袭轮替；户籍身份不同，就读的学校、参加科举考试的地点也可能不一样。现存极其丰富的明代科举档案（进士题名、碑录、登科录等），大都有户籍类型的清楚标注，军户的数量仅次于民户。此外，广西师范大学出版社 2001 年影印出版的《中国明朝档案总汇》展示了数量庞大的明代世袭武官群体的官方档案，从中可见中央对卫所户籍管理的水平之高，军户拥有高度的独立性，而围绕军户的管理又引起一系列的社会问题。

卫所经济管辖权的独立性。卫所屯地的官田性质，直到明朝灭亡都没有变化，虽然军田民佃或私下交易在明后期存在较为普遍，但买卖双方并无合法手续。卫所的仓储管理权虽然在明前期就交由附近的府州县代管，但卫仓服务卫所的功能定位并未有大的变动。明末，中央仍有明确规定："卫所在各省，则行文于布政司；在直隶，则行文于该府，一切应征钱粮，俱代为转行督催。"（毕自严《度支奏议·新饷司》卷10《覆凤阳卫所屯粮责成该府催解疏》）这里说的就是"代为转行督催"。当然，由于军政和行政两大系统互不统属，又要时常发生经济联系，必然会扯皮，军民经济纠纷屡见不鲜。例如宁山卫地处北直隶，屯田分散，管理权也多次调整，"直隶宁山卫虽设于山西泽州，其军余俱在河南屯住，请仍隶河南管屯官带管，岁纳子粒获嘉、滑县，以便放支"（《明宪宗实录》卷270，成化二十一年九月辛未）。这表明在卫所与府县不同的系统之间，州县渗透到卫所财务中的角色只是"带管"。

卫所司法权的独立性。卫所系统明初设有独立的司法机构，在中央，五军都督府下设有断事司，为正五品，专治五军刑狱。随着五军都督府的实际权力下降，断事官在建文时被裁。在地方，卫所的司法权长期存在，各卫所设有断事司专理刑狱，另常设有世袭武官担任的镇抚官，负责处理卫所内部的司法诉讼。如果军民之间发生了纠纷，两大系统间要协商处理，尤其是当军人侵犯了民户的利益时，不能交给府州县来审判，要经中央批准后，再委托专门的司法官处置（张金奎《明代卫所军户研究》，线装书局 2007 年）。到明中期，随着权兼地方三司的巡抚、总督的派出，以及科道官体系的普遍建立，卫所与州县的司法权逐步合并，但主要是从上而下来调整卫所的司法权，卫所与府州县并行的局面并没有被打破，府州县必须得到授权，方可处理卫所的司法事务。明朝中后期，随着内地卫所与附近州县的社会交往日益加深，在军民杂处、高度融合的地方，基层社会秩序的维护与管理出现了军民合一的现象，这是两大管理体系长期并行的新变化。例如明末浚县知县张肯堂在审判涉及卫所的案件时，仍然需有相应的授权或委任才可处置，军、民的法律身份差异并没有完全消失。

卫所对行政事务的独立处置。旌表是政府为表彰百姓在引领社会风气某方面的贡献所做的奖励，由各管理部门逐级审查，最终报中央审批，行政程序复杂。卫所具有行政管理的职能，在这一“民政”类事业中也在独立发挥作用。在边地的实土卫所，如辽东地区的旌表，均由卫所官奏报完成，嘉靖《辽东志》中有为数不少的旌表，均有“卫上其事，旌表其门”的记载（卷6《人物志·贞烈》）。在内地卫所，卫所官负责旌表事宜的记载也屡见不鲜，如武平卫（明属河南都司，治在今安徽亳州）右所副千户金源妻卢氏，“年二十三岁，夫亡。居丧循理，勤俭纺绩，守节无玷。景泰五年，本卫奏，表门闾”（成化《中都志》卷5《贞节》）。在广东，嘉靖《南雄府志·贞烈传》记有南雄千户李纯妻叶氏的事迹，“年六十余。十所军旗上其事，核实三次，未蒙旌表”。到明代中后期，卫所中的儒学官员以及巡抚、巡按等官也参与卫所内的旌表事务。

明朝存在二百七十多年，随着时代的发展，明初的一些规定到中后期有了新的变化。卫所军政与州县民政两大系统也从彼此独立运行，到出现了统一的呼声和迹象，这一方面是来自中央派出的巡抚、总督和科道官，他们的权力都可兼及军、民两大系统；另一方面是现实的需要，民政权力不断渗透到军事系统中。当然，直到明末民政也没有取代军政，军政系统的独立辖区和管辖权大部分还在。

综上，有明一代因为军民两大管理系统的并存，各有各的组织架构，各有各的管辖权，形成了独立的辖区。在不设司府州县的边疆地区，卫所拥有高度独立的管辖权。在内地卫所、沿海卫所与府州县交叉错置的地区，实际形成了军政并存的“自然境”，比如河南“自然境”包括了河南布政司和河南都司的区域，山西“自然境”包括了山西布政司、山西都司和山西行都司的区域。明代的卫所与司府州县一样，具有“地理单位”的性质，只不过，司府州县是传统的典型政区，卫所则具备了行政区划的“必要条件”。值得注意的是，我们不能以现代行政区划的概念或指标来衡量卫所管理体系，因为它是古代中国在边疆治理时带有明显的变通性、过渡性或灵活性的管理形态。鉴于明代边地卫所具有比较强的政区性质，而内地卫所同样拥有独立的管辖权却不可以用现代政区的标准去衡量，所以可称卫所为“地理单位”，而从整体上严谨地表述明代卫所的管辖权属性，称卫所地理单位为“辖区”而不是“政区”更为恰当。

原刊于《光明日报》2020 年 5 月 18 日，《新华文摘》2020 年第 17 期全文转载。

明清时期官员的薄俸与高薪

在传统儒家“民本”思想的旗帜之下，提倡“仓廪实而知礼节”者，重在养民，民富则天下安；认为“高薪养廉”者，重在正官，官正则民服。养民、富民思想为人们普遍接受，但在对官员俸禄高低的态度上却存在明显的分歧。

何为“官俸”？许慎在《说文解字》中讲，“官，吏事君也”，“吏，治人者也”，意思是官吏的职责是为国分忧，为民做事。俸禄是帝王酬劳官员的最主要形式，是他们应得的报酬。俸禄从实物形态到货币，或是固定收入，或是周期性或临时性赏赐，是历代国家最重要的开支之一。唐太宗李世民说，“天下英雄尽入吾彀中矣”，帝王“厚俸以笼络”官员，天下英才自然也愿意“学得文武艺，售与帝王家”。宋代王安石《劝学文》中“贫者因书富，富者因书贵”，宋真宗《励学篇》中“富家不用买良田，书中自有千钟粟。安居不用架高堂，书中自有黄金屋”等说法，是鼓励大家读书向学，谋取一官半职，实现“朝为田舍郎，暮登天子堂”的梦想。

俸禄的发放标准也是历代极其关心的话题，它不仅涉及官员的生活水平，也涉及政府的开支规模和百姓的赋役压力。官员的俸禄主要是以官职大小、品级高低来确定，明代官俸的等级延续了历代的传统，以品级定俸禄之数，基本标准是：正一品月粮87石、年俸1044石，从一品月粮78石、年俸888石，正二品月粮61石、年俸732石……正七品月粮7.5石、年俸90石，从七品月粮7石、年俸84石，正八品月粮6.5石，从八品月粮6石，正九品月粮5.5石，从九品月粮5石（万历《明会典》卷39《俸给》）。

对这样的标准，不论是明朝的官员还是后人，都认为“明代官俸最薄”，清朝人修《明史》时甚至认为，“自古官俸之薄，未有若此者”。说最薄，主要原因可能有两个，一是官俸改折发放，二是长期不增加。明代的俸禄分为本色和折色两部分，本色俸禄是发放粮食实物，折色是把俸禄折换成别的东西，以折钞为主，也会折胡椒、苏木、布帛等实物，后来也折白银。据《明会典·俸给》记载：“本色三：曰月米，每月一石；曰折绢米，岁两月；曰折银米，岁十月，后定绢一匹，折银七钱。折色二：曰本色钞，曰绢布折钞。后又分上下半年之例，上半年支本色钞锭，下半年以胡椒、苏木、折钞关支。后又以绵布折支。每俸一石，该钞二十贯；每钞二百贯，折布一匹。”以正七品官为例，“岁该俸九十石。内本色俸五十四石，折色俸三十六石。本色俸内，除支米一十二石外，折银俸三十五石，折绢俸七石，共该银二十六两九钱五分。折色俸内，折布俸一十八石，该银五钱四分，折钞俸一十八石，该本色钞三百六十贯”。官俸每月给一石粮外，其余改折。可见，折银是顺应时代潮流，银可在生活中广泛使用，但大量的折钞和别的东西实际是削减官俸数，因为早在洪武末年，大明宝钞已严重贬值，有“弃之市井无人顾”一说，至于折发的实物，大都无实际的用处。对此，明清之际的思想家顾炎武在《日知录》中提出了强烈的批评："前代官吏皆有职田，故其禄重，禄重则吏多勉而为廉……（明代）但折俸钞，其数复视前代为轻，始无以责吏之廉矣"（卷12《俸禄》）。

不过，著名明史专家黄冕堂先生认为明代官俸的基本标准也不算太低（尽管不算高）。在他看来，自秦汉以至清代，我国每石皮粮价格虽然差别明显，但由于明清的斗桶比汉代的大四倍，因而近两千年的粮价变化并不太大（黄冕堂《中国历代粮食价格问题通考》，《文史哲》2002年第2期）。实际上，由于明清时期社会经济的发展和人们生活水平整体上的提升，官员仅靠有限的俸禄要想过上优越的生活着实不易，这就可能导致官员的贪污受贿。但我们同样看到：明代的官员官俸很低却也出现了一批清官循吏，清代曾大力推行养廉银政策，也没有阻止贪官的大批出现，这是值得思考的。

清承明制，清前期的官俸相对较低，官员生活水平不高，但清朝把明末的赋役加派继承并固定了下来。到雍正时，结合新的形势，整顿赋役，大力推行"摊丁入亩"，官府的收入成倍增加。在此基础上推行的"养廉银"制度，大幅度提高官员的报酬，以期高薪养廉。以时任河南巡抚的田文镜为例，他官居二品，年俸银为155两，养廉银却高达28900两。当时，七品官员的年俸银为45两，养廉银有1200两，八品官的年俸40两，养廉银高达1000两，可见养廉银数量之巨大（彭勇《论雍正新法在河南的推行》，《河南社会科学》2003年第6期）。

耗羡归公和养廉银制度推行后，官员的俸禄大幅增长，生活明显改善，办公经费增长，也缓解了官吏贪污现象。但这项制度在雍正时期推行后，到乾隆时新的问题陆续浮出来，官员们的欲望一步步膨胀，又借口养廉银不足，明的重征新耗羡，暗的巧立名目新陋规。像田文镜离开后，河南州县官吏不仅享有耗羡归公，又另立新的名目侵渔百姓。清王朝再现“三年清知府，十万雪花银”的贪腐现象，并达到登峰造极的地步。

所以，官员的贪腐与官俸的高低有必然的联系吗？答案是否定的。对明代的官俸之薄，顾炎武评价说：“今日贪取之风，所以胶固于人心而不可去者，以俸给之薄而无以赡其家也。”（卷12《俸禄》）他认为明代贪污之风盛行，是因为俸禄不足以养家。确实，许多官员赴任时因担心养不起妻儿，便把他们留在老家，许多官员生活清贫，无异寒士。于谦曾做《寄内》诗向妻子表达歉意：“况复家清贫，生计日草草。”李贽的女儿甚至因灾荒饿死了。尽管如此，我们仍然可以看到明朝出现许多清官循吏，他们中有许多文人“本业治生”，靠写作收点润笔补贴家用，也有许多官员通过置办土地和产业过上了富足的生活。

高薪也未必能养廉。史家公认唐宋时期的官俸水平整体高过明清，尤其是北宋中期以后，官员收入大幅度提高。宋代的官俸以现钱为主，还有禄粟、衣物、茶、酒、厨料、纸、给券等津贴，另分配有职田数顷到数十顷不等。实际上，宋代官僚群体庞大，职官体系架床叠屋，在大幅提高俸禄之后，还要给夏、辽、金等政权输币求和，庞大的开支成为国家的沉重负担，官员却依然以权谋私、贪污受贿，人们呼唤包拯“包青天”的铁面无私，恰恰映衬了那个时代严重的贪腐现象。

低薪是贪污的诱因。必须承认的是，官员稳定的收入足以养家糊口，而高薪可以降低贪污的风险，充足的经费能保证官员的迎来送往和公务接待等必要的开支。当然，官员的自我约束和职业操守是非常重要的，重在有规可依，重在有章可循。我们看到，明代出现了像于谦、吕坤、海瑞等一批清正的官员，清朝前期也出现了被康熙赞誉为“清廉为天下巡抚第一”的宋荦和人颂“豆腐汤”的汤斌，被视为清官楷模，而宋代的“高薪”和清代的“养廉”也并没有达到打造风清气正官场的明显效果。这提醒我们：人的贪欲是无限的，只有法律、规则和道德各把守住不同的层面，方可构建和维护多维度的良好秩序。就像包拯认为的那样，法律是反贪反腐的利器，“廉吏知所劝，贪夫知所惧”，才是官员清廉的重要保障。

原刊于《学习时报》2020 年 10 月 30 日。

明代官员如何发挥谏言监督作用

明清之际的思想家陈确在《死节论》中说："死合于义之为节，不然，则罔死耳，非节也。人不可罔生，亦不可罔死。"明代官员的"死节"思想源于王阳明"心学"思想的传播和实学思潮的勃兴。无论是追求心性之学的士大夫，还是崇尚经世致用的官员，都能坚守自己的信仰和追求，修身齐家治国平天下。明末，因抨击张居正被廷杖致残的邹元标，拖着残废的腿四处奔走，呼吁为张居正平反昭雪，不正是这样的精神体现吗？这种"死节"精神体现在他们对于谏言监督触发圣怒的不卑不亢上，即使被廷杖也要忠言敢谏。

明代有的官员即使被廷杖也要忠言敢谏

廷杖，既凌驾于国家法律制度之上，又呈现鲜明的制度属性，它是皇权专制的伴生物。丁易在《明代特务政治》中讲："所谓'廷杖'，便是在朝廷之上，行杖打人……在明代廷杖是没有法律规定的，无论多大官员，只要皇帝下令，立刻就可以拖下去鞭打。"即在丁易看来，廷杖的随意性很大，也没有法律规定。实际上，他的说法是不准确的，明代的廷杖虽不属于国家正法，但它有例可循，具备了"制度"的基本属性。

廷杖并非明代首创，而是袭自前代的传统。顾炎武在《日知录·职官受杖》中记："官受杖撞郎之事始于汉明，后代因之，有杖属官之法。"汉代以后各朝屡有使用，如《隋书·刑法志》中记隋文帝性猜忌，不顺心时就在朝堂上打人，尚书左仆射高颎劝他"朝堂非杀人之所，殿廷非决罚之地"，他才稍有收敛。唐玄宗也曾在朝堂之上杖决御史蒋挺和秘书监姜皎。元代的皇帝和后妃都曾使用过廷杖之刑，甚至中书省官也难以幸免。明代施行的廷杖最普遍，发生的次数和人数最多，影响也最大。对此，《明史·刑法志》有总结说："刑法有创之自明、不衷古制者，廷杖、东西厂、锦衣卫、镇抚司狱是已。是数者，杀人至惨，而不丽于法。踵而行之，至末造而极。"这里认为廷杖由明朝首创是不准确的。

"杖刑"是中国传统法制体系中"五刑"之一，对官员同样适用。笞、杖、徒、流、死的"五刑"之制始自汉代，一直用到民国。笞和杖都是对犯法者肉体的惩罚。五刑中的笞、杖刑适用于官员，明朝官员也是认可的。洪武初年，叶伯巨在给朱元璋的《万言书》中说"笞、杖、徒、流、死，今之五刑也。用此五刑，既无假贷，一出乎大公至正可也"。明前期的李东阳《应诏陈言疏》也认为："今之五刑，最轻者为杖、为笞，然杖有分守、数有多寡，极为详慎。"由此，以廷杖处罚官员，在司法实践上有章可循，它甚至还参考了杖刑中的若干条款，如等则、刑具和程序等。

明代的廷杖已形成相对完整的实施规则。包括廷杖的发起、执行和后果处置等，尤其是执行过程中的程序、监督、执行等。

明代廷杖的发生，主要是因为官员的言行（奏疏）触怒了皇帝，而非在临朝听政时的一时起意。如嘉靖初年，通政使张选因太庙祫祭之事上疏，“上御文华殿，览疏震怒。命廷杖八十，杖折者三”。天启七年（1627），叶向高劝说熹宗不要为大臣奏疏发火、屡用廷杖时说：“近因陈奏烦多，致干圣怒，雷霆屡震，驾帖频传，以数十年不行之廷杖，三见于旬日之间。”类似的皇帝批阅奏疏时，被官员激怒后，才下诏廷杖的事例非常多。

一旦皇帝决定“廷杖”，身边的司礼监宦官便会代拟“驾帖”，以示皇帝钦命，司礼监另出具一份盖印的精微批文，锦衣卫官凭此二证明，到刑科签发廷杖手续。而后，锦衣卫官便可择日行刑。弘治元年（1488），刑部尚书何乔新给孝宗的奏疏可见这一规定：“旧制：提人勘事，所遣人员，必赍精微批文，赴所在官司比号相符，然后行事……而京城内外提人，乃用驾帖，既不合符，真伪莫辨……上曰：‘提人勘事必给精微批，以防奸宄，乃祖宗旧制，不可不遵。’”（《明孝宗实录》卷18，弘治元年九月）

如果锦卫衣没有拿到刑科的签发，廷杖就无法执行。万历后期就出现过因刑科人手过少，锦衣卫无法及时拿到签发的情况，致使锦衣卫都指挥使骆思恭恳请神宗及时添补刑科官员，以便于及时办理手续，“臣衙门实与刑科职掌相关，凡奉旨提人必用驾帖，由刑科签名，然后遵行……伏乞皇上将见在候命刑科给事曾汝召、韩继忠速赐允补，刻期任事，庶签帖有人，明旨不稽”（《明神宗实录》卷584，万历四十七年七月）。

用心险恶的权臣极力促成廷杖，谏臣往往更容易遭受迫害

廷杖一般在午门之外行刑，由司礼监官（内府、中使）监督，锦衣卫行刑。山东莱阳人姜埰，崇祯年间因上疏言辞激烈，思宗大怒，“著革职，锦衣卫拿送北镇抚司打问”。其间有多名官员上疏求情，帝益怒，下令姜埰、熊开元各杖一百。“是日，特遣大珰曹化淳、王德化监视，众官朱衣陪列午门外西墀下，左中使、右锦衣卫各三十员，下列旗校百人，皆衣襞衣、执木棍。宣读毕，一人持麻布兜自肩脊下束之，左右不得动，一人缚其两足，四面牵曳，唯露股受杖，头面触地，地尘满口中，杖数折，公昏绝不知人。”这一事件，被魏禧记载在《明遗臣姜公传》中。行刑的卫卒训练有素，刑具的培训、轮打的方式，均有规定。《明史·刑法三》说，南京的禁卫久不行廷杖之刑，“选卒习数日，乃杖之”。

廷杖的发动者和实施主要对象是固定的。廷杖适用于以皇帝为中心的事件处罚，发起者是皇帝或依傍皇权者。震怒的天子可名正言顺地廷杖大臣，但廷杖必须要克制、慎重。据《明史·刑法三》，明太祖曾与大臣讨论刑罚之事，认为“古者刑不上大夫，以励廉耻也。必如是，君臣恩礼始两尽”。万历四年（1576）正月，年轻的神宗与老师张居正就探讨过廷杖的问题，神宗说：“昨傅应祯以‘三不足’之说讪朕，朕欲廷杖之，先生不肯，何也？”张居正说：“圣德宽厚，海内共仰……国家政事，或宽或严，行仁行义，惟皇上主之。”劝说皇帝不要轻易动用廷杖。

除皇帝外，权阉、权臣、幸佞也可能借助皇权行廷杖之刑，

这在明朝不乏其例。明末，黄宗羲的父亲黄尊素就举例分析了权臣极力促成廷杖的险恶用心及危害：“进廷杖之说者必曰祖制，不知二正之世，王振、刘瑾为之；世宗、神宗之朝，张璁、严嵩、张居正为之。奸人欲有所逞，惮忠臣义士掣其肘，必借廷杖以快其私，使人主蒙拒谏之名，己受乘权之实，而仁贤且有抱蔓之形。于是乎为所欲为，莫有顾忌，而祸即移之国家。”

明代宦官之祸尤烈，前有王振，中有汪直、刘瑾，后有冯保、魏忠贤等人，都干过借皇帝之威矫旨廷杖的事。如正德年间，南御史李熙劾贪吏触怒刘瑾，矫旨杖三十。嘉、隆、万三朝，严嵩、张居正任内阁首辅时，都曾借廷杖之名打击政敌。据《明史·吴中行传》，万历五年（1577），张居正的父亲去世，许多大臣上疏猛烈抨击他“夺情视事”，“居正怒，谋于冯保，欲廷杖之”，最终对吴中行、邹元标等五人施以廷杖。吴中行当时就被打断了气，虽侥幸保住了命，但人已残废，“舆疾南归，刲去腐肉数十脔，大者盈掌，深至寸，一肢遂空”。廷杖的对象，以四品以下、品级低的在京官员（尤其是科道官）为主，也并不是多大的官都能随便打。

明代官员的“死节”思想源于心学和实学的勃兴

在明代，官员们一直致力于阻止廷杖的发生，努力劝说皇帝将法外用刑的廷杖纳入国家法律体制之内。当无法阻止皇权的恣意妄为时，他们也会义无反顾地去面对。

隆、万之际，管志道在《直陈紧切重大机务疏》中极力请求废除廷杖，他说：“苟能敢言之人，亦自不畏廷杖？臣又以为不除言官之廷杖，言路终不得而开也。人臣进言孰非为国，言虽过当，心亦可原。历观祖宗盛朝，未尝有杖言官者……愿陛下永勿以廷杖加诸言官，而镇抚司亦非榜掠言官之地。即有以言得罪者，下诸法司鞫问情实，如其罪不可宥，律例自有明条，死且瞑目，况生者乎？”万历十六年（1588），任吏科给事中仅一月的郭沂上疏抨击时政，“帝独手沂疏，震怒”，先将他下诏狱，再下令廷杖六十。大学士王锡爵说“廷杖非正刑，祖宗虽间一行之，亦未有诏狱、廷杖并加于一人者”，明神宗安慰了王锡爵，对郭沂照打不误。

显然，官员的力量终究无法对抗强大的专制皇权，当无法阻止廷杖发生时，他们又毫不畏惧，不惜以飞蛾扑火的方式去面对，这既是为了阻止专制皇权对国家制度和社会秩序的破坏，更是为了恪守心中的道义、理想与人格尊严。当明武宗执意南巡时，数百名官员拼命劝阻，他们认为，值此国难之际，不以死阻止皇帝，实非臣子所为。金吾卫指挥张英甚至以拔刀自刎的方式相谏，当时他随身带了一包土，说“恐污帝廷，洒土掩血耳”。清人在修《明史》时，对明朝官员的“死谏”，既有几分不解，又有几多敬意：“‘大礼’之争，群臣至撼门恸哭，亦过激且戆矣。然再受廷杖，或死或斥，废锢终身，抑何惨也……死节官下，非徒意气奋发立效一时已也。”

可惜的是，中国传统政治制度发展到明中后期，既面临着前所未有的挑战，皇权专制达到了空前水平；同时也迎来了重大的发展机遇，反映在社会经济和思想文化领域，是国际交流的日益深化和近代化因素的萌生。在明末的新旧杂陈、垂死与新生之间，廷杖制度仍是无法革除的弊政。

由此，我们可以清楚地看出，明代的廷杖具有明显的制度属性。即便像廷议这样看似发起自最高权力的主宰者勃然大怒的决定，它的"任性"也注定是有限度的。中国传统皇权制度的发展，专制主义中央集权不断加强，固然是呈现皇权逐步强化的特点，但在此过程中，对皇权的监督机制也在同步构建、发展并不断完善和加强。换言之，明代国家制度中对"皇权监督"的机制是多重的。制约的力量，一是来自几千年来逐步形成的治国传统与理念，"崇三代、法先王"的儒家传统，规范了皇权的运行轨迹；二是明代国家制度本身的建设日趋成熟，在司法、行政、议政等方面规范了包括皇帝在内所有的社会行为。明朝的多重监察体系，对皇权具有强有力的监督作用；三是在明代商品经济发展的推进下，社会思想文化呈现出新的时代特征，出现了近代化思潮。士大夫群体（包括官员）在皇权监督方面的意识大为提高，他们努力把凌驾于国家制度体系之上的皇权纳入到正常的轨道上来，明代官员的监督作用，值得充分肯定。

原刊于《人民论坛》2016年第29期。

明代的养老和优老之政

尊老爱幼是中华民族的传统美德，明代也是一个养老、优老的时代。明清之际著名的思想家、史学家顾炎武在其著名的读史札记——《日知录》中撰有《老人》一节，关注了明代老年人的社会地位及其作用。他说，《明太祖实录》洪武二十七年（1394）四月记载："命民间高年老人理其乡之讼词。先是，州郡小民多因小忿，辄兴狱讼，越诉于京。及逮问，多不实。上于是严越诉之禁，命有司择民间耆民公正可任事者，俾听其乡诉讼。若户婚、田宅、斗殴者，则会里胥决之，事涉重者始白于官。且给《教民榜》，使守而行之。"由此，顾炎武注意到，基层社会的司法讼诉，凡户婚、田宅和斗殴等轻微者，可以由民间年高、有德、公正的老人来协助处理，他还在《乡亭之职》一节对比了历代耆老、里老人在地方所发挥的作用。

明初，太祖朱元璋陆续通过下诏、立法和规章制度来落实老年人政策，包括养老、优老、敬老、尊老等，不仅在物质上保障老年人的基本生活，还在精神层面优待老人，树立尊敬老人的社会风尚；不仅优待致仕的文武官员，对高年的普通百姓也予以优待；不仅让老人老有所乐、老有所终，还能做到老有所用、老有所为。

明代的养老政策几乎覆盖到社会的每一个阶层

朱元璋从掌握政权开始，就意识到恤老、养老的重要性。洪武元年（1368），他下诏，“民年七十之上者，许一丁侍养，与免杂泛差役”（万历《明会典·养老》），成为明朝善待老人的基本法律规定。政局稳定后，朱元璋开始关注全社会弱势群体的供养和优给，使鳏寡孤独老幼残者皆有所依。洪武十九年（1386）五月，他诏令天下说，元末动荡，天下用兵，百姓受苦，现在19年过去了，该把民生问题重视起来了，“今特命有司存问于高年，恤鳏寡孤独者必得其所，笃废残疾者收入孤老，岁给所用，使得终天年”，并颁布一系列详细规定，其中与养老、优老有关的规定如下：“凡民年八十、九十而乡党称善者，有司以时存问。若贫无产业，年八十以上者，月给米五斗、肉五斤、酒三斗；九十以上者，岁加赐帛一匹、絮一斤。其有田产能赡者，止给酒、肉、絮、帛。惟应天、凤阳二府，富民年八十以上赐爵里士，九十以上赐爵社士，皆与县官平礼，复其家，冠带服色，别议颁行。各处鳏寡孤独不能自给者，悉蠲其差徭……礼寿尊贤，报功崇德，恤孤赈寡，古哲王之大典，令出恩沾，有司如命，故兹诏谕，想宜知悉。”

此后，明代陆续出台了更为细化的养老政策，大都按上述原则来办。此后的洪武二十六年（1393），明廷颁行的《诸司职掌》规定，“凡官员父母年七十以上，许令移亲就禄侍养”，解决了官员在任期间赡养双亲的问题。明成祖朱棣即位后，多次发布尊老、优老的诏令，尤其是他几次从南京到北京巡狩的前后，均存问老人，赐予酒肉、布帛。永乐七年（1409）二月，成祖“命礼部遣使，于巡狩所经郡县存问高年，赐八十以上者肉五斤，酒三斗；九十以上者加帛一匹”。

明初优养老人的规定，也成为中后期行政的依据，明代的养老政策几乎覆盖到了社会的每一个阶层。洪武十九年（1386）的规定就特别提到了对老年军人的待遇。由于军人职业的特殊性，明朝政府给予他们的待遇更为优厚，包括保障生活供应、放宽世袭条件和提高身份地位等。成化三年（1467）九月，宣府巡抚叶盛奏请给边疆地区的老年军人落实物质和精神待遇，宪宗很愉快地答应了。据《明宪宗实录》记载：“凡民年八十以上者，所司每岁给与布、绢、绵、米、酒、肉；九十以上者，给与冠带荣身，每岁宴待一次，此旷古所无之盛典。但今军卫高年之人未蒙遍及，且宣府边城一方有九十以上者十九人，内九十八岁者一人。乞准同一例，凡九十以上者，无分军民，一体冠带。如此，则天下之老均沾朝廷之恩典矣。”疏入，上曰：“民年至于八九十，王政所当优者，奚有军民之间？盛言有理，所司其详议以闻。”军户在数量上是明代仅次于民户的第二大类人口，对军人优养的规定覆盖到的老人数量扩大了很多。

为保证老无所依者得以赡养，明初就在全国各地建养济院。据万历《明会典·礼部三十八·恤孤贫》：“洪武初，令天下置养济院，以处孤贫残疾无依者。”据《大明律·收养孤老》，养济院为所养孤贫提供一定数量的粮米、布花等，“凡鳏寡孤独，每月给粮米三斗，每岁给绵布一匹”，以保障其基本生活之需。

边疆地区的军人养老比较困难，因为明代军人实行世袭制，而且多是从全国各地抽调而来，部分军人年老无子，距原籍地又太远，无法送回老家赡养。于是政府决定，或将老年军人送到附近府州县养济院，或由卫所军镇单独设养济院，以保证军人“老有所养”。景泰二年（1451）八月，大同巡抚年富关于老疾军妇的赡养建议就得到了批准：“大同老疾无依男妇，在养济院者计月给米三斗，以岁计之，所费亦多。请审其愿回籍者，官给口粮，递回依亲；不愿回者，送赴太原养济院。”从嘉靖《宣府镇志》看，边地养济院设立比较普遍，“各卫所孤老三百五十九名口，月支粮一百一十六石七斗，每年花布银一百三十六两一钱五分”。只是边疆地区自然环境大多不好，经费也时常出现问题，所以养老效果在各地区、不同时期效果差别还比较大。

明代尤为重视在精神层面敬老、爱老，给予其政治上的礼遇

明代的养老政策，除在物质层面照顾老年人的生活外，还特别重视在精神层面敬老、爱老，有不少养老政策是兼及物质和精神双重层面的。政治上的礼遇和尊崇地位的树立，意义更为特殊。

在洪武十九年（1386）的养老规定中，有对八十岁以上老人赐爵里士，九十岁以上老人赐爵社士的内容，这些老人“皆与县官平礼，复其家”。冠带是政治地位的象征，在英宗、宪宗、孝宗、武宗和世宗等年间，都有八十岁以上的数名老人“加以冠带，以荣其身”。正德八年（1513）时，河南夏邑县就有

八十岁以上的八名老人被“诏赐冠带”。老人们在司法诉讼方面也享有部分豁免或从宽处理的特权。《明会典》和《明史》中的“刑法”部分都有相应记载，如“若年八十以上笃疾有犯应永戍者，以子孙发遣，应充军以下者，免之”，九十以上者虽有死罪，也不再处治。对各地选出的里老人，如果他们犯了法，县里官员不能随便拿问，不得捆绑或辱骂，而是先由众老人一起商议后再行处理。

当然，对于原来就有一定政治地位的老人，如文武官员，他们退休之后受到的礼遇更高。高级官员致仕居乡期间，可能会时常收到来自皇帝的赏赐，皇帝会从京城派官或委托地方官前去慰问。明代文学家、史学家王世贞在《弇山堂别集·致仕辅臣寿考恩典》中记载了明代一批官员致仕后所受的恩典荣华，“以礼致仕内阁大学士八十，尚书九十，赐存问”，这样的存问无论是对高寿大臣本人，还是对当时的官场、社会风气，都具有弘扬尊老之风的积极意义。

老人因为有政治荣誉，也就转变为地方社会的上层人士。凡逢年过节，地方举行重大活动时，这些老人多会被邀请。如地方隆重的乡饮酒礼就是典型的尊老敬贤活动，老人是典礼上的主角。朱元璋特别注重通过儒家传统来稳定基层社会秩序，他决定在民间广泛推行乡饮酒礼，以尊老敬贤的方式兴教化、安民心。洪武十四年（1381）二月，太祖命礼部申明乡饮酒礼，他说：“乡饮之礼，所以序尊卑，别贵贱。先王举以教民，使之隆爱敬，识廉耻，知礼让也。朕即位以来，虽以举行，而乡闾里社之间恐未遍习。今时和年丰，民间无事，宜申举旧章。

其府州县则令长官主之，乡间里社则贤而长者主之。年高有德者居上，高年淳笃者次之，以齿为序，其有违条犯法之人列于外，坐同类者成席，不许杂于善良之中。如此则家识廉耻，人知礼让，而父慈子孝，兄友弟恭，夫和妇顺之道，不待教而兴。所谓宴安而不乱，和乐而不流者也。孔子曰，吾观于乡，而知王道之易易。政谓此也。”其以礼化俗、分善别恶、敬老畏法、安定社会的目的跃然纸上。

朱元璋以养老、尊老来构建良好基层社会秩序的做法，借鉴了历代中国地方治理的有益经验。早在秦汉时期就有敬老和重用老人的传统，通过里老人管理地方。汉高祖二年（前205），刘邦下诏：“举民年五十以上，有修行，能率众为善，置以为三老，乡一人。择乡三老一人为县三老，与县令、丞、尉以事相教，复勿徭戍。以十月赐酒肉。”刘邦下令免除三老的徭役和兵役，每年十月向三老赐酒肉，还不定期赐帛。东汉时，还给三老赐爵。明初，朱元璋先仿汉代三老制推行耆宿制：“初，令天下郡县选民间年高有德行者，里置一人，谓之耆宿，俾质正里中是非。”但由于耆老既不能很好地履职，甚至还出现了蠹害乡里的现象，朱元璋遂于洪武二十一年（1388）八月废除该制。到洪武二十七年（1394），他又令民间推举在乡有德行、年过五十者出任里老人，负责地方民事、婚姻和诉讼等，只有遇到重案才交官府处治。

安度晚年的老人在力所能及的范围之内充当基层社会中精英的角色

德高望重的老人在地方社会秩序中能够发挥重要作用，一是国家要求或希望他们承担相应的社会责任，二是他们本人也有责任感、使命感和担当精神。里老人在明初的地位很高，被誉为“方巾御史”，除负责地方的司法纠纷外，还是地方教化的重要组织者。里老人要在申明亭内宣讲“孝顺父母，尊敬长上，和睦乡里，教训子弟，各安生理，勿作非为”的《圣谕六言》，定期向本乡百姓讲解《大明律》《大诰》和《教民榜文》等。

安度晚年的老人也在力所能及的范围之内充当基层社会中精英的角色，老人社团是他们的重要组织形式。无论是富庶的江南，还是中原、西北等经济不甚发达的州县、边关，不少年龄在六十、七十岁之上的老人，都会组成“怡老会”“耆老会”“里老会”“十老会”等社团，在一起讲学论道、吟诗作画。这些活动，娱乐是第一位的，但又不是简单的娱乐，因为老人们身份特殊，他们也是国家统治思想的传承者和示范人，是地域文化建设的组织者和领导者，是安定地方社会秩序的重要力量，他们的文化娱乐活动也会影响到地方的文化建设。所以明清之际的大学者钱谦益说：“贤人君子，国家之元气也。观于在野，在国可知也。观于老而致事，则强仕服官可知也。故曰：乡之有老成人，如树之有硕果，如松之有茯苓。树之蕃，而松之茂，必征于此。”就是对老人在国家和社会中所发挥作用的形象比喻。

老有所为，老有所乐，是建立在老人有良好物质生活保障的前提下。明代前期，制度落实较好，社会风气朴实，形成了良好的尊老敬老风尚。明代中后期，受商业经济的冲击和制度败坏的影响，许多养老、优老政策已无法落实，随着贫富悬殊的加剧，老年人的生活质量在整体上出现两极分化，贫困之家的最低生活无法得到保证。沧海桑田，里老人也沦为职业差役，社会精英不愿意担任，奸猾之徒充盈其中。顾炎武在《日知录·乡亭之职》中就记录了这一变化，他说："近世之老人，则听役于官，而靡事不为，故稍知廉耻之人不肯为此，而愿为之者大抵奸猾之徒，欲倚势以凌百姓者也。"社会风气坏化，人心不古，不尊敬老人的现象时有发生。在崇祯末年，山东郓城的现象就很典型，"迩来竞尚豪奢……里中无老少，辄习浮薄，见敦厚俭朴者且笑之"（崇祯《郓城县志》卷七《风俗》）。

明代养老和优老的政策及其运行效果表明，养老、优老政策在国家建设和社会稳定中能够发挥重要作用。随着时代的发展，原来的政策需要做出相应的调整，以适应新的时代要求，否则不仅政策会失去功效，社会风气也会随之受到影响。

原刊于《人民论坛》2018 年 13 期。

围绕张居正守制与夺情的论战

张居正（1525—1582）是明代著名的内阁首辅，杰出的政治家和改革家。他少年英才，16岁考中举人，26岁中进士后步入仕途。隆庆元年（1567）入内阁辅政，万历皇帝登基时，他成功取代高拱成为内阁首辅。此后十年，因神宗万历皇帝年幼和李太后信任，遂成为明王朝的实际掌控者，权倾一时。

《明史》对张居正的一生有简单评价："通识时变，勇于任事。神宗初政，起衰振隳，不可谓非干济才。而威柄之操，几于震主，卒致祸发身后。"既肯定了他的卓越功绩，又指出了问题之所在。身处改革漩涡和政治风暴中的张居正，一直受到来自多方面的压力和巨大挑战，而发生在万历五年（1577）的"守制与夺情"风波，是他政治生涯中最重大的考验之一，对万历政局也有重大影响。

"夺情"的发生

万历五年（1577）九月，张居正的父亲张文明在老家今湖北荆州去世，享年74岁。讣告一到，张居正即奏请回乡丁忧守制。明朝规定，凡父母去世，官员要辞官解职，返回原籍守孝3年（实际是27个月），称"丁忧"或"守制"。对官员隐匿丧事、不返籍者，会予以严厉惩处。守孝期满，再报请中央（吏部）申请“起复”，重新返回工作岗位。守制期间，其他官员不得奏请起复，可见规定之严。通常，官员起复后，任原职的可能性不太大，尤其是重要部门、重要岗位，因为官员丁忧离职，必须马上补充新官，旧官起复后，新官一般不会结束任期。换言之，如果张居正“守忧”返乡，三年后他很可能无法官复原职。

张居正的守制奏请很快得到批复，神宗说：“先生亲承先帝付托，辅朕冲幼，社稷奠安，天下太平，莫大之忠，自古罕有。今宜以朕为念，勉抑哀情，以成大孝。朕幸甚，天下幸甚……朕切倚赖，岂可一日离朕？父制当守，君父尤重，准过七七，照旧入阁办事、侍讲读，待制满日随朝。”（《明神宗实录》卷 67）意思是，张先生是顾命大臣，功勋卓著，我还年幼离不开你，君恩比父情更重要。遂下令“夺情”。

所谓“夺情”，是指按国家规定，当大臣提出丁忧守制时，皇帝可依君主和国家的权益重于臣民，剥夺大臣离职返乡守制的“私情”，继续留任履职。确实，万历五年时的张居正，对皇帝、对国家都太重要了，皇帝刚刚 15 岁，“岂可一日离朕”也是实情。

实际上，身为内阁首辅大学士的张居正，本人也倾向于皇帝“夺情”。因为，自他主政五年以来，国家整体形势向好，军事改革保证了北边的安宁，财政改革充裕了国库，行政改革提高了效率，他还正在计划推行大规模的经济改革。他留下来还有一个重要的理由，是皇帝的大婚时间已定在次年三月。对顾命大臣张居正来说，皇帝大婚的重要性是不言而喻的。实际上，早在当年暑期，张居正已得知父亲病重的消息，也有意返乡探望十多年未见的父亲，只是交通不方便，皇帝婚期渐近，需要准备的事情太多，他才决定等皇帝大婚一过就返回。只是，张文明的去世，打乱了他的计划。

就这样，在君、臣想法一致的前提下，张居正和万历皇帝往来辞让几回，在半推半就之间，终于达成了夺情的结果。这样的结果，却像一枚炸弹，在官场上掀起了巨大的冲击。

激烈的论战

张居正丧父的消息一传到北京，主张丁忧守制和主张夺情视事的两派官员都开始了活动，严重的正面对抗逐步升级。内阁次辅吕调阳和张四维得知消息，马上奏报给皇帝，并援引明前期大学士杨溥、金幼孜和李贤等人“夺情”之例，请皇帝下旨留任张居正。户部侍郎李幼孜、大宦官冯保等也都表达了鲜明的态度，请求夺情。另有一些官员，以猛烈的态度，要求张居正遵守传统祖制和纲常伦理，丁忧去职，甚至有几位被认为与张居正关系甚密的大臣，也谏阻夺情，力主丁忧。按说，“夺情”既是本朝制度，又有前例可循，顺理成章，何以到了张居正的守制，就会引起如此强烈的反应呢？

一是张居正的权势太大，地位太重要，他的“去”和“留”代表了那个时代的政局走向和价值取向，主张守制和主张夺情的官员，对制度的运行、时局的定位有不同的理解。像张居正的门客、贡生宋尧愈从张居正本人的根本利益出发，分析了张居正的名气、节义和时局等因素后，认为张居正离职守制为上策。他的本意是为张居正好，为了他的好名声。然而，张居正所考虑的并不是他的名声和舆论，正像海瑞评价他“工于谋国，拙于谋身”一样，张居正并不太在意他本身，更在意的是权力操控和国家的利益。在张居正看来，有权力才能实现理想和抱负。面对越来越多的反对者，他可能更加坚定了留下来的决心。

二是反对张居正的声音和势力从万历初年就已存在，只不过到此时表现得更为集中、强大。反张有两种情况，一种是传统儒家伦理纲常的维护者，他们有不畏权势的骨气，于是坚定地认为，张居正去职守制乃人伦之道，张居正贪恋权位，就是不忠不孝。另一种才是张居正在执政权力上的挑战者。张居正上台伊始开始了一系列的改革，政治改革是重中之重，政治改革又以考成法为核心。万历元年（1573）十一月，张居正推出考成法，加强官员考核，整饬吏伍，严明法纪，裁汰冗员，提高行政效率。变革，总是要触及一批官员的利益，张居正借助皇权的力量强推改革，对抨击者、反对者予以严厉罚处，如将余懋学（时任南京户科给事中）革职为民、傅应祯（时任御史）充军、刘台（时任辽东巡按）下锦衣卫狱等。严厉打击官员的行为，招致强烈不满，随着改革的不断推进，反对的力量也在积聚。

所以，当张居正的“夺情”即将成为事实时，此前的强烈不满聚集爆发了。此时，神宗与张居正坚定地站在一起，态度异常坚决，甚至动用令人恐怖的廷杖，打击那些最尖锐的反对者。如翰林院编修吴中行主要是从纲常立论指责他拒不奔丧，被痛打60杖，当场昏死过去。刑部观政进士邹元标因为言辞更加激烈，既猛烈批评张居正的人品、学风和政风，又几乎全盘否定他的改革举措，被杖刑 80，发配充军到贵州都匀卫。

是非功过

张居正接受了“夺情”在职守制后，也兑现了“辞俸守制”的诺言。他辞去了薪俸报酬，在家守丧满七七四十九天，在京履职时，“俱容青衣角带”。万历六年（1578）三月，在神宗大婚之后，他也离京回家奔丧，并于六月中旬带着母亲一同回京。这次返乡之旅风光无限，充分彰显了张居正“当国者”的奢华和独尊。

平心而论，从万历初年的政局看，张居正接受夺情的做法是利大于弊的，他的持续改革是有效的。明末著名历史学家谈迁在《国榷》中说：“江陵立考成法，以为制治之本。向者因循玩愒，至是始中外淬砺，莫敢有偷心焉。”《明史·张居正传》说，“一切不敢饰非，政体为肃”，“（政令）虽万里外，朝下而夕奉行”。当代历史学家韦庆远先生在《张居正和明代中后期政局》一书中评价说：“从历史和社会效果的角度看，张居正拒绝停职守制，不肯放弃夺情以保住权位，无疑是正确的。因为揆诸事实，隆万大改革中相当一部分重要成果，都是在万历五六年之后陆续取得的，诸如丈田、行一条鞭法、整顿驿递、修治水利等。”

但不可回避的是，由夺情引起的这场政治风波，影响也是极其恶劣的，恶果在张居正死后迅速呈现，一是对张居正的清算很快展开，他生前所荐举或重用的官员，大多或废或降调，原来被贬谪的官员官复原职，翩然入朝；二是革新措施随着张居正的去世效果大打折扣，万历新政的锐气渐去渐远。朝野上下，陆续形成多派政治力量，争斗不已。明末的政治环境日趋恶劣，各种矛盾急剧恶化，一发而不可收。有人说，“明之亡，实亡于神宗”，从这一角度看，是有一定道理的。

原刊于《学习时报》2020年7月13日。

李自成在北京的四十二天

公元 1644 年的甲申之年，是中国历史上时局最动荡、政权更迭最频繁、政局最复杂的年份之一。这一年共出现了五个政权组织，包括崇祯的明政权、李自成的大顺政权、张献忠的大西政权、顺治的清政权和南明弘光政权，在北京称帝的就有三个。其中，明政权弊病丛生，积重难返，被取代实属必然；清政权最终把握住机遇，建立了统一国家。而先于清军进入北京的李自成却迅速败亡，原来以为是众望所归，却在短短 100 多天里上演了从“势如破竹”到“兵败如山倒”的大逆转，在北京 42 天后就仓皇撤离，其中的原因到底在哪里呢?

明朝灭亡的大趋势

崇祯十七年（1644）大年初一，李自成在西安建国，国号大顺，年号永昌。正月初八，他率大顺军兵向北京，对明王朝发起总攻。二月，大军渡过黄河后，由李自成亲率主力军，经太原、大同、宣府、居庸关，剑指北京城。另一路大军则由大将刘宗敏率领，沿黄河北岸挺进，经怀庆、潞安、大名、邯郸、保定，与主力军形成包围之势。大顺军所到之处，宣传“除暴安良”“蠲租免税”，明朝的官员士绅闻风而降。三月十五日，李自成的大军已抵达北京郊区的居庸关。大顺军这一路，除了在山西的宁武关受到明总兵周遇吉的抵抗外，其余各地均望风而降，像明朝九边重镇之一大同镇的总兵姜瓖便是开城请降的，宣府总兵王承胤早早就派人到大同递上投降书，也难怪时任宣大总督王继谟万分感慨地说："看此时候，无一兵一将一民不反面向贼。"

王继谟是当事人，他亲身经历了那个时代，大明臣民集体倒戈，说明崇祯皇帝和他的明王朝已经众叛亲离，这也恰恰说明李自成进军北京势如破竹的背后，是明朝灭亡的必然。明朝末年所面临的矛盾过于复杂。在政治上，国家机构失效，运转难以为继，停摆只是时间问题。在经济上，明末土地高度集中，严重破坏了国家存在的经济基础，不仅带来财政困难，也影响到了社会的安定。在军事上，明末军制败坏，军队战斗力下降，加之连年用兵，军费不足，士兵大量逃亡，兵变时有发生。崇祯七年（1634），陕西巡抚吴甡曾说，"晋中流贼，强半边兵"。在外部环境上，明末自然灾害连年发生，疾病流行，人口锐减，国家救济不力，大量饥民无法生活，也只能铤而走险。

晚明的各种矛盾交织在一起，关外的后金（清）和关内的农民军交替向明朝的统治发起一波又一波的冲击。崇祯帝内外交困，疲于应对，对策又一错再错。李自成进军北京能一路畅通，从一个侧面表明，明朝已无药可救，"虽当时无流贼之蹂躏海内，而明之亡也决矣"。

四十二天大考不及格

三月十八日，李自成所率主力进抵北京城下，崇祯帝在紫禁城神武门外的煤山上吊自杀。十九日，李自成和他的大顺军进入北京内城，天下易主，新生的大顺政权取代了已存在276年的朱明王朝。进入北京城的李自成以胜利者和新天子的姿态开始了权力接管，然而，他在北京城仅仅待了短短的42天，便不得不撤离。这42天，他到底做了些什么呢？如果说他进入北京是一场新的考试，他到底是如何作答的呢？

李自成在北京期间做了大量的工作，主要包括稳定京城的社会秩序，如严禁进城的军兵骚扰百姓，惩治违法乱纪行为。清理明朝在京官员达两三千人之多，甄别后再做处理。清点明朝国库仓储，没收皇族宗亲的财产，对官僚进行追赃助饷。向京外派驻官员和军队，接管地方，并为南下征战做准备。问民疾苦，开始着手解决土地等民生问题。准备即位典礼，制定典制和礼仪等等，工作量不可谓不大。

李自成在北京做的这些事情重要吗？当然重要。初进北京城，必须稳定城内的局势，尽快恢复百姓的正常生活，所以要严明军纪，秉公执法；清算明朝皇亲国戚和旧的官绅贵族，也很有必要，他们是被革命的对象，清算也可以巩固革命的胜利果实；追赃助饷既是对明王朝贪官污吏的打击，也是为了保证新生政权的财政供应。至于外派文武官员、准备南下战争，更显示出大顺政权接管全国的决心和信心。

然而，这些事情却并非都是当时最急迫之大事。李自成进驻北京，崇祯皇帝已死，大顺政权面临的主要矛盾和主要任务已经发生了转变。因为，此时的李自成实际上控制了长江以北传统中国的主要区域，从他进军北京的摧枯拉朽之势看，他已被视为新的“真命天子”，明朝留下来的政治遗产将是他统一中国的重要资本。李自成的首要政治任务，是控制北京的政局，让国家机器运转起来，稳定社会秩序；首要的军事任务，则是防范关外敌对的清军。但李自成未能认清时局，分不清轻重缓急，对明朝旧官僚贵族不能有效地拉拢利用，为自己所用。对关外的局势，他更是估计不足，缺乏必要的警惕，未做必要的军事部署。在1644年的大变革之际，李自成坐失稳定和控制全国的最佳时机，42天的大考，显然是不及格的。

胸无大格局

李自成在北京期间未能明察天下大势，没有大格局，也注定了他难有大作为。关于这一点，我们可以从清军入关前后多尔衮的所作所为，来对比分析李自成的重大失误。

李自成推翻明朝后，以为天下已归自己所有，对天下大势缺乏清晰的判断。他的第一大错误判断是关外的形势。李自成竟然对山海关外存在多年的清军势力疏于防范，不派遣重兵防守，显然他对关外的形势相当无知。多尔衮则不然，在李自成向明朝发动总攻之时，清廷就曾派人与大顺联络，“协谋同力，并取中原”，希望与农民军联手灭明，企望分割胜利果实。同时，多尔衮和他的谋臣范文程等紧急分析关内外的形势，在他们看来，明朝灭亡已是大势所趋，清朝最主要的对手就是农民军：“明之受病种种，已不可治。”“我国虽与明争天下，实与流寇角也。”清军一直在关外观察时局，密切关注山海关的动静，视盘踞在山海关的吴三桂为决胜的筹码。对吴三桂与清军联手之事，大顺军竟浑然不知。清、顺双方对当时天下格局的把握，让李自成和多尔衮的水平高下立判。

李自成在北京期间的第二大错误判断是国内的政治形势。在北京，李自成以革命胜利者的姿态出现，他始终保持农民的革命本色，对包括崇祯帝在内的明朝统治阶级采取严厉的打击和镇压措施。本来明朝官僚大多希望为新朝效命，但大顺政权对他们登记的目的主要是追赃逼饷，对三品以上者不予录用且关押到军营，四品以下录用的少数人也要捐银助饷，此举把明朝官员推到了对立面。反观多尔衮，进入北京后他就高调宣布“复君父仇”“吊民伐罪”，凡明朝原官员只要归降，录用照旧，品级照旧。多尔衮充分认识到明朝官员在此动荡之际稳定社会秩序的重要作用，所以先利用再管束，此举在政治上也孤立了李自成。所以，李自成大军撤出京城之后的三个月内，原来早已归降的华北地区出现了 70 余次叛乱事件，大都是官绅地主捕捉了大顺地方官，静观其变。大顺军除了要对付清军的穷追猛打，还受到各处地方武装力量的打击与骚扰。从年初各地的闻风而降、夹道欢迎，到年中各地的反叛浪潮，反差真是太大了。

由此，我们就不难理解，在短短的 42 天里，李自成的大顺军经历了极盛到大败，一支所向披靡、无往不胜的队伍，在历史变革时代充满偶然与不确定因素的情况下，因为领导层的决策错误，没有能在夺取政权之后及时调整战备策略，对天下大势作出了错误的判断，导致革命事业的最终失败，这是值得后人警醒的。

原刊于《学习时报》2018 年 3 月 26 日。

中国古代对偷漏税的防范与惩治

偷漏税的历史与纳税的历史一样悠久，对国家而言，建立并不断完善财税制度，加强税收监管，防范偷漏税行为，是国家经济制度建设的重要内容。

“各显其能”的偷漏税行为

在中国古代的税收结构中，农业税是财政收入的最大宗，人头税是主要的税种，盐业税所占的比例比较高，商业税占比较低，其他税种收入有限。此外，赋税和差役在许多时候是可以相互替代的，所谓“有钱的出钱，有力的出差”，纳粮与当差并没有严格的界限，因此偷漏税与逃避差役的性质是一样的。

历代偷漏税最主要的途径是隐瞒田地和人口数量。权贵勋戚凭借掌握的特权比普通百姓更有机会偷漏税，拥有更多的财富让他们更有偷漏税的原动力。按规定，国家通常会赋予权贵官绅个人、家庭一定数额人口和田地的免除赋役的特权，但在以贪婪的本性追求财富的强烈冲动的驱使下，他们还是想匿隐更多的人口、田地，以逃避赋役。许多普通百姓为逃避赋税和差役，也会主动或被动把土地，乃至自己“投献”到豪强门下。

生活在明朝嘉靖、隆庆和万历年间的徐阶是松江府华亭（今上海松江区）人，他一度登上明代文臣权力的最高峰——内阁首辅，为官之前，他家道也不富裕，掌权后迅速在家乡置办了惊人的产业，为逃避赋税，他隐匿了大量的人口和田地。据明人于慎行在其笔记小说《穀山笔麈》卷五中讲，“华亭家人多至数千，有一籍记之，半系假借。海至相君第，请其籍削之，仅留数百以供役使，相君无以难也。然自是华亭宾客、苍头毋敢借声势横溢”。这说的是徐阶的“家人”多达数千人，其实有一半是假的，目的是逃避赋役。虽然徐阶有恩于海瑞，但海瑞一是出于公心，二是为了保护徐阶的名声，亲自到徐阶府上请他把隐匿的人口清理出来，但仍然留下数百人之多。当时，其他土豪劣绅听说海瑞来了，赶紧把朱红大门改成黑色，凡事低调收敛，担心海瑞找上门来。

官绅富户想尽办法偷漏税，在明朝前期已形成风气。朱元璋为了减轻贫苦之家的负担，同时确保国家的财政收入，在赋役征收时，规定富户大族要承担更多的责任，江浙一带的富户为了逃避赋役，想出了许多办法，其中之一就是将名下的财产分割，再假托在别人名下，降低户等，这种方法还有专称，叫“铁脚诡寄”，甚至在当地形成了“通天诡寄”的风俗：“乡里欺州县，州县欺府，奸弊百出。”朱元璋自然不会听之任之，除严厉打击外，他下令编造土地簿册——“鱼鳞图册”，据《明太祖实录》记：“随其税粮多寡，定为几区，每区设粮长四人，使集里甲、耆民躬履田亩，以量度之图，其田之方圆；次其字号，悉书主名；及田之丈尺四至，编类为册，其法甚备，以图所绘状若鱼鳞然，故号‘鱼鳞图册’。”

普通百姓没有豁免土地和人口之权，他们只能想办法利用赋役规则来减轻负担。比如，历代王朝针对不同户籍有不同的差派规定，百姓有时候通过析产分户的方式，通过降低户等少交税；在以一户为单位承担赋役的规定下，又会拒绝分家。所以，有的王朝统计上来的户数特别多，户均人口特别少，有些王朝的情况则相反。还有一些户籍，会利用特殊的户籍身份，实现“避税”或“逃税”的目的。出家为僧为尼，或寄田产于寺院道观，以达到逃税的目的，这在许多朝代都有出现。有些王朝为保证军户当差，会给军户一些特殊的优免待遇，以军人或军户的身份逃避税收在许多王朝都曾出现。在《元典章·户部卷八》中有一条“军人孙真匿税”的记载，说的是元朝大德七年（1303）六月十八日，有江西行省官奏报，龙兴路官员查有孙真等军人，携带绢布 19 匹卖给了段子铺的常四，“匿税”“未曾交钞”，最后查得孙真等人是到大都当差的军人，枢密院令史李安贞解释说，他们以携带货物交易，筹措盘缠路费为由，“自来不曾纳税”。

元朝时曾出现过仿造税印的行为。皇庆二年（1313）十月，负责税收征管的宣课提举司上报主管部门称，至大二年（1309）他们逮捕了一位名叫沈爱帖木儿的人，私自雕刻仿造税印，按元朝的法律规定，“匿税之物，告人给赏，已有通例。其伪造税物杂印，私熬颜色，伪税物货，比之匿税情犯尤重”，毫无疑问，这类行为要比偷漏税更加恶劣，应当予以更加严厉的惩罚。

除偷漏税之外，历代都存在避税行为。避税是税法施行中的一种逆向行为，商人因为税负太重，利用制度或规则的不完善、漏洞等选择规避或放弃，此举并不违法。比如明代的南京在宣德年间设有上、中、下三新河钞关，到成化时因收税太重，“以致商舟避税去泊江口，每有风涛之厄”，说明商人宁可冒生命危险也要去避税。再比如，明景泰二年（1451），太医院的医士张驿上奏皇帝说，京师百万人口多依赖商人贩运，但京城的商业税太重，他很担心“旅畏避税重，不肯来京，致使百物腾贵”。此外，避税行为极易诱发走私现象，再发展为偷漏税。“苛政猛于虎”，百姓普遍为了逃避赋役，在灾害之年或者衣食无着时，会离家出走成为流民。中国历代流民潮的出现，赋役沉重是重要的诱发因素，不少流民演化成“民变”或“起义”，这也是王朝不愿意看到的。

“与时俱进”的税收征管举措

打击偷漏税行为最有效的办法首先是建章立制，有法可依，制度“牢笼”是最可靠的保障。“国家存在的经济体现就是捐税”，进入早期国家时期，相应的赋役制度应运而生，当时的中央财政主要来自诸侯和人民的贡纳。春秋战国时期，列国纷争，国家对财政的需求急剧上升，增加税收成了现实的需要。鲁国的管仲提出“相地而衰征”，按照土地的不同情况分等征收农业税，在保证税负公平的情况下，增加政府财政收入，齐桓公得以富国强兵，称霸天下。鲁国的“初税亩”、秦国的“初租禾”等税制都受管仲的影响。被誉为法家始祖的子产提出了“作丘赋”，增加百姓军赋，小小的郑国因此实力大增。

税收制度的完善是建立在已有的财产、人口和登记制度基础之上，编户齐民，就拥有了征派赋役的资本，历朝对此都非常重视。早在战国、秦汉时期，中央对地方官进行考核时，就要求地方官在年终时把辖区内的户口、赋税、盗贼、狱讼等项编造计簿，层层上报，谓之“上计”。从湖南长沙走马楼出土的吴国简牍看，三国时期各类簿册图籍的编纂已相当完善，普通百姓的“黄籍”登录有每个家庭成员的姓名、性别、地位、年龄和健康状况等，他们的不同身份又决定了他们承担的赋役类型等。同样的户籍、财产信息登记簿册，还大量出现在敦煌吐鲁番文书之中，构成国家税收管理的最重要依据。在王朝更迭时，这些资料也成为新政权的立国之本。秦末，项羽与刘邦争天下，刘邦先入关中，“籍吏民，封府库”。元末徐达率明军攻入元大都（今北京），同样是“封其府库、图籍、宝物”。

不同历史时期的赋役制度有很大的差异，税收制度的“与时俱进”是国家财政收入的必要保障，也是经济和社会发展的时代要求。秦汉之前主要直接针对田地和人头征税，隋唐时期的租庸调制盛行，唐中后期出现的两税法成为此后数百年最重要的征税方式，明清出现的一条鞭法、摊丁入亩和地丁合一都是时代的产物。随着国家管理的地域越来越广，人口越来越多，税制规定也越来越详细，对税收征管的各个环节要求越来越明确，这从一个侧面也表明偷漏税的形式、手段和方法也在“与时俱进”。宋代《庆元条法事类·受纳税租》有纳税立法：“某乡某都人户姓名若干人，几月几日合钞送纳今年夏或秋税租奇零物帛之类共若干数，内集户姓名纳若干。”清雍正时，在河南任职的田文镜在其《抚豫宣化录》一书中多次下令，要严格规范、遵守交纳税粮的程序，如《严禁包纳钱粮等事（敕令小民自投封柜）》《劝谕遵旨尽首税课等事（税银勿得隐匿不报）》《严禁征还借谷等事（严禁违例多收息谷）》等，防止税务征管部门和纳税人作弊，偷逃税粮。

商业税征收的比例虽然不高，却关系到国计民生。尤其是唐宋之后，农产品商品化程度不断提高，宋代还鼓励发展手工业和商业，城市贸易活跃，海外贸易发达。为加强税务管理，增加财政收入，政府在城市设置专门的税务机构，在水陆交通要道设立榷关或钞关。据《宋史》卷 186 载，“商税。凡州县皆置务，关镇亦或有之；大则专置官监临，小则令、佐兼领；诸州仍令都监、监押同掌。行者赍货，谓之过税，每千钱算二十；居者市鬻，谓之住税，每千钱算三十，大约如此”。据统计，熙宁十年（1077）全国州县墟镇税务总数有 1993 个，京师开封、西京洛阳、北京大名府、南京应天府和临安府俱有都商税院，各州府有都税务，各军、县、镇有税场，即便在地处偏远、交易不发达、税收在千贯以下的小集市，官府也要征税，税收体系相当完善。

历代相沿的惩处偷漏税措施

法律的神圣与权威是不可撼动的，至少普通的官绅之家违法必然要受到惩处，甚至皇亲国戚也不会被豁免。在打击偷漏税方面，历代王朝也是想尽了办法。西汉武帝开征“算缗钱”（向商人开征的高额财产税）后，逃匿税收的现象变得严重，朝廷遂出台“告缗令”，即《汉书·武帝纪》中所说的“令民告缗者以其半与之”，即举报逃税者可获违法者 50% 财产的奖励，鼓励揭发偷漏税的行为。有记载说，当时中等收入以上家庭皆破产，可见打击面之广、力度之大。

宋代同样把罚没收入的一半奖励给举报者或成功抓捕者，据《宋史·食货志·商税》：“应算物货而辄藏匿，为官司所捕获，没其三分之一以半畀捕者。贩鬻而不由官路者罪之。”另据《宋会要辑稿》记载，凡贩卖私盐有偷逃税的，一两以上杖十五，贩卖私茶一斤杖一百，贩至二十斤以上处死、示众，贩私酒五斗处死，这样的惩罚极其严厉。

元代打击偷漏税时，既继承了前朝的重罚与奖励措施，又考虑到了本朝多民族国家的不同特点，据《元典章·户部卷八》“隐匿商税罪例条”的规定，“匿税者，其匿税之物一半没官，于没官物内一半付告人充赏外，犯人笞五十，其回回通事并使官银买卖人等，入门不吊引者，同匿税法”。

明初，朱元璋严刑峻法，重典治国，他对经济领域的犯罪惩处尤其严厉，他发动的“空印案”和“郭桓案”都是在经济领域内的整肃。他认为“空印案”是各级官员的“欺罔”行为，是严重的经济渎职和犯罪行为。“郭桓案”则是一起牵连甚众的经济大案要案，既有官员，也有大批地主富室。洪武十八年（1385），御史余敏、丁廷举告发北平布政司、按察使司有官员伙同户部侍郎郭桓、胡益、王道亨等通同作弊，贪污税粮，侵盗国库。明太祖亲自审问后发现，从中央六部官员，到地方各布政司的官吏均有涉案，后来又牵涉出府州县级的官员以及江南赋税大户。一时间，朝野官吏富商士绅卷入其中，引起了更大面积的告发和恐慌，最后入狱被杀者超过万人，追出赃粮700余万石，显然，明太祖的这次打击经济犯罪被扩大化了。朱元璋打击偷漏税，重点打击了官商勾结的协同作弊，可以说是把握住了重点。在古代中国，许多税务征管部门执法犯法，许多官员以打击偷漏税为名，巧取豪夺，反而扰乱了经济秩序。所以，不仅要堵塞偷漏税的制度漏洞，还要打击国家权力机构滥用职权的行为。明万历年间矿监税使遍布全国，百姓“稍不如意，则诬为漏税”，胡乱指责商人偷漏税，合法的财产被剥夺，百姓苦不堪言。

税收是国家与百姓之间最直接的经济纽带，“国富”与“民富”的对立与统一，是历代政治家长期关注的话题。“国”与“民”的利益分配，如何找到最佳的平衡点？“藏富于国”还是“藏富于民”？“国富民足”的双赢能否实现？这是国家税务征管和财政政策制定时必须考虑的。《礼记·大学》称，“德者，本也；财者，末也。是故财聚则民散，财散则民聚”。国家强制、无偿地再分配社会财富，必须牢牢恪守税收“固定性”的基本属性，把财政的权力关在笼子里，不能肆意挥舞税法的大棒，任性追求税收规模和增速。历代王朝的灭亡，无不与国家财政的崩溃有关，财政崩坏的最直接原因又是纳税人无力承担高昂的税收负担。因此，国家在打击偷漏税行为的同时，必须分析偷漏税的具体原因，完善制度，培植税源，爱惜民力，民富才能国强。

原刊于《人民论坛》2018 年第 28 期。

中国古代的舆情收集与舆论监督

历朝执政者治理国家、管理社会，无不以政权长久和社会稳定为重要的目标，他们都很重视来自基层社会的声音——“舆情”的收集，倾听百姓的声音，接受来自社会各界的监督和批评。为此还摸索出一些办法，建立制度化的舆论监督体系，以保证舆情上达，惩恶扬善，政通人和。

帝王巡历，观风问俗，倾听百姓的声音

圣贤名君，是古代帝王的理想追求。如何治理好国家？从远古时代开始，先民们就在不断探索并逐步形成一套被认为行之有效的方法，其中之一便是最高统治者定期到他所管辖的地区“巡狩”，巡行视察各地，意在观风问俗、体察民情、纠察官员、处理政务等。

据说，史前时代的帝王“五年一巡”，其他四年，各地诸侯王到京觐见，以示臣服与监察之意。舜有“入于山林川泽”野外探险的本领，“尧老，使舜摄行天子政，巡狩”。舜在位期间，勤于政事，开拓疆土，经常外出巡视，最远时到达广西苍梧一带，打通了江南与中原的通道，史载他在帝位39年，“南巡狩。崩于苍梧之野”。禹在位期间，足迹几乎遍及天下，治

水修河、降魔除怪、安抚黎民，最终也死在巡视天下的途中，据《史记》载："十年，帝禹东巡狩，至于会稽而崩。"秦统一六国后，始皇帝曾进行五次大规模的巡游。虽然他的出游饱受批评，但有两个史实不容回避，一是他的巡游名义上遵循"三皇五帝"时的"巡狩"，二是初定天下，他希望通过到各地巡视，提高威望，打击六国旧贵族势力，加强对全国的控制。巡游的地域涉及今天的甘肃、陕西、河北、山东、湖北、湖南、江苏、浙江和安徽等地。西汉武帝同样重视对各郡县的巡视，足迹遍及今陕西、山西、内蒙古、宁夏、辽宁、河南、山东、湖北、江西等地。公元前 110 年，"天子巡边，亲至朔方"。

帝王到各地巡游，收集舆情是他们公开的重要目的之一，正像《北史·隋本纪下》中隋炀帝所讲的："朕故建立东京，躬亲存问。今将巡历淮海，观省风俗……庶乎四聪以达，天下无冤。"

后世多认为帝王巡狩兴师动众、劳民伤财，尤其是隋炀帝出游过度，甚至客死在外出巡游的路上，对后世触动很大。所以，唐朝建立，唐太宗李世民汲取教训，下令约束自己及后世帝王的出游行为。他认为，帝王出游带有很大的游玩性质，娱乐的形式有很多，不必远涉江湖，京城内就可以满足需要；即便是到地方观省风俗，体恤民情，收集舆情，也不必帝王亲自前往。他还认为，唐代有"忠良可接"，有身边忠臣良将来辅佐，就没有必要去求神仙来保佑了。

此后，历代帝王巡游各地的现象基本消失，仅有个别皇帝，如明武宗、清康熙和乾隆帝等还曾离开京城去远游。但作为最高统治者的帝王深知百姓对于国家的重要意义，深知民间舆论的重要，民意不可违背，民声不可不听。帝王直接到基层去收集舆情，是基于中国古代对圣人君主的期盼与要求，不到地方去同样也要想方设法了解民意。唐太宗李世民虽然不再巡历各地，但他却是中国历史上最著名的善于纳谏的帝王之一，也是最关注民意与民情的帝王之一。《贞观政要·论政体》中所讲的“臣又闻古语云：‘君，舟也；人，水也。水能载舟，亦能覆舟。’陛下以为可畏，诚如圣旨”，揭示的正是唐初宰相魏徵和唐太宗引用古训强调民意的重要。所以，帝王离不离开京城，是否亲自到地方采集舆论并不重要，重要的是对民间舆论和民意的重视。

关心民瘼，采听舆情，在古代中国有着悠久的传统

魏徵和唐太宗引“古语”“古训”以表达重视民情舆论之意，在以儒家思想作为传统中国政治思想最核心内容的背景下，仁者爱人，以民为本的思想深入人心，重视民情舆论，体现在国家政治体制、司法制度和道德思想各层面。关心民瘼，采听社会舆情，在古代中国有着悠久的传统。周朝时便设有采诗官，采诗观风问俗，以了解民风、民情、民俗、民意。《诗经》是我国第一部诗歌总集，如果从舆情监督和治国理政的角度去理解，它也算是中国最早的一部舆论监督史。

《诗经》又称“诗三百”，据说是孔子整理，收录了自西周到春秋中叶五百年间的诗歌，约三百首。《诗经》也是“十三

经”之一，“十三经”是中国传统儒家思想文化的源头和核心，受到统治者的重视。“六义”是《诗经》最具代表性的6个特点，包括风、雅、颂和赋、比、兴，其中“风”排在首位。何谓“风”？“风”是“国风”，计有15个“国”（地区）的诗歌，《诗经》三百首，风的部分就占了160首。被排在首位，一是数量最多，二它是《诗经》最精华的部分，在治国理政中最具有现实的意义，因为“风”来自民间，来自基层，反映的是人民的意愿和心声。比如大家耳熟能详的《七月》是其中最长的一篇，8章88句，描写了农民一年四季的农业劳动和劳役、田猎等，反映了人民朴素而真挚的情感。《硕鼠》更是一首现实主义诗篇，它把统治者比喻成硕大的老鼠，既抨击他们贪得无厌，又警告他们要爱惜百姓。“风”在古代舆论批评和监督的作用，已为人所共识。如毛亨《毛诗训诂传》是最早的《诗经》注本，其中说“风，风也，教也。风以动之，教以化之”。风的教化不仅是对上的，也是对下的，“诗之六义非起于周也。上以风化下，下以风刺上，主文而谲谏，言之者无罪，闻之者足以戒，故曰风，风化，风刺，皆谓譬喻不斥言也”。百姓作诗所以谏君，君又用之教化，舆论监督与治理施政之间的关系在这里得到最好的诠释。

先秦以来的优秀中华传统文化一直得到很好的继承与发展，发挥民间舆论的监督作用，此后长期被以多种形式利用。清议之制在古代中国一直比较流行，自汉魏六朝直到明清之间，以士大夫或士绅为主要组织者，以民间舆论为形式的清议，对国家政治进行监督或施加影响，在某些历史时候还发挥了极其重要的作用。清议，可议政，可议国，可议人，可议事。魏人曹羲在《至公论》中讲“谈论者以当实为清，不以过难为贵……兴化致治，不崇公抑割情以顺理，厉清议以督俗，明是非以宣教者，吾未见其功也”。东汉末年出现的月旦评就是一种比较典型的点评时政、时人、时事的“谈论”平台，汝南名士许劭、许靖兄弟自拟议题，邀请名流士子各抒己见，畅所欲言。月旦评标榜公平执中，裁量执政，关注的重点聚焦在时政上，品核公卿，臧否朝政，从而形成了强大的社会舆论，它对当时的社会风气、政治生态、官吏选拔和行政制度的运行，在一定程度上发挥了重要的监督作用，因此有学者认为“从现代舆论学的角度来看，这是我国最早的一次真正意义上的大规模、有组织的舆论监督行为”。（吕进《月旦评及其舆论学意义》，《中州学刊》2017 年第 10 期）

宋代的文人士大夫有良好的议政传统，当时的民间舆论力量也颇为强大。宋代学校和书院教育的发达，文人参与政治的热情高，从普通百姓到士绅官员都有了比较自由地议论朝政的环境，他们以不同的方式评议时政，上到皇帝下到普通官员，都是被评议的对象。图书出版和文学艺术领域都比较开放，许多作品以夸张的手法和讽刺的语言，在社会上形成了一股言论激进思潮，形成了强大的舆论压力，也产生了巨大的影响。比如，当时社会上出现大量的“谣谚”以抨击时政，《三朝北盟汇编》卷 51 记载有时人的“十不管”之语，批评政府该管的不管，不该管的乱管，不作为，乱作为，可谓形象生动：“不管太原，却管太学；不管防秋，却管《春秋》；不管砲石，却管安石；不管肃王，却管舒王；不管燕山，却管聂山；不管东京，却管蔡京；不管河北地界，却管举人免解；不管河东，却管陈东；不管二太子，却管立太子。”对奸臣童贯和蔡京把持朝政，祸民殃民，侵害百姓的行为，民间也编了不少歌谣予以痛斥，吴曾《能改斋漫录》中有“打破筒（童），泼了菜（蔡），便是人间好世界”之句，曾敏行《独醒杂志》记有“杀了童蒿（童贯）割了菜（蔡京），吃了羔儿（高俅）荷叶（何执中）在”等等，反映的都是百姓的诅咒之声。

当然，民间的舆论自由度主要取决于政府的管理度，对民间“妖言”“妖书”等涉及敏感政治事件或影响很大的，政府也需要出手干预。到明清时期，随着商业经济的不断发展，社会文化水平的不断提高，私人贩书刻书和商业印刷业的发达，来自民间的声音越来越强劲，也迫使政府必须主动应对，既要监控好舆情，又要利用好舆论监督，做好制度建设。如果政府能听到《硕鼠》之类歌谣中老百姓愤怒的哀怨，怎么会有后来的“苍天已死，黄天当立”和“休道石人一只眼，挑战黄河天下反”愤怒的吼声呢？正是因为民间歌谣是舆情民意的表达，历代王朝才会如此重视来自基层社会的舆情报告，才会把舆论监督纳入国家的制度建设之中，通过制度规范来保障舆论，以有效地发挥监督作用。

古代中国积极加强制度建设，
把舆论监督纳入国家管控体系之中

在古代中国，把舆情作为监督的一部分并制度化，出现是

非常早的。对其规定有多个方面，一是天子巡狩五年一次，《孟子·告子》说："天子适诸侯，曰巡狩。巡狩者，巡所守也。"二是诸侯（地方官）来京朝觐天子，陈述民情。三是委派专官钦差到地方，"代天子巡狩"。四是建立专门的言谏制度，或专职的监察职官，巡历天下，获取舆情。五是允许百姓击登闻鼓，上书言事，或诏求直言等。

中国早期的地方官，州郡制下的地方长官称"郡守""太守"，"守"是划地而治，代天子管理地方。而府、州、县的长官，称"知府""知州"和"知县"，此三者中的"知"强调的是官员对辖区情况的熟悉了解。地方机构固定设立之后，中央又会向地方派出监察官员，巡视地方，建立从中央到地方的监察体系，刺史从监督官到地方化表明了其监察职能的突出地位。各朝代都有不同形式的负责对地方舆情监控的职官，巡行地方，发现问题，及时奏报或处置，这些机构、官员或机制的存在，是舆情上达的重要保证。

唐、宋时，京城设有进奏院等，它是地方在京的办事机构，负责沟通中央与地方之间的信息联系，以保证上情下达，下情上闻，上下互通。在宋代，进奏院与登闻鼓院、登闻检院、粮料院、审计院、官告院合称六院，这样的机构设置，能保证文武官员及士民章奏表疏及时呈上。北宋庆历年间，在进奏院任期的苏舜钦有《上仁宗应诏论地震春雷之异》一文，作者以强烈的措辞和口吻，揭示民情、舆情与国家稳定之间的关系，认为必须听舆论、识民情。

明朝中央建立了一套更加完善的监察与谏议制度。朱元璋认为“（言官）所贵者，忠言日闻，有益于天下国家”。他曾给台谏官以“风闻言事”的权力，风闻奏事，言者无罪。早在建国前，他就对按察司的官员们说：“凡事当存大体，有可言者勿缄默不言，有不可言者勿沽名卖直。苟察察以为明，苛刻以为能，下必有不堪之患，非吾所望于风宪矣。”洪武十年（1377）时，各道按察司官来朝，朱元璋再次诏谕各官员：“朕以天下之大，民之奸宄者多，牧民之官不能悉知其贤否，故设风宪之官为朕耳目，察其善恶，激浊扬清，绳愆纠缪，此其职也。”

明清时期的科道官、督抚官等，都有察访社会舆情的职责。由中央直接派出去的钦差，虽然多属临时性质，却也纳入制度管理之中，代表皇权巡视地方，保证民间舆情可直达中央。从明到清，陆续发展成熟并制度化的密疏—奏折制度，是更高级的舆论监督形式，除正常的监察体系之外，被赋予有密疏（折）言事权力的大臣，可更加灵活方便地把舆情直接奏报给皇帝，办事的效率更高。

顾炎武在《日知录·直言》中说：“‘天下有道，则庶民不议’。然则政教风俗苟非尽善，即许庶民之议矣。”顾炎武主张“许庶民之议”，就是允许百姓评议政治。在《日知录·清议》条中，他又说：“天下风俗最坏之地，清议尚存，犹足以维持一二。至于清议亡，而干戈至矣。”由此可见，清议政事和舆论监督在以顾炎武为代表的著名思想家看来，是多么的重要。它既是中国优秀文化的代表，也是数千年中华文明代代相传的保障。

原刊于《人民论坛》2018年第17期。

明代的西学东渐与中学西传

明代中后期，“西学东渐”和“中学西传”是中外关系史上的两件大事。大批耶稣会士、商人和使者来到中国，把西方早期近代化的科技文化介绍到中国，打开了中国人的眼界，同时将古老的中华文化介绍到欧洲，又促进了欧洲的近代化进程。中西文化交流，向人们展示了文化的生命力、融合力。

产生于公元 1 世纪的基督教于唐贞观年间开始传入中国，即景教，唐后期趋于泯灭；元代重新在中国活跃一时，时称也里可温教，元朝灭亡时趋于平寂。嘉靖年间，伴随着欧洲资本主义萌芽和天主教会的改革，其中的一个传教组织耶稣会与葡萄牙、西班牙殖民者一起，再次把目光投向中国。最早踏上中国领土、在明清之际传教史上留下光辉篇章的，是西班牙人方济各・沙勿略，但他并没有获准在中国传教，并于嘉靖三十一年（1552）最终抱憾病逝于珠江口的上川岛。次年，葡萄牙人获准在澳门通商贸易，这为传教士入华传教创造了极为有利的条件。葡萄牙耶稣会士伯来笃是第一个被允准在中国登陆的西方传教士，他和公匝勒最早在澳门吸收华人入教。他们于万历二十二年（1594）开办圣保禄学院，对传教士进行培训，让他们学习汉语和中国的风俗习惯，了解中国文化。罗明坚是最早进入内地的传教士，他在万历初年先以商人身份到广州了解情况，后应两广总督陈瑞的邀请到肇庆定居。陪同罗明坚到达肇庆的意大利耶稣会士利玛窦，在那里创办了内地第一所天主教堂——仙花寺。他们在接受中国传统风俗习惯与生活方式的前提下，传播西方近代的地理、天文、历算和医药等科技知识，逐渐为一些中国人所接受。万历二十六年（1598），利玛窦在南京吏部尚书王忠铭的陪同下抵达北京，沿途结交了当时政坛和学界的达官贤人。两年后，他第二次赴京，将自己携带的西洋器物、书籍献给明神宗，获准在北京居住，由官府供应一切生活之需。至此，耶稣会士在中国的传教打开了局面。

与利玛窦同期活跃于内地的耶稣会士为数不少，比较著名的有庞迪我、熊三拔、艾儒略、邓玉函、金尼阁等。他们分别来自意大利、西班牙、葡萄牙、瑞士、德国、法国和比利时等国。这些传教士无论是在京城还是其他地方，都受到各级官员和学者的热烈追捧。利玛窦更是“声振京华，名扬全国”，“自是四方人士，无不知有利先生者，诸博雅名流，亦无不延颈愿望见焉”。一身儒装的利玛窦，忙于应接诸色人等的会见交流。有统计说，与利玛窦交流的中国人当中有一品官员 14 人、皇室成员 140 人、内侍 40 人。

传教士们遵循“知识传教”的方针，以学术思想为媒介，力求扩大对中国社会各阶层，尤其是上流社会的影响。他们介绍到中国的科技成果，几乎包括了当时西方科技领域的方方面面，如数学、天文学、地理学、测绘学、机械制造学，以及音乐、绘画和文字拼音等。

数学。数学是近代自然科技创新和发明的基础学科。利玛窦与徐光启合作，在万历三十四年（1606）秋翻译了古希腊著名学者欧几里得的数学著作《几何原本》的前6卷，填补了中国数学界的诸多空白，在翻译中使用的一套术语，如几何、点、线、面、平行、直角、钝角、锐角等，今天仍在使用。

天文学。汤若望于天启三年（1623）初到达北京后，即以介绍天文知识为突破，引起朝廷大臣的关注。他将西方重要的数理、天算书籍列目呈报朝廷，并邀请官员们参观他的科学仪器。后来他与龙华民、邓玉函及罗雅谷等传教士都曾在钦天监任职，协助徐光启、李天经等编译西方历书，推步天文，制造仪器，共同编制了《崇祯历书》。

地理学。万历十一年（1583），利玛窦等人利用欧洲通行的《万国舆图》，仿制了《山海舆地全图》（后加中文标识，称为《坤舆万国全图》）。这是在中国诞生的第一张近代意义的世界地图。此后，意大利传教士艾儒略用中文写成著名的地理著作《职方外纪》，对当时世界各国的地理沿革、风物民情进行了介绍。这些地图和地理知识，引起中国各阶层尤其是最高统治者和知识群体的注意，影响深远。

物理学。近代物理学的传入，始自汤若望的中文论著《远镜说》。该书介绍了望远镜的性能原理、制作方法等。崇祯七年（1634），邓玉函口授、王徵译绘的《远西奇器图说》，是传入中国的第一部西方近代工程物理学专著。

此外，传教士还将西洋音乐和医学成果较为全面地介绍到中国。万历年间，在利玛窦进贡明廷的物品中，有八音琴、西琴、风琴、天琴、铁琴、翼琴、竖琴等西洋乐器。庞迪我一度每天出入皇宫，给太监们讲授西洋音乐。西方医药学中的人体解剖、生理机能、西药研制等知识，也通过传教士传入了中国。

可以说，在这一时期，近代西方主要的自然科学知识大都传到了中国。就其知识水平而言，基本上能代表当时欧洲知识界的水平。西学东渐，有力地推动了中国科学技术的发展。英国著名的科学技术史专家李约瑟指出："到明朝末年的 1644 年，中国和欧洲的数学、天文学和物理学已经没有显著差别，他们已完全融合，浑然一体了。"

明中期以后，来华的西方传教士在传入西方近代知识和理念的同时，也把博大精深的中华传统文化介绍到西方去。中国的哲学、文学、历史等社会科学知识，以及造纸、印刷、农艺、饲养、医学、药物、数学、天文、造船、建筑乃至诸工百艺，都引起了西方传教士浓厚的兴趣。他们不遗余力地翻译、评介这些浓缩了中华几千年文明的精华，以滋补处于起步阶段的西方近代社会。

万历二十一年（1593），利玛窦把中国儒家经典"四书"译成拉丁文，寄回意大利。天启六年（1626），比利时耶稣会士金尼阁又将儒家经典"五经"译成拉丁文，在杭州刊行。这股翻译儒家经典的热潮，一直持续到清朝初年。这些儒家典籍和随后传至欧洲的中国历史文化知识，在欧洲的上层社会和知识界产生了深远的影响。德国哲学家莱布尼兹就十分崇拜儒家思想中的自然神论，说："这种哲学学说或自然神论，是从约三千年以来建立的，并且极有权威，远在希腊人的哲学很久很久以前。"他认为中国将神和物质合而为一，是尊崇最高的理性，这种天道观和基督教对上帝的信仰是相一致的。他确认中国文化可以弥补欧洲文化的不足，在《中国近况》一书的序言中说："我们从前谁也不信在这世界上还有比我们的伦理更完善，立身处世之道更进步的民族存在，现在从东方的中国，竟使我们觉醒了。"由他倡导成立的柏林、彼得堡的科学院，都将中国哲学研究列入研究课题。法国狄德罗为代表的百科全书派，热心研究中国的历史和文化，将儒家的自然观、道德观和政治理想，作为无神论或自然神论的有力武器，批判欧洲基督教的神权统治和君主专制，并通过对中国思想和政治的赞美，表达他们追求具有崇高理性、合乎道德、宽容而有节度的政治制度的理想目标。伏尔泰认为"孔子使世人获得对神的最纯真的认识"，这就是惟以德教人，要求人们修身、治国，都必须遵循自然的规律——理性，"而无需求助于神的启示"。法国霍尔巴哈认为："中国是世界上唯一的将政治和伦理道德相结合的国家。这个帝国的悠久历史使一切统治者都明了要使国家繁荣，必须仰赖道德。"他主张以德治国，写出《德治或以道德为基础的政府》一书，宣称"欧洲政府必须以中国为模范"。

中国的瓷器、丝绸、刺绣、壁纸、折扇、绘画和园林艺术传入欧洲以后，产生了深远的影响。在17、18世纪的法国，"中国风格""中国趣味"曾盛行一时。著名的洛可可（Rococo）风格，就吸收了诸多中国艺术的元素。

在明清之际中西文化交流史的研究中，大多数的学者只强调西学东渐，强调耶稣会士对中国文化的积极影响，而忽视了中国文化的西传及其对西方文化的积极影响。其实，中西两大文化体系之间蕴含的某些共性及其相互交流的互补性，是这一时期显著的特点。就实际效果来看，欧洲从中受益的程度远大于中国。在欧洲近代化过程中，西方启蒙思想家以耶稣会士为媒介，“在东方发现了一个新的精神和物质的世界”。18 世纪中叶以后，深受中国思想文化影响的重农学派魁奈（1694—1774）等人，仍然活跃于法国的政治舞台。直至 1789 年法国资产阶级大革命中著名的《人权和公民权宣言》，还可以看到孔子思想的影响。中国的四大发明在 14 世纪传入欧洲后，为欧洲从中世纪向近代社会过渡的历史变革提供了物质条件，对现代世界的形成起着重大促进作用。

原刊于《月读》2016 年第 10 期。

火药火器与明清社会变革

引子

明朝天启六年五月初六日巳时（1626 年 5 月 30 日），北京城西南方向发生了一场大爆炸。这次大爆炸威力巨大，破坏力惊人。后来有人把它与古印度的“死丘事件”（3600 多年前）、俄罗斯西伯利亚“通古斯大爆炸”（1908 年 6 月）并称为“世界三大自然之谜”，许多人文与自然科学家一直在探讨其发生的真相。

当时，生活在京城里的人都知道，爆炸的地方就是著名的火药仓库：王恭厂。关于爆炸的状况，据当时在现场的河南道御史王业浩描述：

> 忽闻震响一声，如天坼地裂，须臾，尘土火木四面飞集，房屋梁椽瓦窗壁如落叶纷飘。臣等俱昏晕，不知所出。幸班皂多人拼命扶行，及至天井，见火焰烟云烛天，四边颓垣裂屋之声不绝。又觅马出衙门，首见妇女稚儿泣于街，则知屋碎坏不胜计也。震压冲击，蹂踏死者，不可胜计也。比策马行不数步，又见万众狂奔，家家闭户。（沈国元《两

朝从信录》天启六年五月）

其实，明代的北京人对京城火药爆炸这事，似乎早已司空见惯，因为京城当时有一支专业火器部队，王恭厂有大量的火药存放，万历年间就有多次火药爆炸，甚至几年后的崇祯七年（1634）九月，还发生过一次“伤毙数千余人”的王恭厂爆炸案（《崇祯实录》卷之七）。只是天启六年这次大爆炸死伤惨重，爆炸原因传说甚多，让人们无法忘记。那么，如此大量的火药消费，在晚明时代的北京，在整个明清时期，火器到底发挥了怎么样的作用？明代火药火器的命运，与明清易代和传统中国的近代化之间，到底有怎样的密切关系呢？

一、明前期火器的广泛使用

中国是世界上最早发明并使用火药的国家，它是把硝石、硫磺和含碳物质混合炼制而成，据英国著名的中国自然科学史学家李约瑟的分析，13 世纪之前的阿拉伯国家以及西方国家还没有发现硝石的属性，中国则很早就在生活中发现并使用了。

火药的使用，首先出现在传统中药领域，应于军事领域的时间，最早大约在唐末，以火药攻城成为普遍的做法。火器应用于军事作战稍晚一些，北宋末年的宋金之战，被认为是中国古代文献中最早详细记载使用火器的战例，火药箭和火球在此役中均有使用。（王兆春《中国火器史》，军事科学出版社 1991 年）元朝大规模的征战，促进了火药火器技术迅速发展，火器在元末明初的战争中屡见不鲜，火铳已普遍使用。

火药、火器的历史与明王朝相始终。永乐时，明朝组建了专门的火器部队——神机营。作为京军三大营（五军营、神机营和三千营）之一，神机营成立后发挥了越来越重要的作用。据《明史·兵志一》："征交阯，得火器法，立营肄习。提督内臣、武臣，掌号头官，皆视三千营，亦分为五军。中军，坐营内臣一，武臣一。其下四司，各监枪内臣一，把司官一，把总官二。左右掖、哨皆如之。又因得都督谭广马五千匹，置营名五千下，掌操演火器及随驾护卫马队官军。坐营内臣、武臣各一，其下四司，各把司官二。此神机营之部分也。"

土木之变后，于谦主持军事改革，把三大营改编为十团营，神机营也分为选锋和老家两部分。英宗复辟后，三大营恢复旧制。宪宗即位后又改为十二团营，分为四威营、四武营、四勇营等。神机营一直都是京军的重要组成，且在一些重要战斗中发挥了很大的作用。在正统十四年（1449）的北京保卫战中，于谦"用炮石击贼，一发五十余步，人马死者数十，贼传以为神云"（《明史纪事本末》卷33《景帝登极守御》），以神机营大败也先军。在与蒙古部作战时，火器成为破敌、慑敌的利器。成化二十年（1484），"小王子率众大至，烽火日夜不绝……刘宁、董昇闻兵败，督众自守，虏围之数重，几不支。军中火器有名大将军者，昇亟令试之，一发震天地，落王子帐前，人马辟易，死者枕藉"（《明宪宗实录》卷252）。明中期以后，神机营与步兵、车兵等多兵种混合编队，作战能力大幅提高。

明朝前期的火器技术，继承了宋元以降的火器技术，虽有改进，但无实质的变化。火药火器技术的重要突破，一般都有外在强制性压力以及内在强有力的驱动，明前期并不具备这样的条件。从时间上看，嘉靖以前的火铳技术仍然是在传统技术基础上加以改进。到明中期之后，随着明蒙关系的日趋紧张、西方国家的到来、倭患加剧等因素，明朝对火药火器技术的研发意愿越来越迫切。尤其是随着西方势力的东来和对日战争的持续进行，明廷在战争中缴获了国外先进的火器，部分有先见之明的官员主持了仿制和改制，并迅速装备到军队当中，虽然数量有限，但意义非凡。

明代中期火器火药技术的提高，首先表现为佛郎机炮的传入。佛郎机是明代对葡萄牙的称呼。佛郎机铳比中国传统的火铳更先进。早在14世纪，中国的火器由阿拉伯人传入欧洲，欧洲各国在海上霸权争夺和扩张的过程中，不断仿制、改进和研发火器技术，在许多方面居于领先水平。早在正德十二年（1517），东来的葡萄牙人到广州城外，试图与中国沟通、建立关系，时任广东佥事署海道事的顾应祥则对他们船上的火炮——佛郎机铳发生了浓厚的兴趣。葡萄牙人在数次与明朝沟通未果的情况下，于嘉靖元年（1522）企图以武力登陆中国，他们从马六甲到达屯门，试图强行驶入内河，进入广州。舰队在新会西草湾与明军水军相遇，双方展开激战。明军斩敌首35级，生俘42人，葡萄牙舰队被迫离去。在“西草湾之役”中还缴获敌舰2艘、舰炮20余门，明朝以其国名将此类舰炮命名为“佛郎机”。（《明史》卷325《佛郎机传》）

此后的二三十年间，葡萄牙人暂时放弃与明朝的官方接触，遂在中国东南沿海与倭寇、中国海商勾结，参与走私或劫掠。在明朝与倭寇作战的过程中，又缴获了一批西洋火器以及日本人仿制的火器。这些火器有比明朝原来的火铳性能先进之处，于是明朝又开始了较大规模的仿制。嘉靖三年（1524）四月，在南京守备魏国公徐鹏举等人的奏请下，明政府从广东征调工匠到南京，由南京军器局仿制了32副佛郎机铳，并作为试用品发往各边。嘉靖九年（1530），参与和指挥抗击葡萄牙、时任都察院左都御史汪鋐认为佛郎机铳威力巨大，请求由中央组织大规模仿制，配备到北边各地，此举得到工部、户部的响应并获得朝廷的批准，“命各地督抚诸臣，各率所属，尽心修举，勿虚应事，以致误边”（《明世宗实录》卷117）。军器局和兵仗局着手生产，明代京营和九边诸镇不久也配备了先进的佛郎机炮。

这一时期，传入中国的还有另一种轻便实用的单兵枪，是鸟铳。关于鸟铳的来历，学界有不同的看法，有人认为是中国自创，有人认为自日本传入，也有人认为是从西洋直接传入，但可以肯定的是，嘉靖年间明朝生产的鸟铳技术来自西方，可能是经过了日本人的改造，为明军俘获后进行了仿制并稍有改进。

可以说，在明朝的中期以前，因中央设置有专门的火器部队，既大量生产传统的火药火器，还利用战争中缴获的国外先进火器加以仿制，如佛郎机、鸟铳等，传统的火药火器技术提高到了新的水平。

二、明后期火器技术的飞速发展

随着西方传教士的东来、西学东渐和中西文化交流，明朝的火器技术革命到万历年间迅速提升到前所未有的新高度，并发生了质的变化。

明中后期，“西学东渐”和“中学西传”是中外关系史上的两件大事。大批耶稣会士、商人和使者来到中国，把西方早期近代科技文化介绍到中国，又将古老的中华文化介绍到欧洲，促进了正在进行中的欧洲近代化进程，向西方展示了中华优秀文化的生命力、融合力。万历至崇祯年间，有大批西方传教士在中国活动，他们带来的先进科学技术中，就包括欧洲当时非常先进的火炮——红夷大炮的技术。当时的欧洲自然科学技术迅速发展，已建立大型的兵工厂，全面进入火器时代，它们生产的红夷大炮要比明代此前仿制的佛郎机炮威力更大。在火药火器生产领域，明朝开始向西方学习先进技术，无论是在实践还是在理论方面都取得巨大的成就。

在实践方面，天启至崇祯年间，一批官员，如徐光启、李之藻与在澳门的西方传教士龙华民、毕方济一起密切合作，购买、研究和制造的西洋大炮。徐光启（1562—1633）是我国明清之际最早提倡引进红夷大炮以用兵作战的先驱之一，他在红夷大炮的引进、仿制、火器营的编练等方面均有突出的成就。崇祯三年（1630），他奉命监造火器，还亲自到边塞参与火器实验的使用之法。李之藻（1566—1630）与意大利传教士密切合作，也曾参与火器的研制。在他们两人的领导和影响下，涌现出孙元化、孙承宗、王徵、张焘等熟悉西洋火器的工程技术人员。张焘在崇祯三年亲自带人到澳门采购30门火炮，并聘请葡萄牙的技术人员在北京城协调造炮、训练炮手，在很短的时间内仿制了400门红夷大炮。此后，在传教士汤若望的主持下，又仿造了500门红夷大炮，并很快投入对女真人的作战当中，收到了良好的效果。

火器在明清易代时一度影响到战争的进程。在战争初期，明朝利用先进的火炮技术，有力地抵挡了努尔哈赤一次又一次进攻。努尔哈赤和皇太极均在战争中吃过明朝火器的大亏。但随着战争的不断深入，后金（清军）通过俘获明朝的工匠、缴获的兵器，也逐渐掌握了火药火器技术。在崇祯四年（1631）大凌河之役中，后金动用红夷大炮、大将军炮等火器与明军实现了第一次重炮对射。大凌河之战失利，后金部队不仅从战场上俘获大量明军火器，孔有德的吴桥兵变更是将火器制造技术拱手相送。汤若望在《火攻挈要》中提道："彼人壮马泼、箭利弓强，既已胜我多矣。且近来火器又足与我相当……如目前火器，所贵西洋大铳，则虏不但有，而今且广有矣。"可见，当时后金部队在火器配备上大有不输明朝之势。到崇祯十三年（1640）松锦之役打响后，由于已掌握火炮制造技术，清军更大规模地使用火器。这场战争历时两年，明朝倾尽国力打造的"九边"精锐受到致命的打击，明军惨败之后，再无组织大规模反击清军的能力。红夷大炮（后清人改称为红衣大炮）助清军攻城略地，不仅消灭了敌对的南明政权和农民军，还在统一和巩固多民族国家的战争中发挥重大的作用。

在理论方面，科学家们救国救民、经世致用，参与火药火器理论的探讨，出现了多部科技著作。他们一方面总结中国传统的科学技术，另一方面学习、研究、推介和发展西洋火器技术。比如孙元化《西法神机》和焦勖的《火攻挈要》既参考了当时著名的兵书，如戚继光《纪效新书》《练兵实纪》《练兵实纪杂集》、赵士桢《神器谱》、郑若曾《筹海图编》、茅元仪《武备志》等，同时对西洋火器做了详细的介绍、分析和研究。两书“对火器的研制开始从传统的‘君臣伦理’和‘阴阳五行’理论的旧轨道，转入重视科学实验、强调定量研究的新轨道”（徐新照等《论我国明代火器技术“西人所传”说——以明末〈西法神机〉和〈火攻挈要〉为例》，载《内蒙古师范大学》2007年第6期）。这一研究方法的变化，实际上代表了中国古代科学技术研究从传统向近现代的转变，是重大突破和质的飞跃。

三、西学东渐与明清社会的近代化问题

明末中国火器技术的产生、发展以及此后长期的停滞，是与那个大时代的国内和国际背景密切相关的。国内形势的基本特征是传统商品经济持续发展、思想文化有所解放，但社会矛盾、阶级矛盾和民族矛盾日益突出，在心学思想影响之下，学术界倡导经世致用、实学救国，呈现近代化的特性。同时，在西方近代化的浪潮之下，大批西方传教士来到中国，传教士遵循“知识传教”的方针，以“学术思想”为媒介，力求扩大对中国社会各阶层，尤其是上流社会的影响。他们介绍到中国的科技成果，

几乎包括了当时西方科技领域的方方面面，具有较高的水平。

除火药火器技术外，西方物理学也在中国大行其道。汤若望的中文论著《远镜说》介绍了望远镜的性能原理、制作方法等。崇祯七年（1634），由邓玉函口授、王徵译绘的《远西奇器图说》是传入中国的第一部西方近代工程物理学专著，它系统阐述了物理学中力学的重心、比重、杠杆、滑轮、斜面等理论，以及运用这些原理制造的起重、取水、转磨等器械工具。熊三拔编著的《泰西水法》，图文并茂地介绍了包括龙尾车、玉衡车、水库等在内的西方水利设施和机械的性能及制作等等。

数学是近代自然科技创新的基础。利玛窦与徐光启共同合作，在万历三十四年（1606）秋合译了古希腊著名学者欧几里德的数学著作《几何原本》的前六卷，填补了中国数学界的诸多空白。《几何原本》是我国第一部由拉丁文翻译来的数学著作。由于这是一次前所未有的尝试，译名绝无对照的词表可循，全部是从无到有，只能靠徐光启去体悟创造。点、线、直线、曲线、平行线、角、直角、锐角、钝角、三角形、四边形等这些名词，不但在我国一直沿用至今，并且还影响到日本、朝鲜等国。利玛窦还与李之藻合译了《同文算指》一书，该书根据克拉维斯的《实用算术概论》和程大位的《算法统宗》编译而成，较为详明地介绍了西方数学基本理念，为建立近代自然学科的理论基础创造了条件。

此外，传教士还将西洋音乐和医学成果等较为全面地介绍到中国。万历年间，在利玛窦进贡明廷的物品中，有八音琴、西琴、风琴、天琴、铁琴、翼琴、竖琴等西洋乐器。西方医药学中的人体解剖、生理机能、西药研制等知识，也传入中国。可以说，在这一时期，近代西方主要的自然科学知识大都传到了中国。就其知识水平而言，基本上能代表当时欧洲知识界的平均或较高水平。西学东渐，有力地推动了中国科学技术的发展。明中期以后，来华的西方传教士在传入西方近代知识和理念的同时，也把博大精深的中华传统文化介绍到西方，滋补了处于起步阶段的西方近代社会。

创新驱动发展，晚明社会确实出现了创新的内在需求和外在的推动力，内因是明代商品经济的发展、心学与实学的兴起促进了思想解放和文化的发展，外因则是近代化进程中的中西交流。然而，此时的中西交汇与融通，并没有顺利地把中国带向近代化国家之路，最主要的原因是来自内部的创新驱动力严重不足，阻碍或抑制因素则是几千年的传统帝制和儒家伦理。就明末的社会环境看，明朝与文艺复兴以后的欧洲不同，科学和技术尚未纳入明清社会的主要知识体系，而是游离于科举制之外，传统科技只是适应于小农经济的延续。像徐光启、李之藻等人的科研活动虽劳神费思，却举步维艰，他们都不过是明朝官僚体制中的一员，受制的因素太多。比如明末国家财政困难、官僚体制运行艰难，即便是用于救国续命的火器生产，也难以筹到足够的经费。

明清易代之际，火药火器技术曾是各方角力的重要影响因素。明末以后，火药火器等军事技术长期处于停滞不前的状态。在统一中国之后，清廷对火器的使用和研究都控制得非常严格。康熙朝把最好的枪炮制造厂局设在宫廷的养心殿内，置于皇室的直接控制之下，制造的火器，仅供皇室和满洲八旗使用，汉军只能使用质量最差的局制火器，地方根本不能制造和使用比较精良的火器。清廷甚至把明代涉及兵器研制的兵书，如《武备志》等都列为禁书。这是近代中国与西方列强交战之时，中国武器极其落后的重要原因。

明清易代打击的不仅仅是火药、火器技术，它对刚刚起步的中国近代化进程也是一个巨大的打击。中国传统科技、文化和思想的近代化，应该是一个长期的渐变过程，它需要许多个渠道、社会各阶层在较为充分的条件下进行，晚明社会具备了这样的条件。因为，晚明时代的中西方交流渠道不仅仅有传教士来华一途，还有西方商队持续东来，明朝也通过隆庆开关主动开放了国门，中西方的交流渠道是比较畅通的。这一时期的中西交流是中国传统社会向近代化转型的重要条件。

可惜的是，以徐光启为代表的一批科学家开创的科技创新之路随着明朝的灭亡也走到了它的尽头。当年，徐光启在编译《几何原本》时，对该书予以极高评价，曾深情地说："此书为用至广，在此时尤所急需。余译竟，随偕同好者梓传之。利先生（利玛窦）作叙，亦最喜其传也。意皆欲公诸人人，令当世亟习焉。而习者盖寡，窃意百年之后必人人习之，即又以为习之晚也。"（《徐光启集》卷 2《几何原本杂议》）晚明时代，中西文化交流的平台已初步构建。但是，清军入关不过 50 余年后，大批西方科技著作就被列为禁书，禁止的理由是："西洋人私自刊刻经卷，创立讲舍、蛊惑汉人及旗民人等向西洋人转为传习，并私立名号，煽惑及众，确有实据。"（张祥河《会典简明录》，商务印书馆 1939 年）直到晚清废科举、兴新式学堂时，几何学才成为学生的必修课目，这与徐光启发出的“百年”之叹，又晚了近二百年！

1840 年，距离“康乾盛世”的缔造者乾隆皇帝去世还不到 50 年时间，中西双方的火药火器再一次直面相对的时候，清军在英国的“坚船利炮”面前已变得不堪一击。沧海桑田，回望晚明，这不经意间的三百年间，恰是中西距离越拉越大的时期，是中国近代化进程停滞长达三百年的时期。五百年的火药火器史，也是一部明清社会变革的历史缩影。

原刊于《北京文史》2016 年第 3 期。

明代开辟传统工商业发展新时代

中国传统工商业发展到了明代，一方面呈现出传统经济的继承性，如建立在传统农耕经济基础之上的手工业商品化程度不断提高，行业分工越来越细，出现一批新的工商业市镇；另一方面，手工业的生产和流通也出现了新的特色和趋势，比如雇佣劳动不断扩大，货币经济形态渗透到经济领域诸多方面，国际贸易化程度提高，世界范围内的工商业贸易重心在当时的中国形成，中国传统工商业发展也因此进入一个崭新的时代。

明代农业、手工业经济结构的调整和商品化浪潮的涌现

明初大半个中国沦为战乱之地，曾经的经济富庶之地田畴荒芜，榛莽丛生。朱元璋建国之后积极安置流民，教民农桑，轻徭薄赋，推行屯田，发展生产。明太祖特别注重经济作物的种植，他认为经济作物既有果腹、救灾之用，也可以改善百姓的生活，这也在客观上促进了手工业经济的发展。明朝建立后，他下令百姓多种植桑、枣、柿和棉花，为鼓励农民尽量多种植，洪武二十八年（1395）还下令，凡洪武二十六年以后栽种的桑、枣果树，均免除赋税。经济作物的普遍种植，既为手工业生产提供了原材料，也促进了商业的发展。

对手工业，明太祖一直抱有审慎的态度，尤其是在冶矿、制造业方面，他认为可能会影响到农民的生活和生产。这一时期的官营手工业与宋元时期相比日趋衰败，民营手工业的繁荣和民间纺织业的兴起，则为明中后期商品经济的繁荣奠定了坚实的基础。对商业的态度，虽然遵守了“厚本抑末”的传统思想，但实际上，太祖和成祖均不抑制工商业的发展，名为抑商，实则恤商。明太祖曾说，“商贾之士皆人民也”，但整体而言，明初商品经济发展水平不高，城镇乡村的商品交换水平较低。

经过二十余年的休养生息，社会经济得以恢复，家给人足，农产品在满足人们基本生活需要之后，也为农村经济结构的转变创造了条件。虽然明朝的传统农业经济没有发生根本变化，但农村经济中除粮食种植之外，林、牧、渔业和副业等快速发展，既改善了人民的生活，提高了生活质量，也为农村商品经济的发展提供了坚实的基础。

明初经济作物的广泛种植，促进了经济作物种植的专门化和农村经济结构的调整。不少地区的农民因地制宜，种植经济作物，发展多样化经营。当时，进入流通领域最大宗的经济作物是棉花，作为明代普通百姓最重要的衣服原料，棉花的种植已遍及全国。长江三角洲一带，像松江、苏州和嘉兴等地是全国最重要的棉花生产和加工地。唐宋时期的江浙，是重要的粮食产地，到明中后期，因粮食的收益不如棉花，松江府的田地已大半植棉。其他的经济作物种植呈现出区域专门化的特点，像杭、嘉、湖地区尽逐蚕桑之利，福建南部的百姓因为种稻利薄，改种甘蔗或者改种荔枝、龙眼等水果和染料作物蓝靛，烟草传入后，又广泛种烟。广东因“开糖房者多以致富”，农民也纷纷改田种甘蔗，在番禺、东莞、增城、阳春等地，蔗田的种植田亩数和粮食大致各占一半。广东多地广泛种植荔枝和龙眼，江西、陕西改田种烟。河南的一些地方大力发展蓝靛和红花等染料作物。另据明代《怀庆府志》，该府所产药材有 49 种，目的就是贩卖赢利。

外来作物的推广是这一时期农业经济调整和手工业快速发展的重要保障。受哥伦布发现美洲的影响，一些美洲农作物通过西班牙人开始传入菲律宾等东南亚国家，在明代后期传到中国。传入中国的美洲作物有玉米、番薯、豆薯、马铃薯、木薯、南瓜、花生、向日葵、辣椒、番茄、菜豆、利马豆、西洋苹果、菠萝、番荔枝、番石榴、油梨、腰果、可可、西洋参、番木瓜、陆地棉、烟草等近 30 种。由于美洲作物大多具有耐旱、耐瘠薄、高产等特性，最初大多是先进入我国福建、广东、浙江的沿海山区，不久后就被有识之士在北方旱作区黄河流域大面积推广。像玉米和甘薯对缓解粮食供应困难具有明显作用，对明代中后期人口的增长、社会劳动生产率的提高，都有积极的意义。外来作物在农产品的商业化、改善中国传统饮食和营养结构上，更具有革命性的意义。

农业为手工业的发展提供了物质保障，手工业生产的专门化和商业化程度也因此不断提高。明中期以后，各地官营织染局的生产日益凋敝，只能采取机户领织，即由机户进行加工订货，来完成官府交给的任务，这就是“官搭民造”的方式。民营丝织业则蓬勃发展，产量、规模都大大超过官营手工业。制瓷中心景德镇的民窑发展繁盛，窑区绵延十余里，工匠达数十万人之众，“形器天下走”，在海内外市场上均有重要影响。棉花种植面积从长江流域到黄河流域，分布甚广，棉纺织业也得以飞速发展。万历以后改进的足踏纺车，有的地方甚至一手可纺四至五根线，生产效率提高了数倍。丝织业中出现的提花机，中间的花楼高达丈余，由织匠和挽花工共同操作，能织出精美的绸缎。

社会经济的整体发展和社会稳定，很快通过大中城市的繁荣体现出来。像北京、南京、苏州、杭州和开封等宋元以来的大城市，凭借着独特的优势，呈现出人口众多、服务齐全、商业繁荣的特点，它们又带动了府、州、县治所在地的中小城市的兴起和发展。同时，在大中城市联结、交通便利的地区，在农业和手工业商品化程度较高的地区，出现一批工商业市镇。在手工业和商业发达的南方，苏、松、杭、嘉、湖五府的工商业市镇密集，苏州的盛泽和震泽，松江的枫泾、朱泾和朱家角，杭州的唐栖，嘉兴的濮院和王江泾，湖州双林和菱湖等镇都以其代表性的手工业品为龙头，发展成为区域性的商品交流和集散中心，各地客商汇集于此，把本地的商品远销到全国各地。江南以外也产生一批著名的工商业市镇，如河南的朱仙镇和周家口、江西的樟树、山东青州的颜神、湖北汉阳的刘家隔等。工商业市镇的全面崛起是明代商品经济全面发展的结果，绝大多数市镇在经过明清之际社会变乱的衰败后，在清中后期和近代得以恢复并持续发展，形成近代工商业城市的雏形。

此外，乡村集市也蓬勃发展起来，出现了大量的定期或不定期集市，庙会广泛分布于城市乡村，成为商品交换的重要场所。翻开明后期全国各地府州县志书可知，乡村集市贸易水平比明前期和宋元时期有明显发展，社会商品化程度的提高，也开启了中国传统工商业发展的新时代。

明代后期工商业发展呈现时代新特征

这一时期，许多农村从以传统的粮食作物种植为主转向以经济作物种植为主，传统经济结构发生了很大的变化。农村不再仅仅是粮食、农产品的提供者，而是开始从传统自给自足的家庭生产中走出来，对农产品进行加工和经营，从中获利。地主更有实力开展较大规模的经营活动，虽然大中地主仍然强调以耕种为本业，以地租收入作为其经济收入的主要来源，但不少人逐步扩大经营的范围，从事工商业经营活动。嘉靖时期江阴县就出现了“乡落大姓，居货而贾者，数不可纪”的现象，这在全国也是普遍存在的。中国传统农业、手工业的生产以及商品流通呈现出新的时代特征。

城乡的生产关系中，出现了新型的租佃关系。农村经济商品化，人口大幅度增长后，农村人口的大规模流动随之出现，这在一定程度上改变了农村和城镇的人口比例。租佃关系已普遍采取契约的形式，分成租制虽然还存在，但在经济发达的江浙和福建，盛行定额租制，使佃农对地主从人身依附关系为主向以土地依附为主的方向过渡。在定额租制下，地主直接干预佃农生产的情况有所减弱，佃农在经营上有了更大的主动性，劳动积极性提高。在定额租制普及的地方还出现了货币地租，货币地租的出现意味着地主与生产环节失去了直接联系，使佃农获得更多的经营自由，这也有利于劳动生产率的提高。

在商业经营方式上，随着商人阶层的迅速崛起，在全国各地先后涌现出商人群体——“商帮”。他们以乡缘为纽带，将会馆作为联络场所，结成一种既各自独立经营又存在若干共性的地域性“商帮”。明清时期我国最著名的商帮是晋商和徽商，此外还有闽商、浙商、苏商、鲁商、潮商、赣商、豫商、洞庭商帮、龙游商帮等。商帮是各地商品经济全面发展的具体表现，是促进中国传统商品经济持续向前发展的重要组织和动力。

明中后期的商帮活动呈现互相渗透、互相影响、彼此交流、共同发展的特点。像在河南，本地有自己的行商坐贾，来自国内其他地区的商贾也很多，他们开店设铺，投资经营。在省城开封，有北京、南京、临清、泰安、济宁、兖州等地客商从事商业经营。在各地商贾中，徽商的经营活动规模较大，他们在中原地区遍设当铺。据《明神宗实录》记载，万历三十五年（1607）河南巡抚沈季文奏言：“今徽商开当，遍于江北，赀数千金，课无十两，见在河南者，计汪充等二百十三家。”其他地区，据嘉靖《光山县志》载，当时的光山县有江西、湖南、南京等地商人从事交易，获利甚丰，“江右、湖湘、金陵一带客商，反皆牟大利，以至置产起家，婚娶生子，如土著焉”。豫西南的淅川、内乡一带则是“陕西等处来往买卖贩粜，商旅数多”。不同地域之间的商人往来经营，扩大了南北物资交换，加快了商品流通速度，有利于国内统一商品市场的形成。

一些实力雄厚的商帮还经营典当、金融业，再投资到生产领域，支配手工业者的活动。在外冈、朱涇、枫泾、南翔等市镇，客商“操重资而来”，开设棉布字号，一边收购棉布，一边设染坊、踹坊，雇佣工匠加工，亦工亦商，控制棉花的收购、加工、贩运等。松江郡西的百余家暑袜店，大量购进做暑袜的原料尤墩布，发给当地居民，让他们在家中缝制暑袜，“从店中给筹取值”，然后再将暑袜拿到店中出售取利。这些商人实际就是包买商，他们手中的商业资本也逐渐转化为产业资本。这种商业性的资本经营方式，是明代中后期商业领域中出现的新生事物。

白银货币化促进了中国与世界经济的同步和一体发展。明代中期之后，白银成为最重要的货币形式，尤其是“一条鞭法”在全国的推行，将一部分赋役计入田亩，合并诸项杂役，条编征收银两。赋税由原来征收实物和力役形式改为征收白银，完成了货币白银化的过程，将社会各个阶层卷入商品市场经济体系之中。白银货币化改变了传统的支付手段，提高了结算效率，推动了商品的大规模流通，促进了商品经济的发展。白银货币化的过程，是中国社会经济货币化的过程，也是市场化形态萌芽的过程，由此引发了晚明社会的变迁，成为中国古代社会向近代社会转型的重要标志。

白银货币化也把明朝经济与世界经济更紧密地结合在一起。隆庆开关之后，中国商人的足迹遍及东亚、东南亚、南亚各国。当时的中国是世界上最大的经济实体，中国的生丝、丝织品和瓷器等商品深受欧美客商的欢迎。于是，中国的生丝、纺织品和瓷器等大宗商品通过月港和澳门源源不断地输往海外，换回大量的白银。1540—1644 年的 100 余年间，日本所产白银的绝大部分输入中国，而 1570—1644 年之间，美洲所产白银有一半也通过各种渠道流入中国，一个以白银为国际贸易结算方式的世界市场体系开始建立起来，而这个体系的中心在中国。

正是建立在明代农业、手工业和商业充分发展的基础上，白银化浪潮得以涌现，而明代工商业发展中新经济因素的出现和国际化程度大幅度提高，也因此把中国古代工商业发展的水平和质量提升到一个新的高度。

原刊于《人民论坛》2020 年第 17 期。

活跃在明清时期的民间组织

在人类历史的发展演进过程中，民间组织的出现要早于官方组织。从源头上讲，民间组织促进和推动了官方组织产生、发展和不断演化；从实际运行看，官方组织出现之后，便开始组织引导、规范和管理民间组织，它们相互配合、共同构建有秩序的社会环境。

到明清时期，随着王朝疆域的不断扩大，人口的不断增长，经济的不断发展，社会组织管理的形式也越来越多样化。为适应新的形势，官方组织管理体系在继承中不断发展，民间组织形式屡有创新。一方面，国家的控制力越来越强劲，皇权已高度渗透于基层社会组织的方方面面，国家意识形态体现于民间组织之中；另一方面，民间组织也推动了官方组织不断完善和进步。这一时期的民间组织既表现为全国高度的统一性，又由于疆域之辽阔、民族成分之复杂等因素，呈现出强烈的自我发展态势和明显的地域差异性特征。

明清时期民间组织的类型繁多，
其国家意识形态化越来越明显

民间组织是由基层民众自发形成的非官方组织，到明清时

期它们的存在便已无法与官方完全脱离，即便是一些民间组织看似与官方（政府）毫无关系，实质上仍需官方的允许或默认。鉴于明清时期的国家机构没有普遍设立县级以下机构，必须发挥民间组织的管理作用。这一时期的基层组织，如果简单划分为官方、半官方和民间三类，半官方和民间组织都是广义上的民间组织性质，比如里甲、乡约、社学、社仓、义仓等，都属于半官方性质，因为它们虽然主要是由民间群体来组织运行管理，却也被纳入国家体系之中接受考核、监督和管理。比如社学，它是半官方性质的民间教育组织，明清时期各地普遍设立。明初天下既定，贫寒出身的朱元璋就下令地方政府延师以教民间子弟，倡立社学，但效果不佳。洪武十六年（1383）他又下令，“诏郡县复设社学。先是，命天下有司设社学以教民间子弟，而有司扰民，遂命停罢。至是复诏民间自立社学，延师儒以教子弟，有司不得干预”。考虑到民间的情况差别很大，并不做强制要求，“其贫乏不愿者勿强”。据《（嘉庆朝）钦定大清会典事例》，顺治九年（1652）礼部议准，“各乡置社学一区，择其文义通晓者、行谊谨厚者补充社师，免其差役，量给廪饩养赡”，清朝明确规定社、义学教师可免差役，体现了半官方性质。各地民间学校的教学水平，主要取决于地方官和地方乡绅的重视程度。其他半官方的民间组织也都有辅助政府管理的功能，如里甲组织负责赋役征派和地方治安，乡约组织保障了民间宗族或地方的行为规范，其主旨都是国家倡导的崇礼向善、淳化风俗和守望相助等价值观念。

极具血缘性的宗族义庄、地缘性的善堂善会，以及兼具地缘和血缘的会馆、公所等组织的民间属性更为明显，但也没有完全脱离官府而存在，它们同样在国家有效的监督和指导之下运行。这类民间组织的产生，动力主要来自强烈的自我需要，以及组织者（地方精英）的积极推动。明清时期，社会秩序稳定，传统经济恢复，手工业和商业不断发展，城市繁荣，城乡各类民间组织也应运而生。

商业会馆和商帮就是典型的民间组织。商人们为方便在外地的经营，多以地域为单位，或者经营同类商品的商人联合起来，捐资兴建会馆。它们各有组织章程，保护入会者的利益，研究经营对策，举办联谊活动和公益事业等。明清时期，全国各地普遍出现了商业组织，即便像商品经济不是特别发达的中原地区也是如此。据张文彬主编《简明河南史》（中州古籍出版社1996年）的初步统计，清乾嘉年间河南各地以山陕会馆命名者有32处，山西会馆32处，江西会馆6处，湖广、湖北各5处，福建会馆4处，江浙、四川会馆各3处，江南、山东会馆各2处，江宁、湖南、两江会馆各1处。分布最广的是山陕和山西会馆，达46个县之多。分布在大中城市的会馆，还是同籍官员私下聚会场所，在联络亲情和关注家乡建设等方面发挥了重要作用。

散布于民间的宗教组织非常复杂，既有儒、佛、道、伊斯兰教等传统的宗教组织，也有官方允许的道教信仰，它们被区别以国家祭祀、正祀和淫祀等，甚至还有诸如白莲教、天理会等地下宗教，以及反动会道门等民间组织，这样的分类本身就体现了国家对宗教组织的不同态度。宗教在古代中国有着悠远的历史，原始宗教是伴随着人类历史的脚步而产生的，出于对自然界的敬畏和基于超现实的精神依赖，宗教演化成民间社会组织的重要形式。明清时期的民间宗教主要是长期形成并流传下来的，凡是自然灾害频繁、社会动荡和民不聊生之时，也是民间宗教活跃的时候。如果政府应对灾害不力，民间组织便会“乘虚而入”，这既有乡绅、地主或商人以赈济为目的民间组织，也有各类民间宗教组织，它们既会施粥救灾，互相接济，也会聚众密谋，反抗官府，像明代的白莲教和清代的天理教起义，就颇具代表性。

民间组织既弥补了政府职能的缺失，
也促进了政府职能不断完善

半官方的民间组织在填补政府职能的空缺方面最为突出，里甲、保甲和乡约等组织实际担负起县以下基层社会的管理职能。明清时期全国各地普遍设立里甲组织，其结构是“以百有十户为里，推丁多者十人为长，余百户为十甲。城中曰坊，近城曰厢，在乡曰里，各有长”，主要职能是编查土地，催办钱粮，完成官府交办的各项公差。比较而言，保甲组织在维护地方治安、防止各种违法犯罪活动、协助官府缉拿罪犯、核查户口等方面功能更突出，按《清朝文献通考·户口考一》规定，“各州县乡村，每户岁给门牌，十户为牌，立牌长；十牌为甲，立甲长，三年更代。十甲为保，立保长，一年更代”。两套地方基层组织交叉使用（清后期保甲逐渐取代里甲），在稳固国家政权基础、确保赋役征收和安定社会秩序等方面发挥了重要作用。

民间教育组织承担起开启民智、普及文化的重任。民间性质的书院、社学、义学和私塾等，为广大民众提供了基础教育的需要。社学属童蒙教育，以学习《百家姓》《千字文》为主，兼及《御制大诰》等典章制度，以及冠、婚、丧、祭等古礼制知识。义学的私属性质比社学更突出，办学的资金来自官绅、商贾或地主，也有普通民众的捐赠，教师主要来自本地，有不仕的士人、年长的生员或资历辈分高的长者。学习内容多从识字开始，习读《三字经》《百家姓》，并开设劝农桑、习礼仪、明人伦道德等方面的课程，成绩卓异者参加科举考试。民间教育对开启民智和促进社会经济与文化发展方面的积极作用，是当时的官学教育无法覆盖到的。

行会、慈善会是侧重于经济和社会功能的民间组织，在行业自律、规范行为、拓展业务和社会服务等方面发挥作用。河南河内县的柏山村（今属博爱县）有专业的制缸作坊，生产的柏山缸在清初就远近闻名，到嘉庆年间共有 60 余家，民间组织——缸窑会（手业行会）负责行业管理。河南社旗县的山陕会馆很早就制订了商业规则，行会把规则刻在 3 块石碑上，分别是《同行商贾公议戥秤定规概碑》《公议杂货行规碑》《过载行差务碑》，它们是我国现存很早的商业规则系列碑文，也是“诚信为本”商业经营思想的直接展示。善会组织在明后期到清代大量出现，它们组织了多种施善与救济公益活动。据梁其姿《施善与教化：明清的慈善组织》一书统计，整个清代的育婴堂组织至少有 973 个，普济堂 399 个，清节堂类 216 个，以施棺为主的善会善堂 589 个，综合性的善会善堂 338 个，其他难以分类的743个，而无法统计的肯定还有很多。这一时期民间慈善组织的大量出现，既反映了社会有这方面的需求，也反映了施善者意在维护中国传统文化的价值取向。此意与国家意识形态所倡导的价值观是一致的。

文化组织承担着基层社会秩序构建的重任，主要由宗族、耆老、乡绅等地方文化精英共同完成的。文人结社出现很早，源于古代诗社、文会、怡会等，是社会思想文化发展的产物，唐宋时已渐成风气，到明代已空前繁盛，尤其是在经济和文化繁荣的江南地区，人文结社蔚然成风。他们志同道合，结社聚会，在闲暇之时，或赋诗联句，吟咏唱和，或品茗论道，游山玩水，共襄文坛雅事。民间文化组织以怡然自得的方式影响到本地的文化精神和社会风气，形成了颇具特色的地域文化。纵观明清五百余年乡村社会秩序的构建，主要在国家意识形态的框架之下，通过基层社会组织的自我塑造来实现。对德高望重的地方精英，古人有很高的期许。钱谦益在《中宪大夫广西按察使司副使张府君墓表》中就说：“贤人君子，国家之元气也。观于在野，在国可知也。观于老而致事，则强仕服官可知也。故曰：乡之有老成人，如树之有硕果，如松之有茯苓。树之蕃，而松之茂，必征于此。”

宗教组织的功能极其复杂，它是人们的精神追求和寄托方式的表达。不同的宗教形式影响不同地区的不同群体，普通百姓的日常生活很难离开宗教仪式或精神信仰，儒家伦理体现在日常行为规范之中，各地土生土长的宗教可谓五花八门，它们共同编织着人们的精神世界。明清时期宗教组织的新特点，是西方传教士来华，他们带来了近代西方思维方式，给人们提供了新的精神寄托，也提供了观察和认识世界的新窗口。

加强对民间组织的引导和管理，增强民间组织的社会服务功能

明清时期的民间组织复杂多样，地区发展不平衡，原生性强，地域差异大，决定了它的自发、无序和泛滥，难免与“官方”组织利益不一致，会对国家政权和社会稳定产生严重的挑战，因此必须加强管理。

明清时期，基层社会组织运行的支配力量是士绅、胥吏和宗族势力，之所以能够成为民间组织的核心和领导力量，他们共同的特征无一不是来自政府的某种权力和政治地位。因为拥有官方的背景，他们极可能会以权谋私，欺压百姓，鱼肉乡里，对此，国家建立了相应的规章制度予以规范、管理、监督和考核。各级官员都把整肃基层社会秩序作为工作的重点之一，康熙皇帝亲自颁行《圣谕十六条》，雍正皇帝大力推广《圣谕广训》等，极力倡导治国理念；省级官员如雍正时河南巡抚田文镜、尹会一分别著有《抚豫宣化录》和《抚豫条教》，加强对社会各阶层的管理，既有殷切的希望，也有严厉的要求。

民间组织复杂多变，尤其是自发的宗教组织，政府会采取严厉的管理和控制措施，如实行严格的登记和审查制度，再针对不同的宗教组织做分门别类的管理。宋代以降，政府对宗教组织“淫祀”的划定办法主要依据该信仰活动对社会秩序的积

极或消极的影响，而非信仰的人或被信仰的神本身，也就是基于宗教组织的实际作用。明清时期西方传教士大量来华，他们也在民间拥有一定的组织，在明后期到清初的一段时间里，由于外来宗教（主要是耶稣会）以儒家化为路径传播，得到了政府的优待和不同阶层的接纳，但到清前期，由于罗马教廷要求传教士改变传教方式，导致西方宗教与中国传统宗教（思想文化）发生了直接冲突，清廷便下令禁止其传播，这说明了"宗教传播不得违背国家统治思想"这一基本原则。

明清社会中后期的城市和乡村出现了许多游手好闲之徒，他们聚众结社，群殴勒索，败坏风气，影响社会治安等。对可能影响到社会稳定的民间组织行为，政府会采取严厉的打击措施，像在明代就举行过三次大规模的禁毁书院活动，反对书生和文人的讲学、集会和结社等活动，以利于思想的高度统一。

明清时期已处于中国传统社会末世，民间组织之多，情况之繁杂，管理难度之大，已超越此前的任何时期，伴随着传统国家开启近现代化的步伐，传统与现代交织，民间组织表现得异常活跃。这一时期，基层社会的稳定力量，对不同地区的民间组织而言，它们既有高度的统一性，也有很大的差异性。高度的统一性，是指统一在国家意识形态之下；巨大的差异性，是指各地民间组织形成了各自的特色，北方地区既是明清的传统政治核心区，也是民族冲突与融合特征鲜明的地区，这里的基层社会组织主要是围绕豪强地主来构建的；江南地区经济发展，文化繁荣，科举教育发达，乡绅知识精英主导了基层社会的运行；华南地区在南宋之后，宗族力量在民间组织中扮演了极其重要的角色。明清时期的国家管理，既能够充分认识到统一的国家意识形态的重要性，又能区别不同的地区和族群，以采取灵活的民间组织管理政策，这样的经验值得后世认真分析和学习。

原刊于《人民论坛》2019年第13期。

明代文人的旅游观念与闲暇生活

“柴米油盐酱醋茶”是传统中国人日常生活的开门七件事，到了明代中后期，已被文人士大夫换成了“谈谐、听曲、旅游、博弈、狎妓、收藏、花虫鱼鸟”闲暇生活新七件事，其中旅游成了生活新风尚。表面上看，人们的闲暇生活有了新内容，背后反映的却是一个新时代的到来。

旅游成为明代文人士大夫的文化消费新时尚

明代的旅游活动方式多种多样，入仕为官的文人士大夫是最重要的旅游群体。究其原因，一是中国古代官员的任职回避制度，明代实行官员南北互调，这决定了官员在全国范围内远距离的调动。按规定，官员从居住地或京城出发赴任，或在任期间进京朝觐述职，均有足够的旅行时间，可享受官方接待。二是临民治事的职责，官员要对其治内进行有效的监察、管理、行政，这也要求官员在辖区内有较多的旅行活动。三是官员的职责在某种程度上决定了他们是地方旅游文化资源重要的创造者，他们在任职地进行的城市建设和山水开发，在旅游史上占有重要的地位。第四，文官是社会知识精英群体，他们的文化特质决定了其追求闲暇生活的高质量。此外，明代武官的文化消费观念也越来越强烈。因此，官员的文化消费倾向决定了他们或利用任职之便从事旅游活动，或在休假、致仕之时纵情都市、山水之间，从而形成了社会的旅游风气。

社团是文人士大夫旅游的重要组织。明人喜好结社，有案可查的组织便有数百个。有以诗文唱酬应和者，有读书研理者，有讥评时政者，有吹谈说唱者，甚至有专事品尝美味者。这些社团规模不一、宗旨不一、形态各异，大都有成文或不成文的会规、社约，有一定的凝聚性。有以地域扬名的吴中四才子、台州三学、嘉定四先生；以朝代著称的嘉靖八才子，等等。这些文人社团常常结伴成群，优游林下，吟风弄月，旅游之举蔚为大观。在南京，秦淮大社活动极盛，张怡《玉光剑气集》称："尽四方之词人墨客，及六院之歌儿舞女，无不集也。分朋结队，展转相邀，倾国出游，无非赴止生之社者。于是止生之名大噪。"嘉靖时，浙江钱塘进士方九叙《西湖八社诗帖序》描述说："夫士必有所聚，穷则聚于学，达则聚于朝，及其退也，又聚于社，以托其幽闲之迹，而忘乎阒寂之怀……古之为社者，必合道艺之志，择山水之胜，感景光之迈，寄琴爵之乐，爰寓诸篇，而诗作焉。"

繁华都市、风景名胜、名山大川、禅院道场等都是文人士大夫喜欢的场所。都市或城郊的名胜景区，是文人旅行的最佳场所。友人一道访览古迹，感怀时事，觞咏唱酬，是他们热衷的生活。万历初进士、南京人余孟麟一生好游，"以生平所游览金陵诸名胜二十处，各著诗纪之"。天下名山寺院占，禅林风景秀美，环境清幽，是理想的旅游场所。自唐宋以降，儒释道三家合流，文人与高僧、道士的交流密切，他们品茗论道，意在追求精神层面的交流，像公安派文人数次相聚在华龙寺、二圣寺、青莲庵、三圣阁、崇国寺，“屡游其间，至辄忘返”。明代后期的王士性“无时不游，无地不游，无官不游”，“穷幽极险，凡一岩一洞，一草一木之微，无不精订”，有旅游地理书《五岳游草》传世。

不仅在经济发展、文化繁荣的江南地区，文人士大夫的旅游活动在中原同样存在。弘治初年，河南夏邑出现了栗城“十老会”，由十位长期生活在县城里的离退休官员和地方文化人组成。他们经常旅行唱和，塑造了泮沼晴波、隋堤烟柳、巴河晚渡、黄堌春耕、耿祠夕照、慈寺晨钟、会亭春霁、黄冢秋风、白河烟雨、平台夜色等“栗城十景”。他们雅致的娱乐活动，对地方文化也产生了很大的影响。

明末的北部边疆也成了文人士大夫的旅游聚会之地。据沈德符《万历野获编·武臣好文》，隆庆和议后，“款市事成，西北弛备，辇下皆以诸边为外府。山人之外，一切医卜星相，奉荐函出者，各满所望而归”。边塞独特的地域文化，激发了文人内心的壮志豪情，游风大盛一时。

明代文人的旅行生活体现了他们的生活情趣、人品学识与才华修养

明初的旅游思想相对保守，客观的原因是经过元末的战乱，明初人们的经济能力有限和社会创新动力不足，限制了休闲旅

游。主观上，明初中央为稳定社会秩序和恢复生产，宣扬程朱理学，倡导秩序与遵从，对人口的流动加以限制。洪武十三年（1380），朱元璋教谕皇子说：“吾持身谨行，汝辈所亲见。吾平日无优伶亵近之狎，无酣歌夜饮之娱。”孝宗皇帝也被认为“内远声色，掖庭无歌舞之娱；外绝游畋，苑囿无车马之迹”，是个不爱好游乐的好皇帝。

明中期以后，越来越多的文人充分肯定了旅游的价值。一生爱好旅游的王士性在《广志绎》中为之辩护，“游观虽非朴俗，然西湖业已为游地，则细民所籍为利，日不止千金。有司时禁之，固以易俗，但渔者、舟者、戏者、市者、酤者咸失其本业，反不便于此辈也”。在他的话语中，仍能清晰地看出传统的反对旅游的观念很盛行，如“游观虽非朴俗”、“有司时禁之，固以易俗”等。

文人士大夫首先充分认识到了旅游的“本业治生”功用，即从事旅游业是可以养家致富的。在传统观点中，“本业”一直是指农业，所谓“背本逐末”就是批评放弃农业从事商业的行为，王士性直接把渔者、舟者、戏者、市者、酤者从事的职业，均称为“本业”，士、农、工、商，皆为本业。黄宗羲在《明夷待访录·财计三》中讲：“世儒不察，以工商为末，妄议抑之。夫工固圣王之所欲来，商又使其愿出于途者，盖皆本也。”“工商皆本”的思想，是明中后期商品经济发展的产物，是时代的进步。

同时，文人士大夫认识到旅游还有更多的功用。袁中道认为，远游既可陶冶性情，又可向同好问学，“一者吴越山水，可以涤浣俗肠；二者良朋胜友，上之以学问相印证，次之以晤言消永日”，所以“人生有几，当趁色力健时了之”。袁中道的旅游观已不再是文人的想象，而是努力的追求。

王阳明在《传习录》说“日用事为间，体究践履，实地用功”，要做到“讲之以身心，行著习察实有诸己”。在王阳明心学的影响下，士大夫提倡实学、办实事，有一批自然科学家走出书斋，亲身参与科学实践，开启博物学之旅，赋予游学新内涵。李时珍编著《本草纲目》时，不仅遍阅前人的《本草》，还“采访四方”，采集标本，摹绘图像。徐霞客从 22 岁起开始地理考察和探险旅行，清初潘耒《徐霞客游记序》中称他“其行不从官道，但有名胜，辄迂回屈曲以寻之；先审视山脉如何来去，水脉如何分合，既得大势，然后一丘一壑，支搜节讨”，他的足迹遍及大半中国，“年三十出游，携一袱被，遍历东南佳山水，自吴越之闽之楚，北历齐、鲁、燕、冀、嵩、雒，登华山而归”。每到一处，都细心寻访观察，探索当地的山川、河流、地貌、地质、气候、动植物生态及分布，详加记录。徐霞客作为游行探险家，不仅在当时引起轰动，对中国近代地质、地理学的发展也有重大影响。

明人认为，旅游还有满足人们精神需要的功能。在“心学”思想的影响下，文人士大夫向往超凡脱俗、心境平和的精神生活；当物质生活富足之后，更愿意追求闲暇生活的质量，于是“新开门七件事”应运而生。旅行生活超越了现实的功用，被文人赋予了精神追求和审美情趣，体现了他们的生活情趣、人品学识与才华修养。

明末的李贽认为，童心是最纯洁的，未受一切污染的，倡导人们要追求个性自由和解放，明清之际的思想家唐甄因此认为："好游者，人之恒情也。"他在《潜书·善游》中论述了旅游的"自然人性"属性——"天下之美观，人情之所乐"。明末启蒙思想家对传统的抑制旅游的行为提出批判，起到了唤起人文觉醒、推动社会转型的作用，标志着晚明社会进入了一个新的时代。

明代旅游服务体系在交通路线、工具、行程安排等方面不断完善

"吃、住、行、游、购、娱"被认为是旅游的六要素，明代的旅游服务体系在交通路线、交通工具、沿途的食宿、途中行程的安排、目的地的食宿及行程安排、旅游知识技能保障等方面大为改善，远远超过前代。

明代出行的交通条件大为改善。据《大明一统志》，明前期全国的道路纵为 10900 里，横为 11750 里，向东之极为辽东都司，陆路为 3944 里，设马驿 64 座，水程兼程为 3045 里，设驿 40 座，又从辽东向东北直至三万卫，为 364 里，设驿 4 座。水道运输充分利用于唐宋以来的道路，在省、府、州、县等区域性交通线路建设方面有突出的成就。内河航运在地方交通中发挥了重要作用。

明朝还建立了完整的驿递制度，官方驿递分为驿站、递运所和急递铺。其中以驿站之任务为最重，除传达政令、飞报军情外，还有接待四方使客之责。递运所主要负责运输人员物资

及上供物品。急递铺主要负责传送公文及相关人员。同时负责提供军、政人员所需的马匹等交通工具、提供基本的食宿条件等。文人士大夫以官方身份或公务出行者，可以按规定享受官驿的接待。

不过，到明代后期，官员旅行并不太愿意入住官驿，一是这里的管理过于严格，二是驿馆里的娱乐服务内容和服务水平远不及商业性宾馆。明初的经营性旅店不多，且收费昂贵。据宋濂讲，明初南京的商人较多，也有经营性旅店，但每月租金达数千钱，且客房仅可容一床，洗漱用品还要自备。明中后期，各色旅馆应有尽有。即便在偏远之地，也有店舍供行旅者歇息。风景名胜区的旅馆业很红火。明末山东泰山东岳庙香火极盛，游人众多，旅店业空前繁荣。据张岱《陶庵梦忆》，泰安州的客店，“未至店里许，见驴马槽房二三十间；再近有戏子寓所达二十余处；再近则有密户曲房，皆妓女妖冶其中……计其店中，演戏者二十余处，弹唱者不胜计”。

明代的长途、近郊旅游的交通工具一应俱全，舒适度越来越高。轿子因既无车马劳顿之苦，又安稳舒适，是人们短途旅游或长途地接旅游的主要工具。明人黄汴在《一统路程图记》中说，齐云山是一处民间烧香与旅游的胜地，自余杭县至山顶，每处十里均有轿子可以租用，服务周到，方便出行。

江南水乡的游船生意红火。有吴越之地长途的航船，有以船为酒肆的香船，在嘉兴，百姓进香时，或游览湖光山色时，多雇用香船。“夜航船”是专供人们长期旅行的，为了解除旅途的寂寞，丰富游人的旅途生活，有“善言者”在船中高谈阔论，组织大家一起交流，另外还有娱乐节目的表演等。明代的湖船装饰华丽，当时最为著名的湖船均是游船，可见当时旅游消费服务档次之高。这些游船大都有诗情画意的名字，如“水月楼”“烟水浮居”“湖山浪迹”等。

专业的旅行指南图已普遍出现，最著名的是黄汴《一统路程图记》。该书卷首有《北京至十三省各边路图》和《南京至十三省各边路图》。黄汴因年少时便随父兄外出经商，体会到“归心迫一切”“前途渺茫”和“不谙图籍”的不便，于是他留心收集各地的水陆行程，编制各种程图和路引，历时二十七年，完成两京十三省的重要地名及主要交通路线的绘制。路引详载站名、里距、走道的起讫分合，附录山川险夷、著名物产、治安好坏、牙行优劣等内容。人们外出旅行，根据路程图所示，检索路引目录，查找相关地名，便知行程里距和沿途情况，大大便利了人们的出行。明人吴岫称赞说：“士大夫得之，可为四牲览劳之资；商贾得之，可知风俗利害，入境知禁，涉方审直，万里在一目中，大为天下利益，实世有用之书。”程图、路引曾在中国流行三四百年以上，直到清末才被近代新式地图取代。

明清鼎革，战火纷飞，百姓生活陷于困顿，士大夫的富足宁静生活被打破，哪还有闲情逸致游山玩水呢？由此可见，明代旅游的繁荣，得益于经济社会的发展、旅游观念的解放和服务体系的完善，这一切又必须建立在国家的统一和社会的稳定之上。这也是研究明代旅游文化的发展史给我们的启示。

原刊于《人民论坛》2017 年第 20 期。

书人书事

在机遇与挑战之间：《明史》书前

对明代历史的评价长期处于争议之中，有人说，明代的历史充满了暴力、专制和独裁，充满了阴暗、另类与变态，宛若一座人间地狱；有人却说，明代的历史洋溢着睿智、新奇和文明，它开启了中国近代民主的新纪元和新时代，如果能够穿越历史，更愿意生活在晚明时代。迥异的观点似乎让人莫辨是非。其实，专注于明史研究的学者，或者能够打通中国历史研究的学者，大体能给明代的历史以客观的定位。那就是——明代是传统帝制的继续，是传统帝制走向衰败的开始，是孕育新时代、新生活的时期。在明代，垂死与方生并存，腐朽与神奇共生，有机遇，有挑战，明代的历史异彩纷呈、多姿多彩。

明王朝代元朝而起，从洪武到崇祯共历 16 帝、17 朝，长达 277 年，其国祚之久长仅次于唐代的 290 年（618—907），长于清代的 268 年（1644—1911）。稳定是存在的前提，国运长久，从一个方面也表明了明朝统治秩序在变革之中的适应、调整与生存能力，另一方面也说明了长期的单一制度的集权与专断只有被打破才能获得新的发展机会。

一、明代的腐朽与神奇

通常，人们综合明代的社会发展状况及其趋势，把明代的历史分成前、中、后三个时期。前期是指从洪武建国到英宗正统十四年“土木之变”爆发（1368—1449），是明朝的成长与发展的时期。在这一时期，经过明初举国体制的全面恢复、新建、重构和发展，社会呈现政局稳定、边境安宁、经济发展的大好局面，人们的生活稳定，家给人足，时人和后世称之为又一个“治世”。中期是指从土木之变到万历十年（1449—1582）的张居正去世。这一时期整个社会表现出的是承平日久下的弊病潜滋暗长，阶级矛盾、社会矛盾和民族矛盾不断积聚，在守常中寻求变革成为时代的要求，可称为明代的“积弱与改革”时期。后期指万历十年之后一直到明朝的灭亡，是明朝逐渐衰败的时期。由于明代国祚久长，后期的社会性质与前期有显著的不同，故又有“晚明时代”的表述。

处在传统社会后期的明代，落后的生产关系与活跃的社会生产力的矛盾已经暴露出来。明代的腐朽，表现在古老的官僚帝制呈现在政治、军事、思想和文化等领域的保守、因循与封闭、僵硬。明代的神奇，表现在以商品和货币经济发展为引领，思想文化和社会生活领域发生了革命性的变化，新思想、新生活、新观念带来的对新时代的追求和向往。

1. 明前期的恢复与发展

明建国之初，大规模改朝换代的战争虽已平息，但各种社会矛盾仍然十分尖锐，社会动荡不安，经济凋敝残破，统治秩序还很不稳定。太祖和成祖为加强皇权，稳定社会秩序，采取一系列措施，同时致力于恢复和发展社会经济。首先，他们调兵遣将，逐次消灭割据势力，逐步建立起统一的国家政权；他们努力清除元朝残余势力，力图肃清漠北，构建稳定的国家防御体系。其次，统治者致力于革除元朝弊政，对国家机构进行大幅度改革，在中央废除丞相，权分六部，设四辅官，建立新的中央辅政制度；在地方设立南北直隶、十三布政司和都司（行都司），强化中央集权。同时，通过改革军事、司法、监察制度，析分权力以统于皇上，使得专制主义中央集权，尤其是皇权得到进一步巩固和加强。第三，采取了一系列发展农业、手工业和商业的措施，安置流民，移民屯田，配发生产物资，鼓励种植和养殖业，保护经营者的基本利益，轻赋薄徭，这些休养生息的措施，使社会秩序趋于稳定，社会经济迅速恢复起来。第四，在思想文化方面，他们恢复科举选官取士之法，重视学校教育，传统文化教育得到快速发展。当然，在大力倡导程朱理学的同时，统治者对思想和文化的控制也进一步加强了。

明初约 70 年的时间里，历经太祖、成祖，至仁宗、宣宗时，休养生息，轻赋薄徭，政局稳定，社会秩序趋于稳定，弼成一个新的传统治世。放眼世界，当时中国在亚洲和世界上仍处于强国地位。郑和下西洋以其庞大的船队和先进的航海技术，将海上丝绸之路从印度半岛延伸到非洲东海岸，开辟亚非之间的交通网络，突显了明朝在世界上的影响力。明宣宗死后，年幼的明英宗继位，前朝老臣“三杨”继续辅政，保持了政局的稳定。

2. 明中期的矛盾与变革

进入明中期后，政治上的集权专制（当然，这一时期也不乏像廷议这样具有一定民主色彩的议政形式）与经济上的自由流动必然发生激烈的冲突与撞击。在明前期良好的农耕经济恢复基础之上，社会生产蓬勃发展，农副产品商品化程度逐步提高，手工业生产持续发展与繁荣，农民、手工业者和商人的流动性日趋增强。不仅大中型城市经济繁荣活跃，中小城镇，尤其是江南地区工商业市镇迅速崛起，在明朝的广大农村基层，也全面出现了定期集市或商品交易地点，商品经济和白银货币经济达到前所未有的高度。私人海外贸易日渐兴盛，并迫使明廷在隆庆年间开放海禁。新的生产组织方式在江南一些工商业城镇破土而出，传统经济结构内部发生了明显的变化。城镇居民逐渐兴起拜金逐利、奢侈享乐的风气，违制越礼的现象突出。王阳明心学的出现及流传，向程朱理学发起强劲挑战。至成化、弘治年间，明代社会已表露出向近代转型的征兆。

与此同时，皇权高度集中之下的官僚政治体制却日益表现出它的寄生性和腐朽性。明代社会长期保持安定，受商品、货币经济的刺激，大地主集团的胃口日益膨胀，土地兼并加剧，赋役征派日趋苛重。除景泰年间、弘治前期和嘉靖初年的政治有所起色外，英宗、宪宗、武宗等皇帝，或风流荒唐，纵情声色，或佞佛崇道，热衷念佛斋醮，而懈怠政事，导致宦官与权臣迭相专权，社会矛盾日趋激化。从正统后期开始，先是爆发了邓茂七、叶宗留起义，后又发生瓦剌南下、俘虏明英宗的“土木之变”。成化和正德年间，又相继爆发大规模的流民起义和刘六、刘七起义。到嘉靖年间，更形成鞑靼不时南下骚扰和倭寇不断入侵东南沿海的局面，葡萄牙殖民者长期滞留在澳门。明代内忧外患交织在一起，引起了朝野上下有识之士的高度警觉。从嘉靖初年开始，全国范围内掀起了政治、经济、军事和教育等方面的改革，到隆庆和万历初年，则形成全国范围内的张居正改革。这一时期，以“廷议”为手段达成了“隆庆议和”和“俺答封贡”，最终解决了困扰明廷长达200余年的北边问题，以响应时代要求和顺应时代潮流为精神，隆庆开关解决了一度停滞的中西经济和文化交流。

明代中期的改革措施有重大的现实意义，它整肃了吏治，充裕了国库，巩固了边防，缓和了边地的紧张局势，具有深远的历史意义。改革继续推进了明前期业已开始的白银货币化进程，赋役制度和经济增长方式也发生了重大变化，整个社会经济发展的质、量都得到提升。明中期面临的社会矛盾及其应对措施，反映了中国社会在传统体制框架内寻找新的发展机遇的基本能力和发展方向。

3. 明后期的腐朽与神奇

学界对明后期的社会性质判定最为复杂，是腐朽还是神奇？是帝制的持续，还是近代化的初起？嵇文甫在《晚明思想史论》中的论断大体为学界所认可，“晚明时代，是一个动荡时代，是一个斑驳陆离的过渡时代。照耀着这时代的，不是一轮赫然当空的太阳，而是许多道光彩纷披的明霞。你尽可以说它‘杂’，却决不能说它‘庸’；尽可以说它‘嚣张’，却决不能说它‘死板’；尽可以说它是‘乱世之音’，却决不能说它是‘衰世之音’。

它把一个旧时代送终，却又使一个新时代开始”。明后期所呈现的传统与现代交织，腐朽与神奇互现的特点比明中期表现得更加突出。

明代后期始自万历十年，张居正去世后遭到抄家惩处，中期以来的改革之锐气受到沉重打击，士风也为之一变，明朝的改革气象随之烟消云散。君主专制制度、大地主所有制的反动性和落后性暴露无遗，既得利益者变得更加贪婪侈靡，疯狂地对广大农民和城镇居民进行压榨和掠夺，引起百姓的强烈不满和反抗。统治集团也更加腐朽，神宗亲政后长期不理政事，只顾聚敛财货，寻欢作乐，连国家机构缺员也不闻不问，官员奏疏多被“留中”，严重挫伤了官员参政、议政和行政的积极性。在职官员的考课升迁时停时行，不少官位长久空缺，助长了官场上的因循拖沓之风，为各级官员贪污纳贿、欺压百姓洞开方便之门。光宗沉溺酒色，熹宗嗜好玩乐。统治阶级内部派系林立，争斗不休，使统治力量严重削弱。专制统治已难维持高度的集权统一，对社会的控制力日渐松弛。明朝的政治环境日趋恶劣，社会矛盾加剧，农民起义、市民暴动、军兵哗变、民族矛盾尖锐等问题日显突出。

与之相对应的是，商品货币经济却在持续发展，全国性商品市场已经形成，并向世界延伸，海外贸易迅速增长，大量白银流入中国，社会转型的步伐明显加快。逐利与奢侈之风更加盛行，逾礼越制的现象比比皆是。由心学发展起来的泰州学派，特别是“异端之尤”的李贽，高举反传统的旗帜，倡导人性自由、行为解放、满足私欲、贵贱平等的启蒙思想。作为心学的逆动，实学思潮也悄然兴起。一些思想家、政治家在批判理学家空谈性理的同时，倡导实学、实功、实用，讲求经世致用、治国兴邦之术，实现富国、强兵、足民。晚明社会正是在这种政治腐败中走向了经济与社会的开放活泼。晚明时期的中国社会，正处于由传统社会迈向近代的社会转型时期。因此，有学者认为：晚明社会的基本特征是“变”，实质是社会转型。16世纪是人类社会发生深刻变化的时代，也是中国社会发生变化的时代，晚明社会变迁与两个划时代意义的开端即中国的传统社会向近代社会转型的开端和世界一体化的开端相联系。（万明《明代中外关系史论稿·自序》，中国社会科学出版社2011年）

二、明时期的中国与世界

明朝存在的时间是1368年至1644年，即14世纪中叶至17世纪中叶的近三百年时间。在中国传统的历史分期中，这一时期常被认定是传统帝国政制持续发展的历史时期，明朝与继之而起的清朝被视为专制主义中央集权高度发展的统一的、超稳定的“板块”——明清500余年——被笼统地视为专制、独裁、保守、闭关，而明朝更被视作近代中国落后于西方社会的“祸根”。然而，如果认真去分析明朝时期的中国与世界，比较明朝时期的中国与清朝时期的中国，就会发现：明代的中国，依然走在世界发展的前列，明代中后期的中国充满机遇，把明朝的国势与清朝的国运作为一个整体版块联系在一起，是不恰当的。

传统社会发展与变革时期的中国，所处的国内和国际大环境总体还是良好的。国内商品货币经济持续发展提供了持久保障，思想文化和社会生活提供了强劲动力，这一时期的国际环境也有利于中国社会的转型，当时的中国与国际社会在政治、宗教、科学和技术等方面也一直保持良好的沟通、交流关系，在近代社会思想和科学文化方面保持较高水平的沟通与交流。

当然，社会转型也是一个痛苦的过程，国内传统专制势力仍然顽强，儒家传统政治、思想和文化价值观念的影响根深蒂固。明代社会走向近代化的道路还面临重重困难和阻碍，这一点与从中世纪走向近代社会的欧洲还有很大的不同。

1368年，明朝建立之时，欧洲依然处在“黑暗”的中世纪，那一时期，黑死病肆虐下的欧洲大陆，充满了饥荒、瘟疫和暴力，经济混乱。英法之间的战争持续百年之久（1337—1453），其间国王和贵族为争夺经济利益和国家控制权展开激烈斗争，加剧了政治和社会动荡。13世纪的罗马天主教会权力达于极致，教皇不仅是基督教的精神领袖，甚至对全部世俗统治者具有普遍权威。14世纪的宗教与经院哲学依然统治着人们的思想，只不过，教会走向衰落的步伐越来越快。也恰恰在明朝建国之初，欧洲教会正处于“教会大分裂”，即两个教皇并存的时代。大分裂直接破坏了基督教信仰，破坏了构成教会重要基础的教阶制度，动荡了普通基督徒的日常生活。可以说，这一时期的欧洲政治、宗教和社会都处在一个混乱的时期。“然而，欧洲新社会表现出相当大的韧性。危机常常激发新思想和新习惯。这一时期的知识分子认为自己即将迈入一个古典文明精华再生的新时代，后来人们普遍称之为文艺复兴”（［美］杰克逊·J. 斯皮瓦格尔：

《西方文明简史》，董仲瑜等译，北京大学出版社 2010 年）。纵然有罗吉尔·培根这样的天才思想家，尝试向经院哲学发起挑战，但也不过是划过天边的一道流星，没有给当时的欧洲社会以实质性的影响。

欧洲社会的近代化进程起步于 13、14 世纪，地中海沿岸一些城市开始使用新的生产组织管理方式，历经 14 世纪后半期的几次经济逆转和社会变革之后，这些地区在 14、15 世纪开始使用脚踏纺车、脚踏织布机、水力和风力发动机、磨粉机等，制造业和贸易额增长迅速，走向了漫长的资本积累过程。例如，1500 年（明弘治十三年）出现在德意志地区的、作为商业和军事同盟组织的汉萨同盟已有 80 个城市加盟，他们在北欧和英国的贸易处于垄断地位。在意大利等国，传统商业部门出现了新机器和新技术。但显然，这时欧洲的技术大都落后于同时期中国的手工业生产技术，而且劳动者阶层主要还是农民，《西方文明简史》认为“除了在意大利和佛兰德斯等城市化程度较高的地区，农民占全部欧洲人口比例依然高达 85%—90%”，直到 15 世纪末，欧洲的农奴制才衰落下去。

15 世纪是西方文明的“复现和再生”时期，这一时期既是中世纪历史的延续，也是一个新时代的开始。一方面，14 世纪的分裂局面在持续，另一方面，政治、经济、艺术和知识变革出现，文艺复兴开启了欧洲近代化的大门。

欧洲近代化进程加速发展于 15 世纪末至 16 世纪初的环球航行之后，即所谓的“大航海时代”。这样一个时代的开始，许多学者认为，欧洲开始全面与世界相遇，迈向世界经济由此全面开始。无论是刘祚昌等先生所认为的“世界近代史开始于1640的英国资产阶级革命”（刘祚昌等主编：《世界近代史·导言》），还是吴于廑等先生认为的“1500年左右是世界近代史的开端”（吴于廑、齐世荣主编：《世界史·近代史编》）。至少大航海时代的欧洲仍然比中国的郑和船队落后近一个世纪，可以说，至少在明朝建立后的150年的时间里，中国仍然走在世界的前列。

16世纪以后，明中期的社会转型与欧洲同时期的历史演进有诸多相似之处，商品经济的迅速发展，反传统思潮的涌起，社会思想和文化特质的变化，以及科学技术的进步等，都在昭示一个新时代的到来。对比中西社会的文明进程，从传统向近代社会的转型，虽然是综合因素共同作用的结果，但主要表现大体有三个方面：一是政治权力组织和运行方式的差别，即民主与专制之别；二是资本运行和管理方式之别，即雇佣劳动与家庭手工业劳动之别；三是推动物质世界的飞速发展动力，即科学和技术的差别。

16世纪之后，欧洲步入了近代化发展的进程，中国却继续“鹅行鸭步式”地徘徊在传统的官僚帝制时代，而且中西方的差距由此愈拉愈大，人们开始关注16世纪中叶之后的中西方全方位的新的交流。

在中西方的交流方面，中国人11世纪发明的火药，在13世纪时被设计成一种简易的火炮，经过蒙古人改良并使用于对亚欧的战争之后，火药开始逐步使用于战争之中，精准的大炮和炮弹应运而生。13—14世纪，中东和欧洲都使用上了这一锐利的武器装备。15 世纪以后的明朝中后期，其政治思想、商业资本运作和科学技术等保持着大体与西方社会同步发展和较为顺畅的交流，并非像入清以后的 18 世纪与西方相去甚远。在倡导“人文主义精神”的文艺复兴蓬勃开展之际，中国的阳明心学也正在席卷中华大地，李贽等人的反传统守旧思想之锐利并不逊色于欧洲启蒙思想。在经济领域，中国无论是东南沿海还是华北乡村，在手工业和商业生产领域都发生了结构性变化。

此时的中国与世界越来越密切地联系在一起。明中期以后，西方传教士、商业船队相继登陆中国，中西间的政治、经济、宗教和科学技术活动交流日益密切。由西方传教士输入的欧洲近代科学知识，也为中国一些有识之士所接纳，包括皇帝和皇后在内的最高统治者都表现出浓厚的兴趣；中国的商品市场因为有许多国家的参与而纳入世界体系之中。中国是那个时代世界白银资本市场的中心。

然而，历史发展充满了不确定性。17 世纪中叶之后，中国逐渐落后的历史事实是显而易见的。明朝以后的中国并没有像欧洲主要国家那样步入近代化发展阶段，其原因自然是多方面的。中国以传统农耕经济为基础，以儒家伦理为内核构筑的统治秩序在专制统治下表现出顽强的生命力，阻滞了社会结构的更新和变革。当晚明社会腐朽的政治秩序与鲜活的思想文化正在发生剧烈碰撞、急需寻求突破之际，明末农民战争爆发了。建州女真乘机在东北崛起，并建立了后金（后改为清）政权。在东南沿海，荷兰、西班牙的殖民者侵占台湾。为了对付内忧外患，明朝统治者耗尽了国力，最后终于为农民大起义的浪潮所埋葬。随后入关统一全国的清王朝，重建了传统统治秩序，新的专制主义中央集权重新建立，晚明闪现的变革曙光随即消失。这打破了正在起步的中国近代化进程，使中国重新回到传统统治体系中，中国也因此失去了蜕变的机会，古老的中国仍然未能走出中世纪，冲破传统帝制的藩篱。这是近代中国落后的关键所在。

《明史》，人民出版社 2019 年。

《白话明史》前言

清修《明史》是“二十四史”中的最后一部，记载了有明一代近三百年的历史，始自元末明太祖朱元璋建国，止于崇祯十七年明朝首都北京的陷落，并涉及清军入关初之史事。

一

《明史》是一部纪传体断代史，全书包括本纪 24 卷，记载明 17 朝 16 帝在位时的国家大政；志 75 卷，记载明朝天文地理及各项典章制度；表 13 卷，列诸王公侯宰辅七卿的世代接续演变；列传 220 卷，依时间顺序、类别，立人物传及四夷、外国等传，共计 332 卷，其卷帙之庞大，仅次于《宋史》。

学者论“二十四史”质量，多推《明史》为上乘。清代史家赵翼说：“近代诸史自欧阳公《五代史》外，《辽史》简略，《宋史》繁芜，《元史》草率，惟《金史》行文雅洁，叙事简括，稍为可观，然未有如《明史》之完善者。”（《廿二史札记》卷 31）所以如此，原因简言之有二：一是《明史》修纂时间长，二是纂修者多饱读硕学之士。

清入关后第二年（1645），中央即设明史馆，任命满汉官员任总裁、副总裁和纂修官，《明史》修纂自此启动。但是，由于顺治年间南明政权、大顺和大西农民军反清复明的力量还相当强大，甚至一度严重动摇清朝的统治，《明史》的修纂进展缓慢。直到康熙四年（1665），以原大顺军余部为主体的夔东十三家抗清斗争被摧毁之后的第二年，清廷才又重开明史馆，却又因修纂《清世祖实录》的任务更为迫切，明史的编修再度停滞。直到康熙十八年（1679），徐元文被委任为监修，才全力推动纂修明史。雍正十三年（1735）《明史》修纂完成，乾隆四年（1739）向皇帝进呈，正式刊行。以顺治二年开馆计，《明史》编纂历94年，以康熙十八年全力编纂开始计，亦历60年，殆为中国古代官修史书纂修历时最长的一部。

中华书局出版的点校本《明史》署名“张廷玉等撰”，但这部史籍凝结了不止一代史学家的心血。张玉书、王鸿绪和张廷玉等先后任《明史》纂修总裁，而张廷玉是最后完成《明史》纂修的总裁。《明史》修纂前期，以浙东学者黄宗羲的学生万斯同（1638—1702）的贡献最大、出力最多，他以平民之身修纂《明史稿》500卷，却没有担任明史馆的职名。王鸿绪（1645—1723）在万斯同基础之上继续推动《明史》纂修，而张廷玉最终以王鸿绪稿本为基础修成了《明史》。

二

《明史》被公认为“二十四史”中的佳作，是因为它不仅体例严谨，叙事清晰，文字畅晓，剪裁得当，赞评得体，而且《明史》言必有据，广泛引述了当时的官私史料，为记述明代历史的重要典籍。

第一，在体例方面，《明史》集历代百家之长，又有所突破和创新。如“本纪”部分共 24 卷，不足全书 10%，字数所占则不及全书 4%。这种体例意在突出本纪在全书中之地位，是将本纪作为全史之纲。它以编年的形式进行简明扼要的叙述，列于全书之前，使人在阅读这部史书之时，首先了解有明一代历史之概况，而不至于有琐碎割裂之感。“志”部分仿《宋史》的体例，而《礼志》《乐志》《仪卫志》《舆服志》均分立分述，较以前诸史更为完善。所述制度，既有相对稳定的整体面貌，又有形成及历代因革变迁之过程。以“选举志”为例，首卷为学校，次卷为科目，三卷则荐举、任官、铨选、考察，至于因革，缕述明初重荐举，永乐以后科目渐盛，荐举日轻，诸多变化清晰而详明，而于叙述中又夹有议论，以表明作者之史观，以启发史鉴之思考。所以，赵翼将辽、宋、金、元诸史和《明史》做比较，认为“未有如《明史》之完善者”（《廿二史札记》）。

第二，明代历史遗存之史料较为丰富。清人修明史时，可资使用的第一手史料很多，除完整的明朝各帝“实录”而外，尚有邸报、方志、文集和大量私家史乘。朱彝尊参与修史时在《上总裁第二书》中说，仅各地的方志藏于官府者，即达三千余册之多。同时，万历年间官方还曾组织过当朝史的修纂。此外，明代私修史籍的成果也极为丰富，尤其是一批历史事件的“当事人”还健在，这都使明史的修撰较之前代修史，有得天独厚的条件。

第三，《明史》能比较尊重历史事实，不全以明代官方结论为据。如建文帝年号于成祖夺位后被革除，其四年史事仅附于《明太祖实录》之后，《明史》则专立《恭闵帝纪》一卷，甚为得体。再如英宗复辟后削景泰帝号，情形与建文事相似，《明史》亦为其立本纪。嘉靖中兴大礼议，特尊帝父为睿宗兴献皇帝，仅有帝号而已。《明史》本纪不列兴宗、睿宗，正为保存历史之真相。甚至对涉及女真或满族历史的某些部分，《明史》也能持以公论，秉直书写。如对边将李成梁、熊廷弼功罪的记载，都堪称道。

第四，在体例的创建上，《明史》在列传中新设了“阉党”“流贼”和“土司”三目。宦官涉政与有明一代相始终，《阉党传》记载了王振、刘瑾、魏忠贤等宦官及其党羽的兴灭行迹。明朝首都最终陷于李自成之手，《明史》作者对李自成、张献忠等农民起义抱敌视的态度，为他们立传而称之为“流贼”，为的是总结明亡经验：“剿抚之失，足为炯鉴。”但明末农民战争的一些史实得以保存。《土司传》则专写西南地方民族的情况，分湖广、四川、云南、贵州、广西等5个土司传。这些列传中多有对地方民族的污蔑之词，但其中保存了各地方民族的大量重要资料。今日国内不少边地民族的历史，大半可以追溯到明朝初年，因此这些资料为治少数民族史者所珍视。

三

尽管《明史》有足以称道之理由，但作为一部官修正史，其缺点也是显而易见的。

现代著名史家谢国桢先生于明代史事所知赅博，其评论《明史》缺失，如毁灭不利清廷之史实；于明初事实记载不详；因清廷讳言明朝驱逐蒙古于漠北，亦犹讳言建州女真于东北臣于明；因史官为明末降清人士，对明朝统治集团内部矛盾，皆略而不详；由于《明史》出于东南文人之手，因此《明史》于江浙文人尤其是东林党人多立佳传，与其他方面人物相比，记述不均，是非亦难得其平，等等，皆为的论。

《明史》的缺点还不止这些，比如它尽力隐讳南明历史，以致出现重大失实。《明史》不仅不给南明诸帝立纪，甚至于列传中亦不立传。清初私家修史，但凡谈论及此，也难免于“文字狱”之祸。崇祯十七年（1644），李自成农民军克北京，随后清廷入主，与此同时，弘光帝在南京被拥立，此时明朝尚有半壁河山。而《明史》力诋其为伪朝。此后明朝又有隆武、绍武、永历诸帝及鲁王监国。永历帝朱由榔于康熙元年（1662）为吴三桂所杀，或以为此系明亡之时，而孟森先生《明史讲义》末作《南明之颠沛》，直以鲁王殂于台湾之清康熙三年（1664）为明亡之时。此真史家直笔也。而此时距崇祯之亡，已二十年矣。此二十年明朝之史，《明史》皆讳而不记，不承认其帝号，实有失信史之誉。

至于《明史》在历史史实考订方面的小疵，更是不胜枚举。以朱元璋征陈友谅一役为例，《太祖纪》记：“戊戌，克安庆。壬寅，次湖口，败友谅于九江，克其城，友谅奔武昌。”与《陈友谅传》所记略同。《廖永忠传》中加“至安庆，破其水寨，遂克安庆”。总之皆称先克安庆，后克九江。而《刘基传》中却记，“师攻安庆，自旦及暮不下，刘基请径趋江州，捣其巢穴”。按此说则克江州（九江）之前，安庆未克。所记不合。与此相类，《张玉传》记东昌之役，成祖被盛庸军包围，力战而出。张玉不知，突出阵中欲救成祖，力战而死。而《朱能传》却称，成祖被围，张玉力战而死，朱能率周长等力战，救成祖出。张玉究竟死于成祖突围前还是突围后，二传所记不合。事虽并非关键，但确为述史不严谨之失漏。另外，限于清廷史臣对于边疆地理和域外之情形的了解，《明史》中的《西域传》和《外国传》中与欧洲诸国相关的部分，也存在不少疏漏，如西域传中既有哈密传，又有哈梅里传，执笔者竟不知哈密与哈梅里实为同一地不同音译名称。明朝中后期是中西交流的重要时期，而《明史》对此的记载大都付之阙如，“佛朗机”等传则往往语焉不详，时有错谬。

《明史》对于制度的叙述多言简意赅，但有时亦因言过于简或考辨不足，而出现错误。如《兵志二》言：“班军者，卫所之军番上京师，总为三大营者也。初，永乐十三年，诏边将及河南、山东、山西、陕西各都司、中都留守司、江南北诸卫官，简所部卒赴北京，以俟临阅。京操自此始。”这段文字显然源于《明太宗实录》和《皇明兵制考》，但在表述时中间省略了一段文字，使人误认为京操始于永乐十三年（1415），出现了偏差。而实际上，班军制度之始是在永乐二十二年。诚然，《明史》以三百卷之巨，修纂日久，成于众手，难免顾及不到，出现舛误。但它仍不失为一部优秀的史学著作。

本次《明史》的选译工作，主要是基于内容的重要性和译文的准确性、可读性开展的，首先要考虑内容的重要性与完整性。我们将“本纪”全部译出，既体现了《明史》编撰者把“本纪”作为全书纲领的意图，也是为了让读者能借此更好地把握有明一代的历史概貌。后妃、诸王、公主列传同样全部译出，不仅因为他们的活动往往关系到全局，而且考虑到了社会各界对这些内容的广泛关注。“列传”部分，主要以官员的地位及影响的重要程度作为选译的标准，同时，为了保证内容的完整，但凡选译的人物，均全文译出。

为了保证译文的可读性，在“直译”大的原则下，译文对典章制度和专门用语作了通俗诠释。可读性不强的“表”，考虑到读者的需要有限，并没有译出；对单纯讲述制度的“志”，也仅译出“序”。

编译者面临与所有古文今译者同样的难题，由于时代的变迁，语境的不同，并非所有古文词语都有与之对应的现代汉语。加以译者功力所限，译文在准确性和可读性上都并非完美无缺。比如，明代“军”和“兵”是两种不同身份的人，为了方便阅读，只好笼统地译为“军人”或“士兵”；原文中的“致仕”在不同场合下有“退休”“辞官”或“离职”等不同的含义，译文也没有完全对应起来；原文对地方民族和民众造反的诬蔑称呼，大多保留了原纂写者的口吻，没有译为现代的概念。以上种种处理，或有不妥，还望方家及读者朋友批评指正。

明朝立国长达277年，国祚之久长仅次于唐代，创造了被清康熙帝称为“治隆唐宋”，被《明史》编纂者称为“远迈汉唐”的业绩。在明代，一方面传统农耕经济达于鼎盛，君主制政治制度高度成熟完善，理学思想空前深入普及；另一方面商品化经济日益繁荣，海外交通逐步开放，人心不古，反传统思想风起云涌，新经济、新思想、新生活构成晚明的社会转型。中国历史已经迈开了走向近代的步伐。然而，由于种种原因，长期以来，在一般人的眼里，明朝却成为专制、黑暗、残暴的代名词，对明代史普遍存在着曲解与误读。清修《明史》尽管存在着不少缺点，但我们仍然希望读者通过阅读本书，激发对明史的兴趣，以期更多、更全面地了解明代的历史。

《白话精华二十五史·明史》"导读"，现代教育出版社2011年。

其兴也勃，其亡也忽：《天朝落日》前言

历史的智慧，是无数先贤圣哲将前人所付出的血与火的代价总结而得出的宝贵的经验，这笔巨大的精神财富，不光成就了辉煌灿烂的中华文明，也培养出中华民族不屈不挠的民族性格和共同的民族心理。因此，要深刻地了解现实，面向未来，就应当自觉地学习历史，追溯历史。

世界上没有哪个国家如中国一样有着如此丰赡的文化和高度发达的文明。中国，是唯一拥有连续不间断历史的国家。即使在鸦片战争以后的一个多世纪里，中华民族陷入亡国灭种的重重劫难之中，中华文明也没有因此沉沦，相反，却表现出不屈的姿态和顽强的精神。一部中国历史，无不充盈着这种坚忍不拔的民族精神和气节。

五千多年的历史风烟，上演了多少波澜壮阔的历史活报剧。“江山如此多娇，引无数英雄竞折腰”。数以百计的王朝兴替，太多的英雄传奇，读来无不荡气回肠。其开国之君，无不具有雄才大略；其开国之始，又无不气象万千。燕啄新泥，鸟衔熟禾。轻徭薄赋，与民休息。但随着统治日久，统治阶级内部嗜欲渐盛，骄侈之心代替了求治之心，不再治世惟危，很少“慎终如始”了。王朝的危机呈现出来了。所以历史上屡有中兴之主而造中兴之势。然而翻遍二十四史，数一数所谓的不多的几个中兴时

期，其气象也不尽如人意，有的甚至加速了王朝的覆灭。统治者更加腐败，社会矛盾更趋激烈。就像一座梁柱被蚀空的大厦，纵有华丽的外表，也经不起哪怕是轻轻的一阵风或一场雨的吹打了。所以后来读史者又无不慨叹："其兴也勃，其亡也忽。"每一次改朝换代，几乎都伴随着血与火的惨烈战争，都伴随着家破国亡、妻离子散的末世悲歌。在除旧布新的王朝更替之际，社会长期陷入大动荡之中，民生凋敝，百姓流离，灾害肆虐，人口锐减，经济和社会生活呈现大幅度的倒退。

"以史为鉴，可以知兴替"。反省历史，就是要避免重蹈覆辙，从历史的经验中吸取教训，找出社会发展的规律，从而找到更好的社会发展方向，永葆太平和睦的生活时代，这是每一个治史者、治国济民者和关心国计民生的华夏子孙共同的期盼。因此，这就需要我们用辩证唯物主义和历史唯物主义的观点去研究历史，探索历史发展的规律，探讨王朝覆灭的历程，揭示王朝覆亡的真相。了解历史发展的轨迹，明辨历史的是非曲直，以唤起人类心底的良知，让人们更加热爱、珍惜和平生活，让社会稳健和谐地发展，实现人类大同，这具有深远的意义。

纵览历史风云，细细品味历代王朝兴衰，我们惊奇地发现：历代王朝创造繁荣的过程极为相似，其衰亡也经历了惊人相似的轨迹。概言之，在专制主义中央集权或皇权集中的古代社会，历代王朝的兴衰与一个人有极其密切的关系，这个人就是作为王朝最高权力的拥有者——"天子"！即我们常说的国王或皇帝。

在"普天之下，莫非王土；率土之滨，莫非王臣"的时代，天子对社会财富拥有最高的支配权，对臣民拥有无上的控制权。

作为天下百姓，历来都把天子圣明作为治世的标准。天子圣明，则百姓之幸；天子昏庸，则百姓之祸。但纵观历史，圣明的天子为数不少，昏庸的帝王也比比皆是，百姓的苦乐可想而知了。所以，元代词人张养浩在路经潼关，看到废弃的宫阙，发出了“兴，百姓苦；亡，百姓苦”的长叹，引发多少人的思考！秦朝以后，随着皇帝制度的确立和专制主义中央集权的逐步加强，皇帝成为等级社会的最高主宰者和支配者，中华帝国这艘生命之船在航行中的安危存亡系于其一人之手。

王朝兴替，其兴也由帝王。透过历代社会经济的恢复与发展、繁荣状况，我们不难发现，这一时期的帝王大都励精图治，兢兢业业。他们时刻铭记着创业难、守业更难的规诫，“水可以载舟，亦可以覆舟”的箴训，精心打理自己的“家国天下”。在政治方面，他们事必躬亲，严加管束皇亲国戚、家奴宦官；他们亲贤人，远小人，善于纳谏，能听取不同的意见和观点，甚至是逆耳的忠言。在经济上，他们与民休息，蠲租免税，爱惜民力，轻徭薄赋；他们兴修水利，发展经济；他们打击豪强，分配土地，保护生产和经营；在自然灾害降临时，他们安置流民，倾力救济。在民族政策方面，切实考虑到统一的多民族国家的实际状况，充分尊重不同民族之间的风俗与信仰，为的是民族之间、政权之间与国家之间能够和谐友好相处。中国是一个传统的农业国家，拥有早熟的农业文化，只要政治清明，爱惜民力，君臣上下同心，百姓自然乐而向之，国泰民安的盛世局面并不难创造。

例如西汉初年，高祖、文帝、景帝相继实行休养生息的政策，汉初七十年，国力达于鼎盛，遂有“文景之治”之盛世。隋文帝以短短二十年之时间，创造了后世艳称的“开皇之治”。唐太宗创造的“贞观之治”距大唐开国仅仅三十年时间。明朝开国之初，到处田畴荒芜，榛莽丛生，中原及江淮许多地区人烟断绝。明太祖提出“安民为本”和“藏富于民”的主张，实行休养生息政策，以恢复和发展生产。到洪武二十六年（1393）时，全国人口数已经达到 66906040 人，比元代 1291 年人口最高的 59848964 人（未包括游食者 4298 人），增加了 696848 人。

王朝兴替，其亡也由帝王。任何一个王朝衰败和灭亡的轨迹都有着惊人的相似性。

尽管每一个王朝灭亡的具体方式可能千差万别，帝王或被俘沙场，或被捉宫廷，或身首异处，或客死他乡，或自焚宫中，或自缢身亡，或亡命天涯，或葬身鱼腹……但任何一个王朝由盛至衰，由衰至亡都不是朝夕间事，都是有迹可循的。即如所谓的清平盛世，也同样潜伏着危机，只不过被表面的繁华所掩盖，社会承平愈久，其衰危之心愈益懈怠，统治阶层更不愿甚至不敢去面对，仍然我行我素。以明清为例，通常认为，明实亡于万历，清实亡于康乾盛世的乾隆王朝后期。个别帝王或者试图挽救将倾之大厦，但终因积重难返，无法逃脱被颠覆的命运。亡国之君各有各的不同，但亡国之君的行为方式多有惊人的相似。在政治上，他们荒怠朝政，不理政事，或多年不上朝，将朝政悉数委于他人；他们亲奸邪，远忠良，良莠不分，偏听谗言，致使政治不明，吏治败坏；他们对治理国家不感兴趣，对歪门邪道表现出异乎寻常的热情，或求长生，或乐于兴趣爱好，或荒乐好色，荒淫无道等。在经济上，他们不抑兼并，横征暴敛，与民争利；他们奢侈浮华，大兴土木，劳民伤财，其结果自然是积贫积弱。在民族关系和对外关系上，他们或嗜杀成性，穷兵黩武，王朝元气大伤，最后直落得兵败如山倒；他们往往骄傲自大，采取民族压迫与民族歧视政策，等级制度森严，致使民怨沸腾。例如，夏朝末年，桀荒淫无度，纵情于歌乐声色，数月不上朝。大臣关龙逢进谏说："如果天子做到谦恭、节俭、讲究信义、爱护贤才，那么，天下才能安定，王朝才能稳固。而今陛下奢侈无度，嗜杀成性，弄得诸侯离心离德，百姓盼望您早些灭亡。"忠言逆耳，桀竟将关龙逢杀掉，并警告臣下，如果再有进言者，一律处死。从此，贤臣绝迹，佞臣当道，终被汤武革去"天命"。秦二世胡亥昏庸无能，终日沉湎于享乐，权柄被窃于奸相赵高，光天化日之下上演"指鹿为马"的闹剧，不幸印证了"亡秦者，胡也"的谶语。唐朝后期藩镇割据、朋党之争、宦官弄权，帝王权力被窃，无力左右政局。南宋亡国的教训再次证明天子失德、大权旁落、奸相当道坏政的血的教训，秦桧、韩侂胄和贾似道的权倾朝野，究其原因，大都源于帝王们陶醉于江南安逸的生活，满足于偏安江南的既成事实，像理宗和度宗皆因贪恋女色而亡命。诗人林升在《题临安邸》中恰切地反映了上至帝王、下至百官醉生梦死的生活："山外青山楼外楼，西湖歌舞几时休？暖风熏得游人醉，直把杭州作汴州。"在明末，万历皇帝深居宫中，二十年不上朝，置国家大事于脑后，终日纵情于酒色。据史书记载，万历皇帝"每夕必饮，每饮必醉，每醉必怒"。他迷恋饮鸩止渴的房中术，二十多岁就搞得身心俱疲，常常头晕目眩、动火热症，这也是多年无法临朝的原因之一。他长期怠政而勤于搜刮，加剧了明代官场的腐败，致使各级官员不惜民力，以搜括为能事。

但是，历史的发展是复杂的合力运动。我们强调了王权运行在王朝兴替之中的决定性作用，但绝不认为它是唯一的因素。过分地强调单一或偶然因素而忽视了综合因素对历史发展进程的影响显然是有悖历史真实的。我们讲，在专制主义中央集权下，皇权是王朝运行的决定力量，然而在皇权尚没有高度集中的时期，如在某个王朝建立之初，王权在没有取得绝对控制地位的时候，天子的命运和王朝的命运就显得非常悲惨，像东汉、西晋和东晋时期就是如此。尤其是在东晋门阀政治影响下，皇权变态，皇帝垂拱，士族当权就是突出的例证。

我们强调作为最高统治者皇权的决定意义，绝不是忽视统治者阶层的其他群体所施加的影响，如外戚等皇亲国戚，宦官等皇帝的私人奴仆，绝代佳人等，对王朝运行的重要影响。其实，他们的得势，他们的权力主要取决于皇权的运行，他们之所以气焰嚣张，完全是狐假虎威，仗势欺人。奸臣贼子乱政，实则是帝王权力运行出现了问题，一旦天子扬威，无论气焰多么嚣张的乱臣贼子通通玩完！明末魏忠贤集团的覆亡就是一个很好的例子。魏忠贤纵然被封为“九千九百岁”，在“万岁”崇祯帝龙颜大怒时，其看似坚固庞大的官宦集团也会迅速瓦解。

能够对皇权运行产生直接、重大影响的是广大官员群体。他们的权力既是皇帝所赋予的，同时又有相对的独立性，可以说，官员队伍的品质是影响王朝兴替的重要因素。一个王朝的兴衰，很大程度上取决于官员素质的好坏高低。官员素质的高低既表现在保民、安民和富民方面，更表现在官员的廉洁方面。官员是帝王治国思想的践履者，吏治清明，则上令下达，政通人和，社会就会安定祥和；官员欺上瞒下，中饱私囊，就会出现“歪嘴和尚念乱经”的情况。官员的素质取决于这一群体的知识水平、社会责任感、道德观和价值趋向等。历史上，不乏冒死直颜犯谏的官员，他们以天下为己任，以“修身齐家治国平天下”为人生价值观，既能有效地缓和社会矛盾，也能促进社会经济的发展，同时又能规劝帝王严以律己，执政为民，天下为公。

然而，大臣的命运又在很大程度上受制于皇权的运行。凡是在王朝的兴盛之世，就会有一批正直廉洁无私的官员，凡是王朝衰亡和行将崩溃之时，奸臣就会借机窃权，中正鲜少。王朝的命运似乎可以通过直颜犯谏的大臣的命运反映出来。贞观盛世之时的魏徵，虽然冒死规劝唐太宗，却仍能得到高升和信任；明代中期的海瑞把明世宗嘉靖皇帝骂得狗血淋头，虽被投放到监狱，但命不当绝；明末，一批正直的东林党人惨死在血雨腥风之中，大明的死期注定不远了。清朝入关之后，官员士大夫们完全没有了“天下兴亡，匹夫有责”的气概，唯唯诺诺、“奴才”遍地，他们噤若寒蝉，整个思想界几乎处于“失语”的状态——“万马齐暗究可哀”！可以说，清代二百余年的吏治是古代中国最为败坏的时期。所幸者，清前期的康熙、雍正和乾隆等皇帝能事必躬亲，励精图治，尚能控制住局面。但长此以往，高高在上的统治者，一旦失掉了广大官员群体的发自内心的支持，一旦不把广大的民众放在心上，失去了民心，专制与独裁下的“风平浪静”，往往又是滋生更可怕逆流的温床。当所谓夜郎自大的“康乾盛世”美梦尚未结束时，天朝大国已沦落到任人凌辱的地步！

所以，我们在强调王权在王朝兴替过程中的重大作用之时，必然明确指出的是，天下非一人之天下，乃天下人之天下，这也是历代有为的统治者都把“民本思想”作为最重要的治国思想之一的原因。一个王朝的兴替，很大程度上取决于统治者（官员），尤其是作为最高统治者的帝王对待人民的态度。

道理讲到这里，倒让人想起来，1945 年 7 月，民主人士黄炎培先生在延安与毛泽东同志讨论历史周期率的话题。黄炎培说，中国历代王朝更替频繁，兴—衰—兴—衰的发展周期，有政怠宦成的，有人亡政息的，也有求荣取辱的，但都没能跳出这一周期率。他说：“我生六十多年，耳闻的不说，所亲眼看到的，真所谓‘其兴也勃焉，其亡也忽焉’，一人，一家，一团体，一地方，乃至一国，许多单位都没有能跳出这周期率的支配力。”他请教毛泽东有什么方法跳出历史兴替的周期率。毛泽东回答道：“我们已经找到新路，我们能跳出这周期率。这条新路，就是民主。只有让人民来监督政府，政府才不敢松懈。只有人人起来负责，才不会人亡政息。”毛泽东把王朝周期性的原因归结于政府腐败，归结于专制，归结于对统治者（官员）队伍的缺乏有力的监督与制约，是颇有见地的。从中，我们不难读出，毛泽东对人民力量的重视，也不难品味出他对官员队伍的素质和效率对国家和政府运行的重大影响的重视。

道理讲到这里，要谈一谈农民起义在王朝覆亡中的地位和作用，亦即对农民起义的评价问题。历史上，许多腐朽不堪的王朝是在农民起义的打击下灭亡的。对农民起义的研究在中华人民共和国成立后的三十余年里，获得空前的繁荣，社会各界对农民起义作用的评价也非常高。但再后来就出现了过度贬低农民起义的现象。一些人认为，所谓的农民起义的参加者绝大部分是沾染了流氓习气的无赖之徒，他们好逸恶劳，所谓的“起义”不过是吃大户、烧杀抢掠。就像鲁迅先生《阿Q正传》所塑造的阿Q形象一样，到赵家的牙床上滚一滚。不少人认为，农民起义不仅不可能推进历史的进步，甚至还制造了更大的社会混乱，导致社会发展的倒退。这种观点在史学界有一定的市场，但确实是很片面的。譬如洪水涌来，势必泥沙俱下。中国历史在每一次大动荡之后都能呈现出相对的稳定期和社会发展期，概莫能外，这不能不说是历次的农民起义给新的统治者以覆亡之鉴。

所以《明太祖实录》记载了朱元璋深有感触的话，如他说：“所畏者天，所惧者民。苟所为一有不当，上违天意，下失民心，驯致其极而天怒人怨，未有不危亡者矣。”他反复告诫大臣：“天下初定，百姓财力俱困，譬犹初飞之鸟，不可拔其羽；新植之木，不可摇其根，要在安养生息之。”所以，每当大的农民起义过后，新立王朝的统治者，都会汲取前代或历代亡国的教训，采取一些与民休息、约法省禁的措施，这在客观上促进了社会经济的发展。

一个王朝灭亡了，我们称它为旧朝；另一个王朝建立了，我们称它为新朝。“总把新朝换旧朝”，这是中国五千年文明史上数百个政权更替给我们留下的印象。历史进程的必然性和偶然性是史学家长期关心的问题，著名史学家顾诚先生说：“必然性只有一条：就是社会要发展，要前进；其间可能出现短期逆转和曲折。”历史的车轮滚滚向前，“世界潮流，浩浩荡荡；顺之者昌，逆之者亡”。“以史为鉴，可以知兴替”，历史科学的万古长青，就是教导后来者借鉴历史上成功的经验，避免重蹈失败的覆辙。历史学家的责任就是找到一条缩短现代人和历史距离的有效途径，领悟历史的智慧和哲理。明智的中国人必将从自己丰厚的历史遗产中汲取教益，知耻知辱，从而加深对现代社会文明的认识，使我们的认识和实践达到一个新的境界，把振兴中华的宏伟事业推向前进。

《天朝落日：中国二十王朝覆亡全景》，东方出版社2006年初版。

洒向人间都是怨：《真实的荒诞》前言

今天，人们阅读历史的视野越来越宽阔，中国历史的研究，也早已不再局限于帝王将相的历史。但是，作为中华帝国的主宰，帝王在中国历史演进过程中所扮演的角色仍然是无可替代的。对帝王群体多角度的解读，以从中汲取有益的经验和惨痛的教训，既是普通读者持续的阅读需要，也是史学工作者义不容辞的责任。本书就是一部从历史学的角度解读中国古代二十位帝王的“另类”行为的通俗性读物。

帝王是社会历史发展的必然产物，是伴随着社会生产力的发展，为适应不同社会阶层管理的需要而产生的。帝王是古代野蛮战争和部族冲突的直接产物，也是统治者阶层的总代表。

正是由于这些“总代表”的身份，“家国天下”的帝王身上背负了太多的责任，承担了太多的希望和压力。自帝王产生那一天开始，人们就对帝王提出了很高的要求。

明朝人丘濬在《大学衍义补·正朝廷》中说：“人君所居之位，极崇高而至贵重，天下臣民，莫不尊戴，譬则至大之宝也。”他说，帝王要想拥有“大宝之位”，首先要“聚财”，即“体天地生生之大德，以育天地所生之人民，使之得所生聚”；其次，要“理财”，即“制其田、里，教之树畜，各有其有而不相侵夺，各用其用而无有亏欠”；第三，还要“正辞”，即“辨其名实，明其等级，是是非非而有所分别，上上下下而无有混淆”。概言之，帝王之治国“正途”，只有做好“正德、利用、厚生”等大事，才可以天下称颂，国祚久长。

因此，帝王的素质教育非常重要。如明朝开国皇帝太祖朱元璋规定，太子要出阁学习，帝王有经筵听讲。目的是为培养储君（皇帝）“进学修德”“用贤使能”的品格。其学习的内容为传统的儒学经典，包括中华优秀的传统文化、伦理道德等知识，通常先读四书，再读经史，兼习书法等。隆庆六年（1572），9岁的朱翊钧继任明朝第13任皇帝，是为万历皇帝，时任内阁首辅的张居正对他进行了系统的教育。张居正对万历皇帝的学习非常重视，他亲自汇集了自尧、舜诸帝王以来“善法者八十一事，恶可戒者三十六事”，撰成《帝鉴图说》。书中借鉴历史故事，深入浅出地讲授帝王行政之道，每一个故事还绘制有精美的图画，图文并茂，以引起小皇帝的学习乐趣。从《帝鉴图说》的内容不难看出对帝王的诸多要求和寄托的希望，如任贤图治、孝德升闻、戒酒防微、感谏勤政、纳谏赐金、露台惜费、遣幸谢相、宾礼故人、君臣鱼水、面斥佞臣、委任贤相、兄弟友爱、不受贡献、遣使赈恤、竟日观书、引衣容直、受无逸图、不喜珠饰、纳谏遣女，以及轸念流民等等，既涉及帝王个人修养，家庭和睦，也涉及政治行为和生活方式等。历史上，圣贤的明君大都能恪守此道，治理国家，像唐太宗、明太祖和康熙皇帝等都是这方面的代表。

然而，历史上，却有一群这样的帝王，他们要么不修身，不养性，乱后宫，荒朝政，“不务正业”，将大部分精力放在个人的兴趣、嗜好甚至是癖好上，放荡不羁；要么不遵守作为一个帝王应当遵循的施政治国基本原则和方法，食古不化，崇信神灵，好大喜功，劳民伤财，生灵涂炭，决不应该是一个“系天下安危于一身”的帝王所为。这类帝王，我们姑且称之为“另类”帝王。

在本书中，我们选择了不同历史时期有代表性的二十位另类帝王加以分析。通过揭示他们成长背后的故事，真实再现这些帝王是如何一步步走到“另类”地步的。这二十位帝王，大致可以分为四类。

第一类：亡国型。这类帝王或就位时已处本朝末世，或者身处乱世而不自知，面对已相当复杂的社会和阶级矛盾，不敢或不愿意面对社会现实，完全沉溺于极其荒诞的生活之中，最终落得身死国灭。也许他们不是名义上的亡国之君，却一定是致使国破家亡的罪魁祸首。像秦二世胡亥，长期隐居深宫，把政务完全交给近臣处理，赵高得以趁机弄权。赵高有一个致命的弱点，是忌讳多，尤其不愿意听到“盗贼”二字。他不许地方官员报告“盗多”与“贼情”，大难临头时才幡然醒悟，可惜为时已晚。孙皓是一代豪杰、吴国开国之君孙权的孙子，也是东吴第四位君主。他即位之时，天下风云际会，群雄逐鹿。而孙皓却沉溺于迷信、好色，凶残嗜杀，他竟然剥人面皮，挖人眼睛，将人剁为肉酱，残暴本色，登峰造极。公元280年，“北军日近，而兵不举刃”，孙皓开门迎降后，被俘至洛阳，吴国灭亡，他也客死异乡。又如，晚年的元顺帝在“旧政更化”受到挫折后，便失去了一如既往的勇气，遇到困难就一味退缩，面对挫折反而得过且过，放纵、麻醉自己，整日过着荒淫无道的生活，国家岂有不亡之理。

第二类：昏童型。这类帝王年少登基，自幼缺乏父母或贤臣的管束，也缺少系统的教育，身边又多是一些良心坏透的宦官或奸臣。登基以后，没有能力也没有兴趣去治理国家，国家大权悉数交于奸阉奸臣之手。如汉灵帝 13 岁登基，无知无识，阅历浅薄，缺乏心计，错把奸人当作生父和生母。他当政时期，宦官把持朝政，他自己常说："张常侍是我父，赵常侍是我母。"张常侍和赵常侍分别是指大宦官张让和赵忠。他在位时，张让和赵忠等人与大臣狼狈为奸，坏事干尽。东汉帝位传承至灵帝，已有 140 余年，帝国之锐气渐渐荡尽，又碰上一个荒诞另类的他，气数也到了尽头。萧宝卷称帝时也不过 16 岁，他的父亲齐明帝对他十分溺爱，由于从小娇生惯养，不习诗书，不知百姓疾苦，平时的生活随心所欲，游戏当中充满血腥，一直是一个不知天高地厚的家伙。唐僖宗 12 岁入继大统，是唐朝历史上即位年纪最小的皇帝，他耳濡目染了前朝的奢侈腐败、声色犬马，即位后又被不肖臣子引入了不思进取、贪图享乐的歧途。田令孜在僖宗做亲王时，就服侍在他身边。所以，僖宗即位不久，就任命他作枢密使、左神策中尉，执掌禁军，还尊称他为"阿父"。就是这个田令孜，绞尽脑汁、变着花样地带领僖宗尝试各种游戏。僖宗天天就沉迷于游戏之中，真可谓游戏人生啊！他喜欢斗鸡、赌鹅，迷恋骑射、剑槊、围棋、赌博等各种游乐，干出一件又一件荒唐的事情。弘治十八年（1505），明武宗朱厚照接替皇位时也只有 15 岁。据说，朱厚照 6 岁就出阁系统学习人君之道，勤奋好学，“晨起坐讲，席则移时，至午又然”；对讲官彬彬有礼，接受知识非常快，按说应该明察历代治国之道。但登基之后，明武宗的玩心大盛，纵情娱乐，起居无常，学业渐渐荒废。经筵日讲开课没几天，他就以各式各样的理由逃课，三天打鱼两天晒网。到了五月，索性让司礼监传旨，以天气炎热为由，暂免读书，说等到八月天气转凉了再说，给自己放起了暑期长假，学习的事情从此也就不了了之。明熹宗更是一个怪皇帝，13 岁时才第一次接触到老师和书本，但不久又辍了学。20 岁时被册立为皇太子，又时断时续地学了一点点，一生读书相当有限，像个大字不识的文盲。在清朝，同治帝载淳 6 岁登基。6 岁的孩子，主要任务自然是学习。两位皇太后慈安和慈禧太后都没有什么文化，认识不到学习的重要性，指导小孩子学习也不得法。加上她们生活慵懒，缺少积极进步的精神，常在重华宫漱芳斋办事、传膳、听戏，没有给同治以有益的影响。缺少积极管束的同治非常贪玩，对学习没有兴趣，“见书即怕”，跟着老师学上三五个月也没什么长进，到了十七八岁亲政的时候，同治竟然“折奏未能读”，甚至连最基本的《大学》还不能熟读。

没有了传统文化的浸润，没有了历史责任的传承，一个贪玩成性的顽童长大以后，自然谈不上什么宏大抱负。这恰恰是作为未来皇位继承人最可怕的弱点。没有任何的准备，这些昏童似乎一直生活在一个无拘无束的嬉戏世界里的时候，政局在他们的影响下却在悄然发生着巨大的变革。

第三类：虚荣型。这类皇帝，出于某种目的，不切合实际地炫耀，讲排场，爱虚荣，或穷兵黩武，或巡游无度，或骄奢淫逸、挥霍无度，虽然风光无限，挣足了面子，却也断送了国家的前程和自己的性命。王莽、隋炀帝、明宣宗和清乾隆等都是这一类人物。隋炀帝试图延续辉煌、壮大国威，但他的自负、虚荣心理与官宦背景，严重左右了他的治国理念与方法，导致统治的失败，大外交、大工程、大排场、大战争等“四大皆空”。他的大外交，不切实际地向外邦炫耀财富，造成了国力的大量损耗；他的大工程如建东都、修运河、筑长城等，每月役使劳动力数百万之多，百姓衣不遮体、食不果腹，妻离子散、家破人亡；作为一国之君，他做任何事都要有大国的气派，忘记了乐极生悲的典故。隋炀帝做梦也不会想到是自己的大臣、宗亲、亲信举起了反旗，借汹涌澎湃的农民起义之势，要了自己的性命，推翻了大隋的政权。乾隆帝也是虚荣皇帝的代表，他以“十全”的名义穷兵黩武，以巡幸的名义数下江南，以盛世的名义禁毁图书、摧残文化，以禅让的名义玩弄权柄，这些都给恢复和发展中的传统经济和社会文化带来致命的影响，在“康熙盛世”之后带给中华帝国的是“大乱”。在乾隆的最后二十多年里，社会矛盾潜滋暗长，这些都被好大喜功、死要面子、虚荣心极强的乾隆通通掩饰。他不去面对日益严峻的社会问题，带着自己的心满意得，带着大臣们的歌功颂德，在另一个世界里继续做着天朝大国的美梦，留给他的臣子和百姓的却是动荡、饥饿、疾病和战争的煎熬。

第四类：走火入魔型。帝王也是普通人，受环境或其他因素的影响，有一些娱乐爱好，亦在情理之中。但帝王又非寻常人，他拥有无上的权力，承担着最重的社会责任，如果对自己的志趣不加节制，势必荒怠朝政。同时，由于他个人的志趣取向带有明显的导向性，也会把整个社会风尚引向非常态的地步，社会发展也会失去平衡。南朝梁武帝萧衍、南唐后主李煜、宋徽宗和明熹宗都是走火入魔型的皇帝。像梁武帝，虽为帝王，却心仪佛门，他不顾江山，不务军政，数次栖身同泰寺。由于一心事佛，他崇尚文雅，刑法简陋，对犯罪行为给予了极大的宽容和怜悯，导致社会秩序混乱。皇帝带头崇佛，全国上下更是掀起信奉佛教狂潮。寺院猛增，佛徒日众，在梁武帝时，佛教达到南朝的极盛时期。唐人杜牧有诗句形容当时佛教盛况空前："南朝四百八十寺，多少楼台烟雨中。"

南唐后主李煜，"精究六经，旁纵百氏"，善诗词、精书画、通音律，身边簇拥着南唐文人韩熙载、冯延巳、李建勋、徐铉等。他喜好"悁心志于金石，泥花月于诗骚"的文人雅士的生活。他的书法自创金错刀、摄襟书和拨镫书三体；画山水、墨竹、翎毛，皆清爽不俗；通晓音律，曾与昭惠周后审订《霓裳羽衣曲》残谱，世人誉其为中国文学史上"最美丽、最风流、最多才、最能爱"的文人。无论是登基前后，李煜都沉溺其中，不能自拔。他酷爱下棋，拒绝召见大臣。他沉湎于儿女私情中不能自拔。他崇信佛事，供养僧侣万余众，就在金陵城被围困时，他仍在宫中与和尚道士大谈佛道，直到沦为俘虏才如梦初醒。

宋徽宗有着像李煜一样的爱好，也重复着诗文误国的故事，他是书法家，是画家，是教主道君，是诗人，甚至是蹴鞠爱好者，却忘记了自己首先是人民的君主。角色的错位，导致徽宗治理下的宋朝日益衰落。皇帝为了自己的爱好穷奢极欲、大兴土木、滥用民力。朝中腐败黑暗、奸臣当道、结党营私。广大老百姓生活极端困苦，不堪重负，民变不断，起义蜂起。南唐后主和宋徽宗，都成了敌国的阶下囚，都客死他乡，不能不发人深省。所以到明朝时，张居正看到万历皇帝钟情于书法艺术，马上停止了他的书法课，以防止其过于专注其中，实为避免重蹈覆辙。尽管如此，明廷内畸形的生活空间还是促生了另一位走火入魔的“木匠”天子明熹宗。

另类帝王的行为是形形色色的，上述类型的划分只是侧重于帝王某一个方面的特征，是为了评述的方便而进行的粗略归纳。比如，有的帝王因为自己的角色错位成了亡国之君，昏童没有来得及清醒明白就做了阶下囚等等，他们既是走火入魔型，也是昏童型或亡国型。面对这些令人痛心疾首的另类举止，我们思考更多的则是这些帝王的另类行为产生的原因到底在哪里？

朱星先生在《中国皇帝评论》中，把皇帝的特权概括为四个方面：一是最大占有，即凡在其武力统治区内的一切都属于他。就是《诗经》上说的：“普天之下，莫非王土。率土之滨，莫非王臣。”或者说是人们常说的“家国天下”，天下乃一人之天下，一姓之天下。二是最大的权力，即帝王对他所管辖的地区，甚至是想象中的地区，拥有一切支配权，不需要任何理由地占据，可以随便杀人，哪怕是他的妻子父母。三是最高的荣誉，历史上劳动人民创造的成就都记在他一人名下。四是最大的物质享受，即帝王的衣、食、住、用、行等，当然还包括性的满足，一定是全国最高、为所欲为的等级。

换言之，在古代中国，帝王拥有至高无上的特权，正是种种特权渲染了他们的另类行为。权力是人民赋予的，只有加强对权力的监督和约束机制，才能有效地避免权力的滥用，防止私欲的膨胀。好喝、好睡、好吃、好玩、好斗、好游、好色等是人性中潜在的私欲。帝王的另类举止，很大程度上是由于人性丑恶的一面在作怪，没有了约束与抑制，私欲就会迅速膨胀，残暴、虚荣、好奇、猎奇等就会应运而生。

我们分析了二十位“另类”帝王的人生历程，不难发现：每一位帝王的另类行为都不是一朝一夕形成的，其背后都有着复杂而真实的历史背景。他们的另类举止，既是荒诞的，也是真实的。

沧海桑田，缘于不经意间的细流沙沉。防止人性私欲的剧激膨胀，就需要防微杜渐。王阳明认为，人性皆有阴阳善恶，与其暴露其丑，毋宁张扬其善。从道德层面上讲，弃恶扬善，人有恶欲并不可怕，只要不断提高自身的修养，就可以驱除邪念。从制度和法律层面上讲，还要通过有效的制度和法律约束，把邪恶消灭在萌芽状态。

今天，历史的车轮早已碾过了“家天下”的时代，然而，历代帝王的荒唐言行举止，他们的人生经历所揭示的教训，足以警示后人。

《真实的荒诞》，中共中央党校出版社2007年。

《明代宫廷女性史》前言

明代的宫廷女性包括皇后（太后）、嫔妃、公主、女官、宫女和特殊女性等，在皇帝主宰的宫廷里，女性群体是皇权的伴生物。

从社会学角度看，宫廷女性是一类社会群体。明代宫廷中的常住人口，除皇帝一人系男性外，就是大量的中性人宦官，以及数量庞大的女性。在明朝的权力中心，宫廷女性群体比普通社会女性群体的等级性都要强得多，皇权决定了她们的存亡。同时，女性群体又有自己独特的生理、心理、家庭和社会的特质，她们有自己的存在状态和运行方式，影响甚至左右着皇权的运行。

对于女性群体的研究，要探讨群体成员的构成。对明代宫廷女性史的研究，首先应对宫廷女性群体的构成、来源加以确定，如选后制度、嫔妃的册封与晋升、宫女的采选、女史的选拔，奶妈、医婆和女轿夫等的来源及管理等；其次，是每一类女性在女性群体社会中的角色定位，即她们在这一群体中所处的地位，这主要是由她们的职能来确定，同时，女性群体的角色定位很大程度上与皇帝、大臣、宦官等群体关系密切；第三，生活状态，生活既包括物质生活，也包括精神文化生活，宫廷女性的等级化决定了她们的生活状态，普通女性的消费心理在宫廷女性生活中同样有深刻体现。

基于上述宫廷女性群体的构成、角色定位和生活状态等方面的基本特征，本书的撰写主要包括如下三大部分。

一、女性制度。从制度的规定性本身，考察有关明代宫廷女性的群体构成及其相关规定。包括皇后的选择与册立制度，妃嫔的选择及晋升制度，宫女的采选制度，女史的选择及职掌，最低层宫女的来源及出路等。本部分内容以静态考查为主，意在理清宫廷女性制度的基本规定性，并总结其女性制度的发展规律。

二、女性角色。从女性权力（职能）运行的角度，分析不同女性群体在宫廷这一特殊的舞台上所展示的“社会影响力”。包括后妃与皇帝的关系及皇权的运行，后妃的家族关系（外戚），后妃与廷臣、后妃与权阉、下层宫女与宦官，以及女性群体之间（皇后与宠妃、皇后与皇太后、后妃之间、下层宫女之间）的关系等。本部分研究的方法是代表性事例分析（个案分析），多角度地揭示宫廷女性真实的社会存在，意在说明皇权制度和女性制度的一般性特征与实际运行中的对立与统一。

三、女性生活。女性生活史是女性史研究的重要内容，实际上，宫中女性的社会角色实质是其政治生活。本部分的生活，实则指物质生活和精神生活，物质生活重点考查宫廷女性的衣、食、住、用、行等，精神文化生活则是其文化娱乐生活的展示和内心世界的分析。

三部分具体内容均以时间为线索安排章节内容，分析制度、角色和生活的历时性特征，分析其在明朝 277 年的发展变化。

明代宫廷女性史研究中，研究成果最为丰富的，自然是宫廷女性中最重要的后妃。如林延清等著《明朝后妃与政局演变》（人民出版社2014年），以及此前朱子彦《后宫制度研究》（华东师范大学出版社1996年）和《帝国九重天：中国后宫制度变迁》（中国人民大学出版社2006年），陈宝良著《中国妇女通史·明代卷》（杭州出版社2010年）的第一章《社会各阶层妇女》的第一节“贵族妇女”，分别介绍了后妃、王室妇女、女官和后宫女性服役人员等基本状况。

本书在内容设计上，最重要的部分却是“女官”部分，原因是女官作为宫廷女性群体的中间群体，可以很好地连接上层后妃与下层宫女之间的关系，但女官的研究成果却相当有限。女官制度是中国古代一项传统的宫廷制度，随着王朝的更迭而发展变化，兴革损益。明朝在建国伊始就很重视女官的设置，因袭前代制度，创立了“宫官女职”之制，并经过数次更定后，在洪武末年形成了一套系统独立、机构完备的女官制度。女官群体凭借自身的才干，将繁杂琐碎的宫廷事务管理得井井有条，又以其学识和德行赞襄后妃，表率宫女，对维持宫闱的雍肃产生了有益的影响。后宫真正的主宰是至高无上的帝王，女官的设置蕴含着专制皇权下帝王对拥有一个雍肃和睦、井然有序的后宫的设想，是保障皇权正常运转的辅助手段。以宫廷女性群体的中间群体为切入点，来分析和研究明代宫廷史，对明代政治史、宫廷史以及女性特殊群体的研究都具有积极的意义。

近百年来，明代宫廷女性的研究成果已经涉及女性群体的若干层面，诸多学者做出了开拓性的贡献。如邱仲麟的《明代遴选后妃及其规制》（《明代研究》第十一期，台北：中国明代研究学会 2008 年）对有明一代各朝从民间甄选后妃的情况进行了系统地梳理，在论及采选程序时指出“其采选过程与选宫人相差不多”。他的《明代宫女的采选与放出》（第二届明代宫廷史国际学术研讨会会议论文 2011 年）对有文献可考的明代历次宫女的采选与放出进行了系统梳理，还对明代宫人数量进行了估算，指出永乐年间宫人数量可能较多，万历以后最多应在两千人上下。不可回避的是，现有的研究呈现的主要特点有三，一是基本都包括制度建立、机构设置、女官采选、制度影响这几个方面，大都是静态描述，内容比较简单，且雷同的文字不少。第二，仅有的研究主要围绕制度本身或执行中的一些规定进行粗线条的描述，大都欠缺更为深入的探讨，关于后妃与政治层面的论著还比较丰富，又以人物传记或描述式居多，但诸如机构设置及职掌的详细规定，不少论著是将史料中的记载或全部，或部分罗列出来，制度和规定的实施、成果的深入分析和研究都严重不足。第三，不论是其中某一方面还是这一制度的发展，研究都不完整，多是对某一阶段的概括，而缺乏连续性，这一制度在整个明代盛衰兴革的轨迹中实际上并不明晰。造成上述情况的原因，很大程度上在于女性群体牵涉宫闱禁地，除后妃的记载材料还比较丰富外，大部分材料不够充分，隐幽不清。

在史料的使用方面，记载明代宫廷史的材料是比较丰富的，对宫廷女性的记载颇为分散，但仍然存在深入发掘和扩展的可能。在官修正史方面，作为明史史料之源的《明实录》就是以皇帝、皇室和宫廷为中心来编撰的，所以其中有丰富的宫廷史料，其中对于宫廷女性制度的创立、历次更定、机构设置、不同时期的采选以及与制度相关的政策规定等皆有记载。这些内容亦可参考《明集礼》《明会典》《礼部志稿》《明史》等系统记载明代典章制度的典籍。清代官修的《古今图书集成·宫闱典》中辑录了历代宫廷史料，其中《宫闱总部》《宫女部》等部分，包含历代女性制度、纪事、艺文等内容，《续文献通考》中对明代女性制度亦有记载。明清两代私修的史书中，亦对宫廷典制、后妃女官制度、机构设置等方面有所记载，其中也不乏明代后妃的传记，在这些传记中亦可见零散的关于中下层人物及其事迹的内容，如查继佐《罪惟录》、何乔远《名山藏·坤则记》、杨继礼《皇明后纪妃嫔传》、傅维鳞《明书》、毛奇龄《胜朝彤史拾遗记》等，都有零散的记载。明清时期的笔记文集也是相关史料的重要来源。一些记述明代北京史地的著作中也会涉及宫廷典制和宫闱内事，不少内容皆是正史未载的。如孙承泽《春明梦余录》和《天府广记》、史玄《旧京遗事》、沈榜《宛署杂记》、宋起凤《稗说》、吴长元《宸垣识略》。沈德符的《万历野获编》是前述相关论著中引用较多的一部明人笔记，其中有专门章节言及宫闱之事，并且专设标题论及女性事迹。《酌中志》和《明宫词》是这些笔记文集中应予以重视的两部。与其他笔记文集不同的是，《酌中志》的作者刘若愚是宫中的宦官，经历万历、天启、崇祯三朝，其著作详细记述了宫廷种种事迹，包括朝中政事、日常生活、宫中规制、饮食好尚等等，皆是其耳闻目睹，其中不乏对宫中女性人物的记载，宫闱之人记宫闱之事，也就更加详实可信。宫中的传闻轶事为明清的文人们提供很多创作素材，出现了大量宫词作品。《明宫词》收录了明清之人创作的十五种宫词作品，这些宫词的作者有皇室成员，有宫廷女官，有朝中大臣，有著名文士，有一介布衣，他们用诗词记述一代宫廷史，很多皆是正史所不载的珍贵材料。前述的个别论著中已有利用宫词对宫廷女性进行研究，但大量宫词材料尚未得到很好的挖掘利用，这些都是研究明代宫廷史，包括明代宫廷女性史不可或缺的素材。此外，一些笔记文集中亦零散记载有女官或宫人的材料。明代帝后主持编纂或撰写的典籍亦有辅助作用，这些典籍能反映统治者在制定制度时的初衷、态度以及期望，其中也有统治者对宫中生活的描述，这些典籍如《皇明祖训》、《大明太宗皇帝御制集》、仁孝皇后《内训》和《大明宣宗皇帝御制集》等。

近年来，古籍数字化水平的逐步提高，明代宫廷女性史的研究成果也渐趋丰富，我们在撰写时，考虑到这是一部历史学专业论著，不是一部通史和通识性著作，决定不追求内容的面面俱到，不再追求论著的字数，而是重点在质量上寻求突破。本书意在梳理出宫廷女性制度的基本规定，又照顾到宫廷群体和宫廷内容，在内容上强调制度的实际运行而不仅仅是静态的规定，详细研究前人未能深入的女官和公主群体，尽可能填补前人研究的若干空白，深化前人的相关研究，这是我们所努力去做的。我们强调的是创新与思辨，把自己的想法交代清楚，让读者读明白。对于征引的史料，关于女性制度方中仪式的记载，除尽可能全文征引外，还有详细的分析解读；对社会生活部分的史料，相信有兴趣和一定基础的读者能够读明白，不再费笔墨解释，敬请理解。

《明代宫廷女性史》，与潘岳合著，故宫出版社2015年。

回望《四镇三关志》的磨砺

地方志综合记载一地区的自然、地理、沿革、制度、经济、军事、文化、人物、生活、灾害等诸方面，或专记某一类史事，不仅为研究区域史者必读，也是研究国家与社会之关联的重要文献，历来为治明清史者所重。本人研读明清历史 30 载，一直把地方志作为最重要的史料之一，长期使用前辈学者、同行提供的诸如缩微胶卷、影印、点校、校注等不同形式的方志文献。这次自己主持校注《四镇三关志》的重要原因，第一，它是我关注十多年的一部珍贵方志，我知道它的重要价值，它值得我下功夫去做；二是我曾认真阅读并加以利用过这部文献，也曾做过初步的整理，有底气和信心去做；三是机缘巧合，幸得中州古籍出版社马达先生的极力促成，以及数位得力助手的分工合作，可谓天时、地利、人和。

一

《四镇三关志》初成于万历二年（1574），万历四年刊刻、六年增修。“四镇”是指蓟州镇、昌平镇、真保镇和辽东镇，“三关”是指居庸关、紫荆关和山海关，它是自嘉靖“庚戌之变”（1550）之后明朝北边防御最紧要之地——京畿、蓟辽地区的专志，内容主要是当时的军政、钱粮、兵马、职官以及诏令奏议等官方资料，是研究明代军事史、政治史、长城史、民族史等方面的重要文献。2001 年，我在北京师范大学历史系攻读博士学位时，以明代军事制度史作为学位论文，这部志书就给我留下了深刻的印象。其中卷七收集的大量诏敕奏疏让我发现了不少明史研究的新问题，帮我解决了许多的疑惑，比如其中记载的“忠顺营（军）”问题，此前没有学者关注过；有关“夜不守”“抚赏银”和“烧荒”等问题，记载也比较详细，本人不仅在两部专著《明代班军制度研究——以京操班军为中心》（中央民族大学出版社 2006 年）和《明代北边防御体制研究——以边操班军的演变为线索》（中央民族大学出版社 2009 年）中多有引用，还在发表的专题学术论文《论明代忠顺营官军的命运变迁》（《中州学刊》2009 年第 6 期）和《明代领班武官敕书“坐名”试析》（《明史研究论丛》第八辑，2010 年）等中重点征引。

对这部志书的初步整理，缘于 2007 年，我作为大型新志《中国长城志》“文献卷”的副主编，把《四镇三关志》作为明代最重要的长城文献列入其中，当时选辑了该书全部 54 万字中的 30 多万字。到 2013 年时，中州古籍出版社的副总编马达先生听说这部文献很重要，并得知我已做了大量的前期积累，便建议申请国家古籍规划整理资助项目。明史专家邱仲麟先生、地方志专家张英聘研究员等都高度评价了这部文献，并给予热情的鼓励和切实的支持。此后又经过 2 年的准备，经过明史专家陈梧桐先生和高寿仙先生热情推荐，在中州古籍出版社的具体组织申报下，《四镇三关志校注》顺利获得“2016 年度国家古籍整理出版专项经费资助”立项。

二

作为一名高校教师，我平时的大部分精力是用于教学工作，科研工作也时常是围绕教学展开，为教学服务，因此《四镇三关志校注》也可称为教学与科研相结合的产物。本书的整理和校注工作，实际分成了四个阶段，第一阶段，是主编《中国长城志》“文献卷”时的录入、标点与校对工作，完成了 30 余万字；二是全书剩余的 20 万字正文的点断工作，由我的明清史、明清历史文献学研究生李梦琴、李宜洁协助完成；三是对全书进行校注，由我的博士生崔继来、肖晴和段晋媛等分别承担。他们每个人手中均有一套万历版的底本、一套民国抄本的对校本，逐字逐句地对照，在录入好的工作稿上标出发现的问题和疑惑。为此，我们组建了微信群随时交流，在研究生课堂上，在读书班上，大家时常为一个字、一个标点、一个地名，去查阅大量的文献，师生同门在一起教学相长，收获很大。

《四镇三关志》是一部地方专志，在校注时，我们也大量参考了明清时期的地方志书，“校注本”出版后，在书后附录的参考地方志共 21 页约有 600 种。这些地方志，又以省、府、州、县的综合性志书为主，以综合性志书去校注边地专志，也让在读研究生得到了很好的学术训练。类似的学术训练是我熟悉的，20 世纪末，我在郑州大学历史学院跟随张民服教授读书、留校工作，参加编写《河南通史》（明清卷）（河南人民出版社 2005 年）时，便把明清时期河南地方志系统查阅一遍。我的博士生导师顾诚先生尤其重视在研究中利用明清方志，他为了撰写《明末农民战争史》（中国社会科学出版社 1984 年）和《南明史》（中国青年出版社 1997 年），沿着明末农民军活动的线路和区域，把涉及的上千部地方志全部读完。我在研究明代班军制度时，把能找到的明代方志以及清代乾隆之前的方志全部翻阅一遍，出版时直接征引的地方志达 300 种。我在指导明清史专业研究生时，大部分同学为撰写毕业论文，也都下过类似的苦功夫。本次师生一起校注边镇专志，也算是学术的薪火相传吧。

三

本人专业是明清历史的研究，这次的古籍整理与校注，颇有点“不务正业”，但实在是考虑到这部方志的重要性，才下了决心。校注时，我们预定的目标有三，一是给读者提供一版内容精良、阅读方便的读本，提高它的阅读和使用率；二是给广大读者提供明代长城史、军事史和边地志书等方面专业的释读知识；三是给专业研究者提供相关研究的方法、线索和思考的凭借。

因《四镇三关志》的内容主要集中在兵马、形胜、钱粮、营伍、经略、文臣武将以及民族关系等，有一批学者和爱好者关注于此，因此我们在校注时，对涉及的相关知识，尽可能以最简洁、概括的语言体现学界最新研究成果。对广大读者不太熟悉和不太容易查阅和对比的内容,我们做了详细的校注,比如卷八《职官》、卷九《才贤》和卷十《夷部》的内容，相信细心的读者会得到有价值的研究信息和追查线索。本书对公认价值高的诏令奏议部分并没有进行过于详细的文本对比，只是为了阅读和利用的方便，进行了必要的校注，原因是卷七的内容很庞大，刘效祖当年辑录编撰时，对许多原始奏疏做了编辑处理，而他收录的奏议不少另有传世，如果把不同的文本进行逐一比对，必将加大校注的工作量。所以，从史料的使用价值角度考虑，我们校注时仅提供了不同版本的信息,提醒专业研究者自行查阅。此外,以民国抄本作为对校本，字迹比较清楚，对校注底本大有帮助，但抄本在抄录时小的改动导致的错漏之处实在太多，无法一一出注（这也不是我们校注的主要任务），只是在校注的部分内容遇有底本不清，而抄本内容或可成为一说时，两说并存，以待进一步的研究。

这次整理，经与出版社商议，采取繁体横排版式印刷，“校”与“注”统一编号，并没有分别编号，“校”的内容以【校】提醒读者，而“注”的部分并不标【注】，“校”与“注”均于页下出注，这主要基于阅读和使用的习惯，也可以节省版面，降低成本。经验告诉我这样利用的效率会更高一些，尽管这并不是传统古籍校注的处理方法。

本书的校注也留下了许多遗憾。随着工作的展开，尽管做了充分的准备，我还是低估了这项工作的难度。校注工作千头万绪，无一处不在考验着我们的知识、能力、体力和耐心。比如最基础的断句需要过硬的功夫，有时候一个字、一个典故需要花费数小时处理。本书有大量北方民族的地名、族群名，以及长城堡塞关隘名称，限于材料和能力，无法保证校注都是准确无误的。至于校勘与注释的内容，如何准确把握也不是一件容易的事情，相信读者不难发现若干问题。此外，校注的初稿，我们也使用了专名线，为此我们征求了多名专家的意见，多次讨论以求统一规范的体例，但这部志书的专名线类型太多，如果一一划出，几乎满页尽是专名线，深感影响到阅读体验，在决定使用横排版之后，最终放弃了专名线的使用。

当书稿几经推迟交出之后，我们深深体会到古籍整理之不易，确实是一份责任让我坚持了下来。这本书对于我，是心愿的满足和一件事情的终结，对于同学们，也是一次难得的磨炼。希望有更多、更好的明清方志能整理出来。

原刊于《博览群书》2018 年第 12 期。《四镇三关志校注》，中州古籍出版社 2018 年。

明代军户生活的多彩画卷：评于志嘉《卫所、军户与军役》

近三十年来，推动海内外明代卫所制度研究的代表学者有两位，一位是已故的北京师范大学历史系的顾诚教授，另一位是台北“中研院”历史语言研究所研究员于志嘉先生。顾先生主要从宏观上勾勒了明代卫所制度的基本属性及其在明朝管理体系中的重要地位和影响，于先生则主要从微观方面多角度地剖析了卫所制度运行的基本规定和实际状况。两人的研究对明清卫所及相关问题的全面揭示均具有重大的指导意义。

顾诚教授对明代卫所制度的基本观点主要体现在四篇文章，即《明前期耕地数新探》《卫所制度在清代的变革》《明帝国的疆土管理体制》和《谈明代的卫籍》。这四篇文章系统论证了明朝疆域管理的“两大系统”理论，即行政系统（县、州——府、州——布政使司、直隶府州——六部）和军事系统（卫、直隶都司的千户所——都司、行都司、直隶卫——五军都督府）各自管辖两种不同的“地理单位”，都司卫所是具有独立管辖权的“地理单位”，其管辖的田地、人口不隶属于司府州县。这一理论涉及明代社会经济领域中的许多重大问题，一是明朝的耕地数，二是明代的官田数，三是清代耕地数与明代田亩数的比较等等，并涉及明代人口管理，尤其是军户管理问题（卫籍）等。顾先生曾计划围绕卫所制度对明朝相关领域的影响到清代的改制进行综合研究，形成一部专著（顾诚：《我与明史》，载《顾诚先生纪念暨明清史研究文集》，中州古籍出版社2005年），惜不幸病逝，未克完成。可以说，顾诚先生以四篇论文揭示了明代卫所制度的基本属性及其在明朝管理运行中所处的地位和作用。他的明朝疆域管理理论，对把握明清两代田地、户籍等管理体制都具有重大的意义。

比较而言，于志嘉先生对明代卫所制度的研究特点体现在微观、具体而翔实的多视角剖析。她在20世纪80年代初出版的专著《明代军户世袭制度》（学生书局1987年），探讨了军户的来源、世袭方式、政府对军户的管理方法、军户的家族构成、家族内的军役分担以及社会地位等问题，奠定了她在海内外学术领域的地位。此后近二十年间，她以江西卫所为个案，以明清江西地区为中心，多角度地研究了明及清代卫所、军户和军役等相关问题，深化了卫所军户制度相关领域的研究，《卫所、军户与军役：以明清江西地区为中心的研究》（北京大学出版社2010年）一书主要就是她有关江西卫所、军户、军役等方面6篇论文之结集。

通常，卫所制度的研究，被纳入军制史研究的范畴。20世纪80年代以前，明代卫所制度的研究多集中在兵制和屯田，代表性成果有吴晗《明代的军兵》、梁方仲《明代的民兵》、王毓铨《明代的军屯》、谭其骧《释明代都司卫所制度》和陈文石《明代卫所的军》等等。上述成果在开拓研究领域、明确研究方向和提出研究轮廓方面产生了较大的影响，但对卫所制度本身而言，无论是宏观架构还是个案式深入剖析都显得颇为不足。这是由于军事制度容易受到政治、社会和经济等因素的直接影响，因此，欲对卫所制度做深入研究，就必须对政治体制、行政体制、经济制度、社会组织、民族关系等进行全面研究。

于志嘉先生长期关注明代卫所军户，她的明代卫所军户研究显著特点之一是多视角的关注，尤其是赋役制度史对军制史、经济史和社会文化史的广泛影响，以期全面揭示明清卫所制度下作为特殊役户的“军户”相关联的经济制度、现象和问题。

在本书中，她以明清江西都司卫所为个案，从“明代江西兵制的演变”，到“明代江西卫所的屯田”“明代江西卫所军役的演变”“明代江西卫所屯田与漕运的关系”，以及卫所制度在清代的变革和影响进行了全景式、多角度的深入研究。比如透过卫所建立的背景和过程来揭示常态下有明一代的兵制演变，揭示卫所基本的职责，包括卫所屯田（如屯田分布、屯田数额、屯田子粒等）经济功能、军役职责的演递（如军役的内容、军役的增加与舍余的参与以及明后期一条鞭法实施后的变化等）、军事镇戍职责和江南地域参与漕运的基本职责等等。此外，既然都司卫所是相对独立的管理组织，像江西都司这样的腹里（在内）卫所，必然与府州县等管理组织发生管辖权的纠纷等问题，江西卫所也是研究卫所与府州县、军户与民户之关系的样本。虽然明代江西都司卫所的地位实在算不上特殊突出，“相较于两京或边防、海防地区，其军事地位并不重要，其卫所军役内容相对而言也较为单纯”（见是书自序，第 4 页）。然而，往往是普通、常态化下的都司卫所，由于它具有一般卫所的基本特性，通过解剖麻雀的方式，或许可以较为客观地揭示卫军、军户和军役的一般属性。可以说，她对江西卫所和军户的研究，是了解卫所制度的基本属性以及研究其他卫所的军户相关问题的借鉴。

关于军户类型的细分，学界有不同的说法。李龙潜先生曾以“郡县军户”和“在营军户”区分明代的军户群体（《明代军户制度浅论》，《北京师范学院学报》1982年第1期），主要是按照军户生活的不同地点来划分的；顾诚先生以州县军户和卫所军户划分不同的军户群体，主要是从军户的管理体制来划分，即州县军户是卫所军户的替役民户，属司府州县的行政管辖系统，卫所军户属都司卫所的军事管辖系统，所辖人口称“卫籍”，既有军籍的卫所军户，也有卫所代管的民户（主要在不设行政机构的地区实行，见顾诚《谈明代的卫籍》《明帝国的疆土管理体制》）。于志嘉先生则认为，明代的军户可细分为“原籍军户”“卫所军户”和“附籍军户”三类。“原籍军户”系“卫所军户”在原籍对应的军户，它与所在地的民户一体纳入里甲体制，一体当差纳额，由地方府州县管辖；“卫所军户”是指由都司卫所直接管辖的军户，实行世袭制，每户一成丁为“正军”在卫所服军役，剩余人丁称“军余”（世袭武官户人丁称“舍余”），当卫所正军不足充役时，常从舍余中选充。“卫所军户”中还有一部分较为特殊的群体，他们“因在卫所附近州县购置田产，因而附籍于卫所附近州县”或者“一些正军因故调卫，其卫籍已迁至新调卫所，但留下余丁在原卫所看守坟地田产，这些人也以附籍方式归原卫所附近州县管辖”，他们既不同于居住在原籍地的军户，也不同于在卫所的军户，故以“附籍军户”称之。显然，于志嘉先生对军户的分类更多是从军户现实的生存状态角度入手，有别于李龙潜先生从军制角度的划分和顾诚先生从明朝管理体制的划分方法，她的划分方法也是她从社会经济史层面研究明代军户的前提或基础。

在社会史视角里的军户三分法之下，我们看到了明代军户的生动、形象而具体的生活场景和社会角色。比如，原籍卫所与卫所军户在军装、帮贴的纠葛，又如对附籍军户处置过程中的中央、地方有司和军卫之间的矛盾与调适等。在江西，随着有明一代军制的变化，卫所旗军与募兵、营兵、机兵、民兵和客兵之间经济地位与社会关系发生了相应的变化，江西卫所屯田与府州县民田耕种过程发生了复杂的利益冲突，明中后期呈现的“军屯民佃”现象对军民生活都产生了较大的影响等等。作者围绕“明清时代江西卫所军户的管理与军役纠纷”和入清之后由于卫所组织的逐步裁汰所引发的“卫所的沿革和人口分布”变化，给我们提供了更为广泛而深远的明、清两代“军”和“民”关系的演进画卷。作者勾画的军户家庭组织结构以及军民关系中的经济关系、社会结构和地位变化等角度，给我们提供了多彩的卫所军户社会文化史的生活场景。可以说，这是一部把军制史、政制史、经济史、社会生活史、法制史和卫所军户等结合在一起的优秀作品，呈现给读者的是一幅明代卫所研究或军户研究的多彩画卷。

于志嘉先生研究成果的特点，王天有教授的评介一语中的：“是一位具备深厚传统史学研究功底的学者发掘新材料、构建新问题的杰出成果，是一部使用社会史视角与方法来革新、推动政治制度史研究的优秀著作。”（见该书封底推荐语）“具备浓厚传统史学研究功底”是指作者扎实、持重而严谨的治学风格，从学士、硕士、博士论文以后的三十年间，研究领域均集中在明代的卫所、军户和军役，积累了丰厚的文史材料和学术信息。明代卫所军户的资料本已分散杂乱，区域性研究更是受制于史料难以展开，但作者数十载矢志不渝，艰难求索；她“使用社会史视角与方法”的研究特点，当得益于她早年的留学经历以及治学视野的宏大。

在本书的最后，作者以研究综述的形式坦陈自己的研究理路和释读史料的体悟，实际是给同行后学指出治明代卫所军户制度之门径：《明实录》及校勘记使明代尤其是制度史得到相当程度的厘清，但实录的利用仍有其限制，要使研究有血有肉，还需参考其他资料，比较常见的有方志、文集、笔记、奏疏及政书类等。军制史的研究，在资料上还需另辟蹊径，如利用辽东残档、卫选簿及族谱等较特殊的资料，甚至要参照考古发掘资料和碑刻资料等，“如何掌握这些资料并加以适当的利用，当是今后研究者们的课题”（第 355 页）。明代卫所军户等相关问题的研究，仅利用传统文献显然还是不够的。据笔者了解，近年来，于志嘉先生每年都要抽出时间到大陆许多地方踏访都司卫所遗址，以期丰富研究内容，其治学之道，令人称颂。

实际上，尽管本书力求最大限度地接近历史的真实，然而，受史料的局限，有些史实几乎是难以追寻的，如在第六章《清代江西卫所的沿革与人口分布》一章中“卫所人口分布”部分，从思维定式出发或一般的治学理路理解，第318—321页的“人口分布”是别出心裁的，因为作者展示的“人口分布”大约是江西诸卫所的“屯田所在”，或者说是入清之后府州县接收的原军籍改民籍的人丁数量。对明代卫所辖区的确定，作为《中国历史地图集》组织者的谭其骧先生有最深刻的体会，他在给门下弟子靳润成的信件中称“卫所辖区是搞不清的”，“要搞清楚全部卫所辖境肯定不可能”（参见靳润成《明代总督巡抚辖区研究》一书前谭先生的书信影印件，天津古籍出版社1996年）。对于明代卫所人口确切分布的地区和人口数量，它的研究难度又远远大于屯田分布。因此，从这一角度上讲，于志嘉先生的研究既是尝试性的，也是开拓性的。

近几年，于志嘉先生把研究的地区从江西拓展至两京、北边及沿海等地，陆续发表有《明北京行都督府考》（《历史语言研究所集刊》79.4，2008年）和《犬牙相制：以明清时代的潼关卫为例》（《历史语言研究所集刊》80.1，2009年）等，将不同地区诸卫所的军制参互比较，以期深化明代卫所军户的研究。读者有理由相信，于志嘉先生未来的研究必将引领海内外明清史界关于卫所、军户等相关领域的研究发展到一个新的水平。

原刊于刘东主编《中国学术》（第32辑），商务印书馆2012年。

推新出新，铸造经典：评《朱元璋大传》

著名明史专家陈梧桐先生的第 7 本朱元璋研究著作《朱元璋大传》由中华书局于2019年元月出版了，这距离他的第6本《朱元璋传》（河南文艺出版社 2017 年）还不到两年时间。虽然作为陈先生的邻居、作为明史学界近年与陈先生交往最多的人之一，我知道他身体健康，勤奋异常，每天生活很规律，研究时间在 8 小时左右，但仍然为他的勤奋与高产而惊讶。最近两个月，拜读这部 65 万字的《朱元璋大传》，深感它史料扎实丰富，论证犀利深刻，更为陈先生推新出新、铸造经典的精神所感动。

陈先生能持续推出“朱元璋研究”系列成果，我有两点突出的印象，一是他在学术研究上的自我突破。近五十年来，他从未放松过对朱元璋及其时代研究的关注，不断搜寻发掘史料，探索难解、未解之谜，寻求突破，超越自我，努力接近历史的真相。二是积极回应社会关注的热点，总结历史规律，在史学服务社会、服务现实和服务大众需要等方面寻找新的突破和学术创新。

据陈先生讲，他对朱元璋产生兴趣，是在 20 世纪“十年大动乱”当中的事。当时，他下放到凤阳“五七干校”，开始对朱元璋及其故乡和明中都等明史问题进行思考。回北京之后到高校工作，陈先生便把明史确定为自己的专业研究方向。研究明代的历史，必须对明朝的开国者、开国之制度弄清楚，因为它对近三百年的明王朝影响太大了。而一旦进入朱元璋研究领域，便发现相关的基本史实和重大问题都存在种种“未解之谜”，他一头扎进去，一研究便是大半生。陈先生此前的6本朱元璋研究著作分别是《朱元璋研究》（1986年完稿、天津人民出版社1993年出版）、《洪武皇帝大传》（河南人民出版社1993年，曾获北京市第二届哲学社会科学优秀成果二等奖）、《洪武大帝朱元璋传》（贵州人民出版社2005年）、《自从出了朱皇帝》（广东人民出版社2008年）及其增订版《朱元璋：从乞丐到皇帝》（江西人民出版社2017年）和《朱元璋传》。据他讲，《洪武大帝朱元璋传》是《洪武皇帝大传》的第一个增订本，中华书局版《朱元璋大传》则可视为《洪武皇帝大传》第二个增订版。

陈先生不同版本的“朱元璋研究”，就内容看呈现鲜明的特征，研究的侧重点不同。《朱元璋研究》属专题性研究，以论文的形式对相关专题进行深入探讨。《自从出了朱皇帝》及其增订本《朱元璋：从乞丐到皇帝》是面向大众的普及读物，每篇记述朱元璋经历的一件事或身边的一个人物。4本“传记”全面研究了朱元璋的一生事迹。他不断修订完善，推新出新，在内容设置上又有所侧重、取舍，不同版本在篇章内容的安排上有明确的不同，还体现出他不同时期对朱元璋的新见解，也使不同版本的内容常读常新。

试举两例。我们尝试梳理一下他对朱元璋的“文字狱”等文化政策问题的认知和研究历程。自20世纪30年代顾颉刚等学者撰文论述朱元璋的文字狱以来，此后的诸多朱元璋传记，大多用一定篇幅来记述朱元璋的“文字狱”，吴晗在他的《朱元璋传》也设有专节详加论述，朱元璋大兴文字狱、残暴诛戮文人学士之说几乎成为定论。陈先生在20世纪80年代完成的《朱元璋研究》一书中也未能摆脱这种影响，认为朱元璋搞过“文字禁忌”，并征引了赵翼《廿二史札记·明初文字之祸》中若干“文字狱”例证。后来，随着学术研究的不断深入，学者之间展开了辩论，陈先生在综合分析各家观点之后认为，所谓的文字狱案都不见于官修史书，而且彼此抵牾，荒唐可笑，甚至违背基本的历史常识，是不可信的，不可视为史实。因此，在《洪武皇帝大传》与《洪武大帝朱元璋传》中，不再有朱元璋搞文字狱的说法。在《朱元璋传》中，则专立《所谓文字狱》一节，详述所谓文字狱的来龙去脉，引用确凿的史料以证其伪（第301—308页）。再如在怎样从整体上评价朱元璋的文化政策问题上，1993年完稿的《洪武皇帝大传》尚没有完全摆脱“极左”思想的影响，将朱元璋接受和恢复中国传统文化，提倡尊孔崇儒、施行礼法之治，笼统地当作专制的举措加以否定。到2005年出版的《洪武大帝朱元璋传》，则肯定了朱元璋推行教化，振兴文教的举措，认为“起到了协调关系、醇厚风俗、发展教育、复兴中国传统文化的积极作用”（第824—825页）。2017年出版的《朱元璋传》则进一步肯定朱元璋“尊孔崇儒、振兴文教、施行教化，全面复兴传统文化”的历史功绩（第386页）。

对涉及朱元璋及其时代的基本史实和重大问题，陈先生进行了长期的探索。比如全书开篇之句“元文宗天历元年（1328）九月十八日（阳历10月21日）未时，在濠州钟离（治所在今安徽凤阳临淮东板桥镇境内）东乡燃灯集金桥坎的一个村庄（今凤阳小溪河镇燃灯社区金桥村）里，从一户汉族农民低矮破旧的茅草屋里，传出清脆稚嫩的啼哭声，一个瘦弱的婴儿降生了”（第 3 页），这里有两个重大的史实长期存在争议，一是朱元璋的出生地，二是朱元璋的民族身份。为此陈先生专门写过两篇论文进行辨析，前者是《朱元璋出生地考辨》（《社会科学辑刊》2010 年第 1 期），后者是《朱元璋民族成份考辨》（《史林》2005 年第 3 期）。对朱元璋的出生地，陈先生在不同版本中的表述呈现细微的差异，以力求表述更加准确；对朱元璋的民族成分，因为著名语言学家周有光在《百岁老人周有光答客问》一文（《中华读书报》2005 年 1 月 9 日）中称有“新的考证”“已经证明了”朱元璋不是汉族而是回族，陈梧桐先生经考证后认为：不论宗教信仰，还是生活习俗和丧葬习俗，和朱元璋在北伐时提出的“驱逐胡虏，恢复中华”和“复汉官之威仪”，以及建国后采取的限制蒙古、色目人的措施，均表明他是汉族身份。

明初的重大史事，非胡、蓝之狱莫属，从某种程度上讲，胡蓝之狱是改变明初政治格局、战略部署和国家制度建设的重大事件。本书第十一章《统治阶级内部的斗争》（第 363—398 页），作者针对吴晗先生认为胡案全是冤案、吕景林先生认为胡蓝党案都是冤假错案的观点，经过对史料进行细致的梳理分析，陈先生指出胡惟庸毒死刘基、贪污受贿、朋比为奸的史实清楚，他之被杀是罪有应得，咎由自取，这是“真案”；同时，朱元璋借此大兴案狱，乘机搞扩大化，制造了部分假案。蓝玉案与胡惟庸案性质相似，当时开国功臣违法乱纪的现象时有发生，蓝玉居功自傲、贪财嗜利、骄淫奢靡、逾礼犯分、无所不为、图谋造反，也非冤案，而是“真案”；朱元璋乘机诛杀不少无辜的人，则是冤案。

《朱元璋大传》的创新之处，还在于作者对诸多社会热点问题做了积极的回应。近十数年来，随着人们经济生活水平的普遍提高，对精神文化消费的需要随之迅速增长，一方面广大读者对喜闻乐见、通俗易懂的历史读物需求量激增，出现了“明史热”现象；另一方面历史通俗读物的质量却是良莠不齐，从社会的需要、从史家的社会责任感看，都需要有一批高水平、与时俱进的历史通俗读物的出现。陈先生在学术界一向以文笔优美著称，他除了著述《自从出了朱皇帝》和《朱元璋：从乞丐到皇帝》两部面向大众的普及读物，还在这部《朱元璋大传》新著中，对某些畅销书中的讹误加以纠正。近十多年来，引领“明史热”的，是网络作者当年明月的《明朝那些事儿》，该书的发行量超过千万册，入选“全国十大畅销书”“全国中小学生必读十本好书”，连续多年被读者推荐为印象最深之书等。但该书不可避免地出现许多错误。比如朱元璋的小名“重八”，到底是什么意思呢？当年明月在《明朝那些事儿》（朱元璋卷）中把“重八”列为朱元璋的“别名（外号）”，还解释说“朱重八，也可以叫朱八八”，原因是“在元朝，老百姓如果不能上学和当官就没有名字，只能以父母年龄相加或者出生的日期命名”。在《朱元璋大传》第 2 页，陈先生写道：“按照当时的习俗，平民百姓一般不取名字，只用出生日期或以父母年龄相加合算一个数目字作为称呼，也有以行辈来命名的。刚出生的这个婴儿属于‘重’字辈，他有四个堂兄，分别叫重一、重二、重三、重五，有三个胞兄分别叫重四、重六、重七，朱五四便把这个孩子叫作重八。重八长大成人后，为自己正式取名为兴宗，后改名为元璋，字国瑞。”寥寥数笔，就把当年明月的误说纠正过来了。（第 3 页）

经典著作的价值，在于可以给不同水平的读者提供不同角度的知识、能力和方法。对朱元璋及其时代的基本史实和重大问题，读者均可以从《朱元璋大传》中获得答案。对专业学者阅读和利用明初史料的研究，本书也提供了宝贵的经验。史料是史学的生命，而明初历史研究的史料，相对于中后期是不足的。元明易代，朱元璋早年历史的记载更是贫乏，这给朱元璋研究带来很大的困难，如何克服困难，陈先生提供了宝贵的经验。明初历史的研究，《明太祖实录》是最重要的文献，中央民族大学图书馆存有一套民国影印线装的江苏国学图书馆的《明实录》，陈先生多次读过。后来他本人购买有一套台湾“中研院”史语所影印本《明实录》，陈先生读过多遍，之后他本人又购买一套，查阅的次数已无法统计。海内外的许多学者都知道陈先生长期专门致力于朱元璋研究，常把一些珍稀文献复印件转送给陈先生，像《太祖皇帝钦录》《明太祖御笔》和俞本《纪事录》等。他还搜寻有关的政书、官私修撰的明史以及大量的野史笔记、方志，细加研读，搜集史料。特别需要指出的是，在新著《朱元璋大传》一书中，陈先生又将多年前阅读使用过的美籍华裔学者陈学霖发现的《明兴野记》，即《纪事录》一书，换成李新峰于 2015 年在中华书局校注的新版《纪事录笺证》，说明陈先生对有价值新著的关注和充分尊重。

所谓“经典”，是指在学科领域内具有原创性、奠基性的重要作品，一是经过时间的检验，证明它是该领域的优秀代表之作，二是它能经得起时间的检验，必将成为该领域内的典范。陈先生的这部《朱元璋大传》，就是这样的一部经典著作。

原刊于《博览群书》2019 年第 6 期。

“无一句凿空”：读王春瑜先生文集

喜欢读王春瑜先生的文章，一是文章特别好读，他能以高超的语言文字艺术，化冗长繁琐的考据为精当的表述，“读之无闷气，可连浮数大白”。他的《万岁考》《烧书考》《吹牛考》和《语录考》等文章，短的不过千余字，长的也不到万言，能产生巨大反响，靠的是宏大的视野、扎实的论证、高度的现实关怀和优美的文笔。二是他严谨扎实的考据功夫，无一字凿空，给人以踏实和放心的感觉。

近年，笔者在整理明代方志文献《四镇三关志》时，就为王先生的《〈明史·刘文炳传〉书后——刘文炤史迹钩沉》一文所吸引，对他的史学功力再添几分敬意。一是这篇文章貌似不起眼，与他著名的诸“考”相比，名气确实不大；二是它最初发表在并非核心期刊的《盐城师专学报》1986 年第 4 期上，以现在通行的考核标准，它算是“无用之作”。但这篇不足一万字的文章，却是 30 年来研究刘文炤及其家事最清晰，使用史料最丰富、最有价值的。

《明史》卷 300《刘文炳传》对刘氏家史有很简单的交代，刘文炳袭职新乐侯，是因为他的父亲新乐伯刘效祖（？—1634）是崇祯皇帝的舅舅，他的亲姑姑就是崇祯皇帝的生母孝纯皇太后。如此显赫的家族，其事迹却不太为人熟知，原因一是明代外戚的社会地位较低，二是刘氏系末代外戚，明朝灭亡后，受政治影响，其家族事迹已湮没无闻。崇祯初年，刘效祖加封为新乐伯，他的事迹前人的研究就很少有涉及，以致后人把他和《四镇三关志》的作者刘效祖（1522—1589）混为一谈。《四库禁毁书丛刊》影印《四镇三关志》时，使用的是“中国文献珍本丛书”本，介绍作者时沿用的是民国时期王庸先生著《中国地理图籍丛考》中的内容：“纂者刘效祖，见附《明史》卷三百其子文炳传，为明崇祯帝生母孝纯皇后之弟，文炳之父，后封新乐伯，改新乐侯。《国朝献征录》记云……”（王庸编《中国地理图籍丛考》甲编《明代北边边防图籍录·边镇合集》，北京商务印书馆1947年）

实际上，该志的纂者刘效祖曾任陕西兵备副使，《国朝献征录》是他本人的传记，他祖籍山东滨州，永乐中“徙其始祖自滨州，实都下”，占籍武骧左卫，徙居京师顺天府，故文献又称其为京卫人、顺天人或宛平人（或大兴人）等。而新乐伯刘效祖的祖籍，诚如王春瑜先生文中所讲：“史籍记述多半作淮安海州，亦说是宛平、任丘。其实，三说皆有据。这是因为，文炤‘其先本海州人，以成祖靖难功，拜河阳千户，籍任丘，九世祖名宗者迁宛平，遂世为宛平人’，准确地说，海州为其故里。”

因为两个刘效祖都出身世袭卫所武官家庭，也都定居北京，去世的时间仅相差45年，容易造成混淆。王先生对海州刘氏的源流，尤其是刘文炤事迹的钩沉，建立在大量的传统文献和田野调研基础上，细密严谨，显示了他过人的实证功夫。

明朝灭亡时，文炤年仅15岁，“他逃往何处？最终流落何方？干些什么？与哪些人交往？如此等等，《明史》再无一字道及”。王先生运用正史、杂史、野史、笔记、小说以及丰富的名人文集，还有宋曹《会秋堂诗文集》、李儒璟《卫如诗集》等珍稀文献尝试梳理。他甚至还到盐城走访调研，访得抄本文献和田野资料，如盐城张梦庄先生的私藏资料、当地内部印本《历史上的盐城》和《湖海诗存》等。在明清稀见史料的只言片语中，在文集诗歌的隐晦表达里，刘文炤的形象逐渐清晰起来。

近年来，随着传统文献的数字化飞速发展，强大的检索功能给学者提供了便利。笔者也尝试利用多种数据库去检索“刘效祖”“文炳”和“文炤”等关键词。让我惊讶的是，相关的基本文献在王先生的文章中大都有征引，还有一些是数据库检索不到的，也恰恰是钩沉文炤事迹最重要的部分，王先生也有发现并加以利用。王先生钩沉史料的功夫，用“竭泽而渔”来形容并不为过。

细细品味，能理解王先生“跋”中所言：“《明清史杂考》，用四字概括，即步步为营。这与文学作品之天马行空，迥然不同。所考无一句凿空，文学笔调，乃余事也。读者当能识之。”的确，下过了苦功夫，真有硬功夫，王先生才有这样自信的表述。

2017年9月10日在商务印书馆组织的“王春瑜明史文丛”（5种）座谈会上的发言，后刊于《北京青年报》2017年9月28日《文艺副刊》。

开创明代国家财政研究的新局面：评《明代〈万历会计录〉整理与研究》

财政，是国家存在的物质条件，财政史研究历来被认为是历史研究的重中之重。但熟悉明史研究的学人都知道：明代财政史最为难治，到目前为止还没有大部头的《明代财政史》问世。近读万明研究员、徐英凯教授合著的《明代〈万历会计录〉整理与研究》（中国社会科学出版社 2015 年）一书，感触良多，该成果不仅对《万历会计录》这一珍贵史籍进行了深入、系统的整理和多角度的分析，还为研究明代国家财政结构和白银货币化提供了资料保障，并开拓了明代财政史的研究视野、理论和方法。

《万历会计录》具有极高的史料价值，它是现存最能全面反映张居正改革之前明代国家财政总体面貌的文献，也是“迄今存留于世的中国古代唯一一部国家财政会计总册”。（万明《〈万历会计录〉与明代国家和社会转型》，《史学月刊》，2014 年第 7 期）该书主要依据明代各机构衙门呈报的财务报表和所存的公务档案，如户部中的卷宗及各巡抚、布政司的册报等编订而成，署名为时任户部尚书张学颜，共 43 卷。在内容安排上，从行政管辖与区划方面看，采取了全国——布政司（省）——府——州、县的顺序，并包括都司卫所管理单位；

各机构或部门的各收支款项数记载，是以总数冠分项，以分数合总数；从收支的门类说，是先全国田粮旧额岁入、岁出总数，依次是省、府、州、县分数，次边镇饷额等等。其下又细分章目，如饷额一门，分屯粮、民运、漕运、盐引、京运、抚夷、马价、赈济、俸粮、修边、仓庾、职储各项目；漕运一门，分漕粮额数、耗脚轻赍、席板筹架、运船官军、官军粮钞、土宜、漂流挂欠、禁令、河漕、海运、民运、军运、督运文武官各项目等等，可谓相当详细。（梁方仲《评介〈万历会计录〉》，《中国近代经济史研究集刊》，1935 年第 2 期）该书不仅列举了万历初年（以万历六年为主）各项经济项目的数据实态，还比较详细地列举了此前诸项规定的沿革、事例，实为明朝建国两百年间经济政策和经济数据的总记录。不仅如此，《万历会计录》对此后明末乃至清初的经济运行均有重要的意义。明朝的财政预算管理是以“原额”“定额”为基础的，万历初年的经济数据是晚明财政管理的重要依据。清军入关后，顺治皇帝下诏清理明季“三饷”等加派，也是依据万历前期的数据。此后编写清代赋役全书时，仍然参考万历初的“各直省钱粮则例”。所以《万历会计录》是研究明、清财政史极为重要的典籍。

《明代〈万历会计录〉整理与研究》一书在对明代经济史料整理与研究的理论与方法上，具有开创性和示范性的作用。这部巨著共分 3 篇，分别为《万历会计录》的整理篇、统计篇和研究篇，以现代统计表格的形式整理明代财政数据，既吸取了半个世纪之前中国经济史研究奠基人——梁方仲先生《中国历代户口、田地、田赋统计》的优良做法，又利用现代信息化技术统计分析，把计量方法应用于大型可量化历史资料整理之中，促进了历史研究的精细化和科学化，改变了长期以来研究者广泛采取的定性分析的研究方法，具有很高的创新性，代表了这方面海内外学术界的最新研究成果。

本书对明代财政史和明史的研究，对明史在中国史、世界史上地位的认识有很高的学术价值。全书以400万字的篇幅、555个表格、28个附图和20多万个数据，揭示了16世纪末明代国家财政的整体面貌。在此扎实整理基础之上，作者认为，在《万历会计录》中显示的计量标准和征收实态的混杂现象和赋役征收的货币化，加速了白银货币化进程。张居正改革影响深远，在万历八年（1580）的《清丈条例》向全国颁行后，白银货币最终成为财政主体，各地官方编纂的《赋役全书》成为清一色的白银核算和征收，它标志着明代中央集权财政体系已经历了从以实物为主，向以白银货币为主的全面转型。

明代的白银化浪潮和国家赋役制度的转型，带给明代国家和社会的影响是全方位的，笔者近年在研究军事制度史时深有此感。明后期白银的使用已遍及各个领域，就连货币化颇为滞后的军费也不例外，军粮、军费、军马等在明中后期都用白银来预算。以军马为例，马政一直是明朝军政制度的重要组成部分，太仆寺（行太仆寺）管辖全国官牧和民牧马政。官牧主要是各都司卫所马匹，民牧则是司、府、州、县分养马，太仆寺设老库贮马价银，以调剂用马。至迟在嘉靖年间，马匹及草场等相关收入还一直是专供军需的。此后由于官牧渐废，隆庆间将民牧种马出售一半，折银入库。到万历九年（1581）五月，进一步采纳兵部建议，以种马折价，由太仆寺库收贮。（《明神宗实录》卷 112，万历九年五月辛卯）这样，收贮太仆库的库银除马价银外，还有草场的经营所得收入，收贮白银最多时达一千万两。再如，明代班军曾经长期被要求以“正身”轮流当差，即军人必须亲自承担差役。但到了明中期以后，军人交纳一定数额的银两就可以免于上操。“折班银”最先出现在地方卫所军人中，到嘉靖中期逐步在京军中推广。折班不仅可以减少国家军事支出、增加相应的财政收入，也可以免除班军长途奔波之苦，被认为是顺应社会经济发展需要的举措。明后期，折班银普遍用于募兵、修城、治河、军兵津贴等方面，成为财政收入的重要组成部分，军差这种明朝最稳定的劳役当差也出现了演化为纳银当差的趋势。这些都说明了社会的进步和白银化浪潮的巨大影响。

举以上二例，意在说明明代中后期的白银货币化浪潮已经席卷政治经济与社会生活的方方面面。实际上，到明代中后期，白银货币化已经将社会各个阶层卷入商品市场经济体系之中。白银与上至皇室达官勋贵，下至普通平民百姓的日常生活紧密结合在了一起。由于白银的货币化，明代国内市场与世界市场也连接起来，全球的白银源源不断地流入中国。受到世界市场的影响，中国的白银价值也出现了明显的变化。明末的财政状况、白银流通状况以及明朝的国运，紧紧地结合在了一起。

诚如万明先生在该书《绪论》中所言：“财政是国家的命脉，财政史内容包罗万象，涉及中外政治史、经济史、军事史、文化史、社会史等诸多领域，举凡王朝的兴亡更替，国家的盛与衰，社会的进与退等政治、经济、军事、文化、社会等各个方面，无不与财政有着千丝万缕的联系。”明代财政与国家传统政治体制的转变、社会思想文化的变迁，甚至军事组织管理制度的变化等之间，存在着千丝万缕的联系，其间既有直接因果关系，也有间接的影响。明代是一个大变革的时代，是传统走向近代的开始，是中外关系史上前所未有的重要时期，诸多领域的研究尚待深入。在明代国家层面的财政资料得到如此高水平的整理与研究之后，明朝的各地区、各行业、各部门的财政数据、经济运行状况，包括财务数字的统计范围、统计口径、地方存留与上解中央的计量单位以及比例等微观方面的综合研究，也必将会全面铺开。可以说，《明代〈万历会计录〉整理与研究》一书的出版，必将开创明代国家财政研究的新局面，推进明代国家、社会和时代变迁研究整体水平的提高。

原刊于《古代文明》2017 年第 2 期。

构建社会史研究的新范式：评《明代士大夫的精神世界》

陈宝良先生所著《明代士大夫的精神世界》（北京师范大学出版社 2017 年）的研究对象是明代士大夫阶层的精神世界，他本人坦陈主要采用一种“新文化史”研究的路径，对明代士大夫进行系统的精神史分析。对于长期关注和学习陈先生的系列论著的笔者来说，更深的体会是，这本书不仅是作者专注于明代社会史研究三十余年的新成果，是有计划、有系统地推进明代社会史研究的成果之一，也标志着作者构建的明代社会史研究新范式的形成。

细数陈宝良先生三十余年的学术之路，我们可以发现一条非常清楚的线索，即作为一名专业学者，他有计划地系统研究明代整体的社会史，分别对明代的社会史、生活史、文化史、思想史等领域进行实证研究；他以各色社会群体为主要对象（包括儒学生员、士大夫、市民和妇女等），多层次、多角度、全方位地剖析社会群体的文化生活；他在宏观把握明代历史特征的前提下，结合不同的研究对象，把中国历史上最重要的社会转型和文化变迁中的“活力”和“多样性”精彩地呈现出来。

他的这部新著，其研究的对象是士大夫群体。士大夫群体是中国传统社会史研究的重要对象，而对精神世界的研究更是高难度的领域。究其原因，一是士大夫群体研究领域的学者多，成果也丰富，创新有很大的困难；二是精神史的研究对史料、方法和理论都有很高的要求，如果没有长期的积累和深入的思考，许多所谓的研究不是人云亦云的炒剩饭，就是仅剩所谓理论和方法的新视角了。作者挑战如此高难度选题，在笔者看来，无论是研究的内容，还是研究的方法和理论，既是作者对三十余年研究的继续推进，也是对传统的超越。

第一，对明朝时代特征的总体把握和动态考察。

作为一名历史专业学者，陈宝良先生的研究是从历史学的基础方法和理论入手，遵循历史学科的基本规律，他特别注重将研究对象（明代的社会与文化）动态地置于中国历史传统和有明一代的大变革时序之中。

早在1988年，他就出版了《悄悄散去的幕纱：明代文化历程新说》（陕西人民教育出版社）一书。这是一部总体上考察明代文化历程的著作，主要基于他本科及硕士期间对有明一代文化的新思考。陈宝良先生的明史研究学术生涯，起步于1980年考入北京师范大学历史系。在本科阶段他就对明史产生了浓厚的兴趣，并跟随著名的明史专家顾诚先生研讨史料，进行专业训练。顾诚先生亲自写序（顾先生很少为人作序），称赞说："这本书最显著的优点在扎实的功夫基础上，提出一系列超越前人的新论点。它不仅在现时很有新意，到将来仍有其参考价值，因为它提供了20世纪80年代中国学者研究明代文化所达到水平的一个范例。作者在纵向把握整个明代文化的演变过程、横向分析各流派的特色上，都能独抒已见，不落入前人窠臼，做到这一点是认真阅读了大量明代文化册籍，掌握第一手材料，经过研究作出的总结。”（见原书序言，又见顾诚《顾诚文史札记：明朝没有沈万三》，光明日报出版社 2012 年）

实际上，随着对明代社会生活史、风俗史、城市史、服饰史、文化史等研究领域的深入，作者对明朝的时代特征也在做不断的探索和分析，强调研究对象的时代属性及其变化。比如他的《明代社会生活史》（中国社会科学出版社 2004 年）一书，读者最强烈的印象是他对明代社会生活诸层面详细的描述和论证。在他看来，这形形色色、生色鲜活的生活背景，“时”的存在让千差万别变得杂而不乱。作者把生活史的一切置于“生活的社会背景”之中，结合时代特点和变化，对明朝人观念与生活的变迁做了详细的考察，提出了“时”与明代社会生活的观点，作者认为“时”有三层含义：一是时代性，时代不同生活也随之变化；二是新时尚，时代变迁后，旧的生活方式被淘汰，新生活不断被开拓，必然又会形成一种新的生活“时尚”；三是一年中的“四时”乃至“月令”变化，带来的生活差异等（见该书“导论”）。

作者对明朝时代特征的强调，不仅是因为研究对象历时性的重要，还因为明朝确实是个大变革的时代，变革时代的社会史必然呈现多样的面相，余英时先生将这一时期称为“中国历史上最重要的社会与文化变迁时期之一”（见《明代士大夫的精神世界》“导论”）。对这个时代的认识，老一代学者嵇文甫先生也把晚明时代，称为一个动荡时代、一个斑驳陆离的过渡时代。认为晚明给一个旧时代送终，却又使新时代开始。近年，学者万明先生主编的《晚明社会变迁：问题与研究》（商务印书馆 2005 年）一书也从人口流动、商业社会、白银货币、地方社会、政府权力、法律、军户、东林党、泰州学派等方面专题研究了晚明时代令人瞩目、色彩斑斓的“天崩地坼”的变化。

《明代社会转型与文化变迁》（重庆大学出版社 2014 年）是作者积二十余年之功，对明代社会转型与文化变迁研究的总结。作者把社会史和文化史研究分别简洁概括为转型和变迁，强调的都是变化。社会在变化，文化在变，士大夫群体也在变，士大夫的精神世界，在变化的时代中才能得到体现。

此外，晚明近代性启蒙思潮的兴起，对君主专制及传统理学的统治发起了强有力的冲击，唤起了人文觉醒，推动了社会转型步伐。但随着明清的易代，清朝专制统治体制的建立，明代士大夫的文化传统和人文主义精神在短暂延续之后，便遭到残暴的扼杀而趋于泯灭了（杨念群：《何处是江南：清朝正统观的确立与士林精神世界的变异》，三联书店 2010 年）。所以，作者对明代士大夫精神世界的剖析，对晚明的时代属性和精神世界的分析，从明清易代的角度看，又显得尤其可贵。

第二，对明代社会生活史、文化史的实证研究。

自 20 世纪 90 年代以降，作者对明代社会生活、文化现象进行了大量的实证性研究，甚至有点不厌其详、事无巨细。他相继撰写和出版了《中国的社与会》（浙江人民出版社 1996 年）、《明代社会生活史》（中国社会科学出版社 2004 年）、《中国风俗通史·明代卷》（上海文艺出版社 2005 年），等等。他步步为营的战略和不懈追求的精神，为《明代士大夫的精神世界》

的研究奠定了坚实的基础。

《中国的社与会》增订本（中国人民大学出版社2011年），把中国古代的社与会分成政治、经济、军事和文化生活等四种类型，对民间结社、结会及其近代转型作了具体、系统的探讨，全面揭示了中国古代社会组织形式。《明代社会生活史》和《中国风俗通史·明代卷》对明代社会生活的方方面面，诸如服饰、饮食、居住、行旅交通、冠婚丧祭、宗教信仰、时令节日、宗族与生育、休闲娱乐、经济生产、社交礼仪等人们的日常生活，从吃喝拉撒睡，到衣食住用行，从传统的开门七件事"柴米油盐酱醋茶"到明代的新开门七件事："谈谐"（即说笑话）、听曲、旅游、博弈、狎妓、收藏（包括书籍、古玩、时玩），都进行了详尽的研究。正是基于这种类似于全景式的扫描，才为作者对不同群体在不同地域、不同时代的社会生活进行动态考察和深度分析创造了条件。作者对明代物质文化和社会生活史的研究，不仅填补了前人未曾研究的空白，也为明代士大夫精神世界的研究提供了坚实的基础。

物质文化及其变迁确实是剖析人们精神世界的最可靠角度之一。比如晚明时代的巨大变化，折射的就是精神世界的变化。金钱使一切伦理纲常、统治秩序、美德偶像都被颠倒过来，财大气粗的商贾、骄恣淫逸的官绅、游手好闲的市侩，挑战着传统的社会生活方式。《金瓶梅》里的西门庆就公然声称："咱闻那佛祖西天，也止不过要黄金铺地，阴司十殿，也要些楮镪营求。咱只消尽这家私，广为善事，就使强奸了嫦娥，和奸了织女，拐了许飞琼，盗了西王母的女儿，也不减我泼天富贵。"

（《金瓶梅词话》第 57 回，《道长老募修永福寺　薛姑子劝舍陀罗经》）晚明时代出现的张扬个性的“奇人”“奇事”“奇情”，这些社会现象深刻变化的背后，是更为复杂的社会冲击和变动。价值观念发生转变，并进而对儒家传统价值观形成一定的冲击。“士为风俗先”，士大夫群体的传统精神有所坚守，更多的是飘摇或颠覆。

第三，对群体史的系列考察，让士大夫“精神史”的研究水到渠成。

社会史如何研究？自然是见智见仁的事情，但历数陈宝良先生的科研之路，不难发现，他对社会群体史进行的系列研究成果与社会生活史和文化史研究一样，异常突出，且在海内外学术界产生了极大的反响，是海内外社会史研究的一面旗帜。

作者对明代社会群体的关注，早在本科阶段就开始了。本科期间，有志于明史研究的他因顾亭林（炎武）的三篇《生员论》引发兴趣，把明清之际读书人的结社等作为研究的起点，在此基础上完成了本科毕业论文《复社的起源及其流变》。此后，他又对整个明代的结社、结会进行了系统的梳理和研究，进而完成了《中国的社与会》这部专著。同期完成的《中国流氓史》（中国社会科学出版社 1993 年，上海人民出版社 2008 年），同样是一部重点关注明代下层群体生活的精彩论著，该书的“流氓”并不等同于今天人们理解的品德败坏者，在古代主要是泛指士、农、工、商之中不安于本业、游手好闲的“无籍之徒”，其中相当大的群体是未能入仕的儒生。这本书被翻译成韩文，在美国、法国、韩国等国家被列为专业研究的参考书，可见影响之大。

此外，他还以近百万字的篇幅完成了《中国妇女通史·明代卷》（杭州出版社 2010 年），对明代各阶层妇女及其婚姻、家庭、财产、生育、礼仪、教育、风俗、服饰、社交和才艺等进行研究，填补了明代妇女史研究的诸多空白。

对士大夫群体的研究，作者在其博士论文《明代生员研究》的基础之上修改而成的专著《明代儒学生员与地方社会》（中国社会科学出版社 2005 年），当是其代表作。该书分上、下两编，从不同角度和层面对明代生员层进行了专门的实证考察。上编关注的是向上流动的儒学生员群体，故以明代的学校和科举制度为切入点，研究了生员的产生、生员的种类、在校生员的学习及考核，以及生员的仕进之途。下编重点关注的是向下流动的儒学生员群体，作者主要从社会史的视角，探讨职业流动之下的儒学生员，在失意科场或仕进无门之后的社会流动，特别关注了儒学生员在基层的社会角色，诸如本业治生、参与政治、无赖化现象等，多角度、动态地呈现了有明一代地方社会中儒学生员的社会地位。

第四，竭泽而渔，超越传统的"新文化史"研究。

《明代士大夫的精神世界》书后，附录有大量的参考文献，从第 549 页到 581 页共计 33 页，约 700 种文献。参考文献中的"古代典籍"占 20 页，以明人文集、笔记和小说类史料为主。研究明史的学人都知道，明人文集和笔记小说数量极大，版本复杂，内容庞多，质量良莠不齐，阅读和使用都颇为不易（谢国桢《明清笔记谈丛》上海古籍出版社 1982 年）。而陈宝良先生从本科阶段就开始阅读这类文集，抄录史料的"软皮本"有数十册之多。

明史同仁甚至有人称，陈宝良先生是明史学者中阅读和使用明人文集、笔记小说最多的学者，此不虚言。记得 81.5 万字的《明代社会生活史》出版后，现任中国明史学会常务副会长的高寿仙先生曾发表书评，在称赞陈宝良先生“文章不写一字空”的扎实学风和严谨态度之后，也建议他能“提供一份引用书目”，因为他引用的文献太多了（高寿仙《〈明代社会生活史〉评介》，《中国史研究动态》2004 年第 11 期）。陈宝良先生后来与我们聊天时解释说，一是当时出版社没有做要求，二是书本来就太厚了，征用文献有 1000 余种，都加上就更厚了，只好割爱。

陈宝良先生师从北师大历史系著名历史学家顾诚先生，前辈学者多赞誉顾先生是竭泽而渔的苦行僧学者，他的《南明史》就是“板凳要坐十年冷，文章不写一字空”的典范（郭小凌：《文章不写一字空——评顾诚〈南明史〉的治史方法与治史精神》,《史学理论研究》1998 年第 4 期）。陈宝良先生也秉承了先师的治学风格。作者的系列成果，首先都是建立在实证基础上，对史料的阅读和使用上要做到竭泽而渔。作为上层建筑领域的思想研究，他首先结合政治、制度、经济以及时代背景等因素做综合分析，再进入“精神史”层面的研究。作者这样的治学风格，是用传统实证之法研究社会史的典范。

笔者之所以认为陈先生的新著《明代士大夫的精神世界》是超越传统的新典范，一是作者在精神史研究领域的超越，二是他把专注传统与“新文化史”相结合，实现了社会史研究的新超越。

对精神和精神史的研究，作者认为，固然需要从经济与社会地位入手，但要想深入剖析，就必须遵守思想与社会相结合的研究方法，“亦即精神史的研究方法”。该书从新文化史的角度切入，从君子、小人之辨，出处、仕隐的困惑，忠孝节义的两难困境，生与死的抉择，雅俗之辨及其互动等多个视角，通过思想与社会交互为用的研究方法，亦即从历史与社会的脉络中去阐释明代士大夫的知识与行动。这无疑与以往的研究过于偏向“观念史”不同，而是希望在政治史、教育史、地域研究等领域的交互关联之下，重新诠释明代思想史的实际动态。这种精神史研究的目的，在于考察士大夫的精神与政治、社会之间的关系。（《陈宝良：在社会变迁中理解明代士大夫的精神世界》，采访人：徐添，《东方历史评论》2017 年 4 月 12 日）

“新文化史”兴起较晚，大约是起于 20 世纪七八十年代的西方，运用于中国历史的研究则更晚。陈宝良先生能够把中、西两种不同的社会史研究的方法精当地融为一体，首先与他的学术经历有密切关系。他是新加坡国立大学哲学博士，著作被翻译成多国语言，在海内外学术界有广泛影响。在《明代士大夫的精神世界》一书中，作者征引的日、美、法、俄（苏联）、德等国学者论著数十部，外文文献计有 37 种。正是在大量吸收和借鉴了西方学者的研究成果，并结合传统史学的研究风格，而后才凝练出自己“精神史”研究的新路径。

阅读陈宝良先生的《明代士大夫的精神世界》，我把它与作者的十余部专著和上百篇论文结合起来去理解，有一种强烈的感受，就是作者在深厚的传统实证之学的基础之上，既突破了西方中心论的研究，以“中国中心观”研究中国的社会史，又能够以全球化的眼光和新文化史的研究视野观察问题。这使得作者始终走在社会史研究的最前列，站在了明代士大夫群体研究、精神史研究的最前沿。作者步步为营、超越传统的社会史研究，是社会史研究的一种新境界和新范式。

原刊于《博览群书》2018年第9期。

国家级非物质文化遗产文献整理的典范之作：评《凤阳花鼓全书·文献卷》

暑假期间，收到夏玉润先生寄赠的由他组织编纂的《凤阳花鼓全书》四卷五册，虽然我知道他近年在主持这一重大工程，但翻开厚重的全套书，仍然为之暗暗钦佩称奇。《凤阳花鼓全书》的整理与研究取得如此丰厚的成果，极具重大的学术价值、示范作用和现实意义。因这套书内容涉及面颇为广泛，本文仅就《凤阳花鼓戏》之《文献卷》谈一点自己的学习体会，借此向夏先生和本册主编高寿仙先生表达感谢和敬意。

一

2006年5月20日，国务院发布国发［2006］18号文，批准了文化部确定的第一批国家级非物质文化遗产名录计518项。此后的2008年，国务院又相继公布第二批国家级非物质文化遗产名录（共计510项）和第一批国家级非物质文化遗产扩展项目名录（共计147项）。2011年公布第三批国家级非物质文化遗产名录共191项，及国家级非物质文化遗产名录扩展项目名录共164项。2014年，再公布了国家第四批共计153项和扩展项目名录共计153项。此外，自2003年联合国教科文组织发布

《保护非物质文化遗产公约》之后，到2013年的十年间，我国共有昆曲、古琴艺术、珠算等30个项目入选联合国教科文组织“人类非物质文化遗产代表作名录”，羌年、中国木拱桥传统营造技艺等7个项目入选“急需保护的非物质文化遗产名录”，成为世界上入选项目最多的国家。中国，是世界上当之无愧的非物质文化遗产的大国。

在首批入选的国家级非物质文物遗产名录中，安徽凤阳县的“凤阳花鼓”列入“曲艺类”，编号为“Ⅴ–36”。凤阳花鼓，正像在联合国教科文卫组织和国务院、文化部的文件中所讲的那样，是中国乃至世界的文化遗产，蕴含着丰富的历史价值、精神价值和文学价值。非物质文化遗产是文化遗产的重要组成部分，是我国历史的见证和中华文化的重要载体，蕴含着中华民族特有的精神价值、思维方式、想象力和文化意识，体现着中华民族的生命力和创造力。保护和利用好非物质文化遗产，对于继承和发扬民族优秀文化传统、增进民族团结和维护国家统一、增强民族自信心和凝聚力、促进社会主义精神文明建设都具有重要而深远的意义。

如何充分挖掘、有效整理和深入研究这些珍贵的非物质文化遗产，如何更大程度上发挥这些文化遗产的价值，就成为摆在世人面前的重要课题。以凤阳花鼓为例，它的历史价值在于形象地反映了明清、民国以及中国现代社会的概貌，其精神价值在于大胆的批判讽刺精神和达观幽默的人生态度，而其文学价值则在于花鼓女形象的塑造和文学的史料价值。（苏兆龙《凤阳花鼓非物质文化遗产价值论》，《安徽科技学院学报》2011

年第 3 期）因此，充分挖掘、利用和保护这一丰厚的传统文化资源就显得非常重要，《凤阳花鼓全书》的整理和出版价值，正在于此。它的出版，为非物质文化遗产的文献整理与研究提供了范本。

二

在读《文献卷》之前，笔者疑惑的是像凤阳花鼓这样流传时间长、分散地域广、形式多种的民间艺术，作者到底用什么样的方式去收集和整理它的“文献”。

如果按 2003 年 10 月 17 日联合国教科文卫组织在巴黎通过的《保护非物质文化遗产公约》规定，非物质文化遗产应涵盖 5 个方面的项目：（a）口头传说和表述，包括作为非物质文化遗产媒介的语言；（b）表演艺术；（c）社会风俗、礼仪、节庆；（d）有关自然界和宇宙的知识和实践；（e）传统的手工艺技能。凤阳花鼓被列入“曲艺”，属于表演艺术类。实际上，凤阳花鼓作为“非物质文化遗产”，它的相关“文献”可以说相当广泛，如被各群体、团体，有时为个人所视为其文化遗产的各种实践、表演、表现形式、知识体系、技能及其有关的工具、实物、工艺品和文化场所等诸方面，相关文献的收集与整理，便应包括以上诸层面。所谓非物质性，并不是与物质绝缘，而是指其偏重于以非物质形态存在的精神领域的创造活动及其结晶。非物质文化遗产的创作源自民间这个大集体，不同的社会阶层、经济地位、知识层次以及不同地域的人民，在创作过程中采用的表达方式和表现形式必然不尽相同。而实际上，上述种种因素，都为凤阳花鼓等非物质文化遗产类文献的整理带来了极大的难度，对其分类、整理和出版等提出很高的要求。

高寿仙先生主编的这册《文献卷》，全书以七百余页的篇幅，收集了自明代万历以降至 2013 年的凤阳花鼓“文献资料”，称为“凤阳花鼓文献资料的集大成者”已不足以评价其成就。

首先，该书的收集范围广泛，实际上拓展了历史文献乃至民间文献的领域。《凤阳花鼓全书 · 文献卷》一书《编纂说明》提纲挈领地交代了主持人所理解的“文献”范围和内容。凤阳花鼓文献的范围包括了明清以来有关凤阳花鼓的美术作品（明清宫廷图画、日本花鼓图、民间美术、绘画、相关艺术及其他）、舞台剧照（打花鼓、花鼓小锣、双条鼓、凤阳锣鼓）、词曲唱本（剧本、唱本、曲本、外文辑录）等内容。具体内容包括三大类，一是“文献史料”，如历史档案、历史图片、文物、人物照片、剧本、曲本、唱本以及各种体裁的文字记载；二是“民间美术”，包括瓷器、砖雕、瓦当、石刻、木雕、漆雕、烟画、烟标、剪纸、面塑、糖塑等；三是“绘画”类，即明清到近年各时代画家们笔下的形态各异的凤阳花鼓画。在此基础之上，全书共分为三编：第一编是美术作品，第二编为舞台剧照，第三编是词曲唱本。此外，本书还收集了海外流传的凤阳花鼓文献，包括收藏于日本的 9 种汉文和日文的文本、收藏于欧美国家的中文和英文词曲等。本书既突破了传统文献的范围，也极大地丰富了民间文献的内容，为非物质文化遗产文献提供了范本。

其次，本书整理的方式值得充分肯定。它“采用影印的方式，将凤阳花鼓数百年来留下的文化印痕呈现出来，以展示其独特的风采”（见《编纂说明》，第1页）。因为非物质文化遗产依托的载体丰富多彩，而文学艺术作品本身透露的赏析元素及其角度多种多样，影印原状出版，将“文化印痕”全方面呈现，显然是这类文献出版最佳的方式。

近年来，历史学研究的理论和方法渐趋多化，民间文献因其原始性，在区域社会史、社会经济史研究领域受到越来越多的重视。随着现代社会科学知识体系的引入、社会民主化进程的推进，“民”的重要性被凸显出来。相应地，契约、族谱、唱本、碑刻等庶民生活中的各种类型民间文献，也在学术意义上被发现了。厦门大学的郑振满教授提出了建设民间历史文献学的设想，持续开展民间历史文献的整理、研究与研讨工作，取得卓越的成绩。（参郑振满《新材料与新史学：郑振满教授访谈》，《学术月刊》2012年第4期）在民间文献整理的方法和理论方面，相关学者也进行了积极探索，有学者撰文认为，“原件就地保存，复制副本公藏研究”原则的确立是民间文献搜集工作的一大进步（杨培娜、申斌《走向民间历史文献学——20世纪民间文献搜集整理方法的演进历程》，《中山大学学报》2014年第5期）。之所以采取就地保存，是因为文献有其固有的生成流传空间，它与周围的地理景观、建筑、器物，特别是居民紧密联系，只有把它与其产生、流传、保存的具体地点、人群相连接的时候才有可能发掘出最完整的信息。进而通过访谈、田野调查等手段，在具体的场景下构筑时空信息综合体，获取研究的现场感。而复制副本则方便文献信息在学界的公开与使用。这种工作方式既保护了当地居民的生活方式，又方便了研究者使用，还更好地维护了历史文化资料的全息性。《凤阳花鼓全书·文献卷》的整理工作，正是学者努力倡导的、目前较为妥当的方式。

第三，本书创造了凤阳花鼓文献收集与整理的多项“第一”。自明末至清中叶，凤阳花鼓最早出现在文学艺术领域的文献资料都被收集于此。比如最早的文字记录，是明万历年间周朝俊《玉茗堂批评红梅记》中凤阳歌最初的唱词；最早的“国画”是清初宫廷画家顾见龙的《花鼓图》；最早的海外“打花鼓图”，是日本天保三年（1832）《琉球人座乐并踊之图（打花鼓图）》之一、之二两幅，以及最早的花鼓漫画、最早的瓷器、最早的砖雕、最早的曲本、最早的剧本等等。这些文献的收集，在凤阳花鼓文献学史乃至中国戏曲艺术文献史上都具有重要的意义。

三

非物质文化遗产是地域性的百科全书，通过它可以了解当地的地方文化、历史、现状及发展，它是地域内对社会现象、自然现象和人文群体活动方式的记载，拥有明显的地方特色和独特价值，它能为地方政府对本地区经济、文化、教育、市政建设、科研等方面的规划决策提供科学依据和重要参考（韩晖《非物质文化遗产与地方文献整理》，《图书馆学刊》2011年第7期）。对相关文献的整理与研究，既有重大的现实意义，又有很高的学术价值。现实方面，国际社会及组织团体在持续、普遍推广非物质文化遗产的价值，我国政府也因此大力倡导，激发了地方政府、民间团体的高度热情。同时，社会各界对非物质文化遗产的学术价值也有高度的关注。中山大学陈春声教授认为，“在大量收集和整理民间文书、地方文献和口述资料的基础上，建立并发展起有自己特色的民间和地方文献的解读方法和分析工具，是将中国社会史研究建立于更坚实的学术基础之上的关键环节之一”（陈春声《走向历史现场——“历史田野丛书”总序》，《读书》2006 年第 9 期）。

《凤阳花鼓全书・文献卷》的整理出版，既适应了时代的呼唤，又顺应学术研究的需要。笔者认为，本书系国家级非物质文化遗产文献整理的典范之作，除上述体例、题材和内容之外，其编纂组织形式也树立了“典范”，即它是由地方的文史专家和国家级专家合作完成。非物质文化遗产的地区性很强，只有当地学者才深谙本地文化遗产的精髓，本书的组织者夏玉润先生就是这样一位地方文史工作者。夏先生长年在凤阳县文化部门担任领导职务，数十年笔耕不辍，一直致力于朱元璋研究和地方文化研究，出版了多部论著，如《凤阳古今》《中国剧目辞典》《希望之路——凤阳大包干的由来》《起源——凤阳大包干实录》《洪武六百年祭》《朱元璋与凤阳》《小岗村与大包干》《明中都研究》《千年沧桑凤阳歌》等，更为难能可贵的是，他本人还会演唱和表演凤阳花鼓，多年来，他多学科多角度地重新审视凤阳花鼓的文化内涵，是凤阳花鼓全书整理与研究的绝佳人选。《文献卷》的主编是高寿仙先生，他毕业于北京大学历史系，任中国明史学会的副会长，是海内外公认的著名明史专家。高先生不仅学术著作等身，知识面广博，更难能可贵的是他系统整理过如《国朝典故》（北京大学出版社 1993 年）等历史文献，还出版有与安徽相关的论著，如《徽州文化》（辽宁教育出版社 1993 年）和《定鼎秦淮河：朱元璋的治国谋略》（华夏出版社 2000 年）等，研究既有高度也有深度。两位先生的合作，将“凤阳花鼓”这一地方性很强的非物质文化遗产资料的收集，与学术层面的文献整理与研究结合在一起，给其他非物质文化遗产的文献整理提供了宝贵的合作经验。

非物质文化遗产种类繁多，但每项的文献情况差别极大，像昆剧、京剧等这类的资料就比较丰富，但更多的艺术形式缺乏传统文献记载，即便有历史记载，也不过是只言片语，更多的只是口口相传。加之，它们又主要分布和流传在广大的社会基层，文献整理的难度相当大。但《凤阳花鼓全书 · 文献卷》的整理出版，在体例、题材、内容和组织形式等方面，都为其他的非物质文化遗产类的文献整理与研究树立了典范。有《凤阳花鼓全书》为榜样，我们期待更多的各级非物质文化遗产类整理与研究成果的面世。

《凤阳花鼓全书》，黄山书社 2016 年出版；本文收入《悠悠长河叙花鼓：〈凤阳花鼓全书〉评论集》，中国文史出版社 2017 年。

经典的魅力：序《〈孙子兵法〉经世致用研究》

《孙子兵法》是中国最早的兵书，也是世界上最早的军事著作。全书六千字，字字珠玑，被《四库全书总目》称为“百代谈兵之祖”，是我国的“第一兵书”和“兵书圣典”。实际上，它不仅是一部兵书，还是一部充满智慧的书。它以其博大精深的思想文化内涵，影响了从古至今一代又一代的军事家、政治家、思想家和文学家。随着时代的变化，《孙子兵法》的思想不断被弘扬，与每一个时代相结合，被赋予新的思想内容和文化内涵，成为中华优秀传统文化的代表。诚如李零先生所说：“今天，读经典，有两本书不能没有，一本是《孙子》，上面说了，最有智慧，百代谈兵之祖；一本是《老子》，教我们放下‘人’的架子，别跟人逞能，要谈宇宙人生，老子天下第一。”（李零：《兵以诈立——我读〈孙子〉》“自序”，中华书局2006年）

《孙子兵法》的价值及其对后世的影响之大，本人近年在研究明代军事制度史时深有体会。“明以武功定天下”（《明史·兵志序》），朱元璋建国，以“洪武”为年号，表达了通过武功“定天下于一”的强烈愿望，可知他对军事制度建设颇为重视。朱元璋重视学习和利用《孙子兵法》，不仅时常与大臣讨论，还下令兵部刻刊《武经七书》，让都司卫所的世袭武官及其子弟学习，并把它作为武举考试的必读兵书，《武经七书》之首便是《孙子兵法》。此后的二百多年，明代的文武官员凡谈兵法战策，必以此为准则，甚至凡言“兵法云”多指《孙子兵法》，或径称“孙子曰”。

明初，太祖和成祖励精图治，文治武功，对兵书战策颇为熟悉，与大臣谈论边防政务时，出口能引用《孙子兵法》。洪武三十年（1397）五月，太祖“以天象示变，占北方当有警”，提醒守边藩王和大臣：“今天象于往者正同，不可不慎也……兵法云：‘致人，不致于人。’‘多算胜，少算不胜，况无算乎？’”（《明太祖实录》卷253）这里，他连续引用了《孙子兵法·虚实篇》中“善战者，致人而不致于人”之句，以及《始计篇》中“夫未战而庙算胜者，得算多也；未战而庙算不胜者，得算少也。多算胜，少算不胜，而况于无算乎！吾以此观之，胜负见矣”，提醒守臣提前做好防备，要善于调动敌人而不被敌人调动，争取克敌制胜的主动权。永乐二十年（1422）夏五月，成祖朱棣“顾侍臣，论用兵之法”，同样提到“兵法云：‘多算胜，少算不胜’，盖用兵之际，智在勇先，不可忽也。驭众之道……”（《明太宗实录》卷249）明代的帝王亲谙兵法，杰出的军事统帅更是奉《孙子兵法》为指导思想。嘉靖时大学士杨一清建议改革团营以提高战争力，他说：“慎选战锋官军。孙子曰‘兵无选锋，曰北’，盖兵出御敌，必使锋锐者当任，其冲突坚立不动，俟其少却，奋以乘之。”（《明世宗实录》卷83）明中央对京军三大营的改革，自于谦之后屡次实行，必强调选锋的重要，理论依据便是《孙子兵法·地形篇》所载：“将不能料敌，以少合众，以弱击强，兵无选锋，曰北。”笔者近年在整理明代万历初期成书的刘效祖《四镇三关志》，其中收录有大量的明代诏令奏议，据初步的检索，包括戚继光、杨博、刘应节等名臣多次征引《孙子兵法》，以论证自己的军政措施、阐释边防思想。成书于明末、陈子龙编《皇明经世文编》，全书主要辑录了有明一代的奏议和文集，内容以反映军国要务为主，其中凡文官武将谈兵论战，言必称"兵法云"，据初步检索共出现 180 余处，虽然并非全指孙武之兵法，但最重要的思想皆来自于此。阎盛国教授在本书中的研究，还重点关注了王阳明、李贽这样杰出思想家在《孙子兵法》研究、传播和使用中作出的突出贡献。

明代对《孙子兵法》重视的普遍性，还可以通过两例来说明。第一是前文提到，世袭武官及其子孙进阶、参加武举考试，《孙子兵法》是必读之书，明代军户的数量仅次于民户，数量巨大，是书因此得以广泛传播。明中央甚至规定，凡文武官员谙熟兵法者，可破格提拔。《（万历）明会典·武举》记载说："天顺八年，令天下文武衙门，各询访所属官员、军民人等，有通晓兵法、谋勇出众者，从公保举。""举用将材"条又记："成化八年，令文武官员军民人等，有谙晓兵法、谋勇过人、弓马熟闲者，并许保举。"第二是明代兵书的大量出现。受入仕为官的刺激，加之明代"北虏南倭"的边患一直伴随，在明代私人印书、贩刻和刻书业的影响之下，以《孙子兵法》为代表的兵书类著作大量涌现。解文超博士《明代兵书研究》（天津人民出版社 2010 年）一书认为："明代兵书数量最多，门类最全。"明代对《武经七书》研究的形式更加宽泛，有直解、注解、集解、句解、标题、点评等等，流传至今的《武经七书》注本就有百余种。明代出现了《十三家注孙子》的系统研究，对《孙子兵法》十三篇的专门研究达数十种之多。阎盛国教授在本书中，对《孙子兵法》在明代各阶层的流传，有精彩的研究。

中国古代兵制史的研究，以我的体会，可以简单地划分为三个层面，一是军事史的研究，关注从古至今的战争、战略、战术，这类研究的群体以军事类高校、科研机构的军人为主；二是军事制度史的研究，在制度史背景之下研究军事制度的规定运作，及其对历史进程的影响，这类学者多为历史学背景下高校科研院所的学者；三是兵制史的经世致用研究，作为交叉性质的多学科研究，这类学者各有侧重，分布的领域也比较广泛。当然，上述三个层面的研究之间，既有相对独立的展开，又有交叉综合，又以相对独立的研究居多，比如本人的研究便是以第二种“军事制度史”研究为主，主要关注明代卫所制度运行与国家命运之间的关系，较少关注战略战术的分析与使用，也很少关注明代兵制在经世致用层面的表现。

比较而言，长期从事兵制史研究的阎盛国教授却有着颇为宽广的研究视野，他对上述兵制史研究的三个层面均有关注。此前，他便出版有《秦汉招降战略战术研究》（人民出版社2010年），对秦汉时期的招降战从技术层面予以剖析，深入考察了招降战实践层面的运用，提出了“招降战”这一另类战争的理论建构和辅助层面，开招降研究风气之先。而呈现在读者面前的这本《〈孙子兵法〉经世致用研究》更是将他近年研究的特点进一步发挥，不仅是近年《孙子兵法》研究的典范之作，也是中国古代军事研究中历史学、文献学、考据学和经世致用之学的典范之作。阎教授的研究在历史学、军事学及其应用之学等方面均有突破，这与他本人所受的严谨的专业训练、持续的兴趣爱好和极其勤奋的科研有密切关系。

首先，本书是一部严谨的历史学学术著作，作者不仅综合运用了甲骨文、简牍、典章正史、奏议文集等传统文献，还使用了丰富的诗词、曲赋、书画、碑刻等资料，使全书建立在扎实的实证基础之上，旁征博引，资料达二百种之多。论著对许多问题的考证，或澄清了前人的讹误，或发前人未发之论。其次，对传统文献的书写史、传播史和学术史等研究，颇具启发和示范意义。本书主要以《孙子兵法》一书为例，在第四章《文学视野下的〈孙子兵法〉传播研究》，用五节的篇幅，从唐诗、宋词、元曲和明清小说等不同时代和不同文学体裁的视角进行分析，既揭示了经典的魅力，也展示了研究者的宽广视野。第三，历史学者以战略战术的视角来研究《孙子兵法》，多有创新。长期以来，对历史时期战略战术的精致分析，多为军事学界所擅长，他们研究的目的是“以史为鉴”，以历史上的兵书战策为话题，探讨服务现代战争或军队管理的可行性或可能性，其不足之处是多有牵强附会之嫌；而历史学者的军事学理论和实践的知识相对不足，对战略战术的分析多有隔靴搔痒之病。阎教授以历史学的专业背景，长期对军事史有浓厚的兴趣，硕士、博士论文均研究军事史，毕业十年间，一直以《孙子兵法》等军事问题为研究对象，高质量地完成本书，看似难能可贵，实则水到渠成。最后，本书最鲜明的特点是经世致用。《孙子兵法》作为中华民族优秀传统文化的精髓，对它的研究早已超过了传统的军事史意义，在诸如商业竞争、企业管理、体育竞赛、外交谈判等领域均受到广泛关注。本书突出实证与理论思辨，尤其是“现代应用个案”的分析，已超越了传统历史学和军事学的研究范畴，进一步揭示了《孙子兵法》经世致用的魅力所在，也体现了作者更宏大的关怀。

我与盛国教授相识于2005年。十余年之间，虽然我们研究的时段不同，但在军制史的研究中彼此关注，互相鼓励。在他的新著即将出版之际，我奉命作文，谈点心得，以此表达对他的钦佩之情。

阎盛国著《〈孙子兵法〉经世致用研究》，中国社会科学出版社2017年。

学问人生

顾诚先生的治史成就及其风格

顾诚先生（1934.11—2003.6），江西南昌人，著名明清史学家，生前为北京师范大学历史系教授，博士生导师，曾任中国农民战争史研究会副理事长、中国明史学会理事。先生的史学研究以史料扎实、论证严密、发覆求真、学风严谨的显著特点引起海内外明清史学界，乃至整个学术界的普遍关注。笔者不才，有幸忝列师门之末。先生去世后，协助师母整理先生遗稿及论著，时时为先生以“学术为生命”的治学精神所感动。在此就先生的学术传承、治史之路、治学特点略加整理，以期弘扬先生的治学精神，粗陋之处，敬祈方家赐教。

一、治学之路与学术传承

1934年11月28日，顾诚先生出生在江西省南昌市一个知识分子家庭。在兄弟姊妹中排行第六，乳名“小六”。其父顾祖荫（1891—1969）毕业于河南大学，后回江西工作，先后在南昌一中、二中任教，曾担任南昌二中的教务长，1940年至1946年间，任省立吉安中学（今白鹭洲中学）校长。稍后，任国立中正大学和南昌大学副教授。其母亲高克正（1899—1972）曾多年担任班主任，在抗日战争期间那些经济最困难的日子里，在自家吃不饱饭的情况下，依然帮助了一批家境贫寒的学生完成学业，曾任北京师范大学校长的王梓坤院士即是其中一位，他多次在文章里感谢这位“恩师”，说：“如果没有她的帮助，我的最高学历可能只是初中一年级。”（王梓坤《悠悠师生万古情》，载《江西教育》1985 年第 9 期）顾老先生夫妇两人学识兼及语文、地理、英语、历史和经济等。生活在这样一个充满爱心、家学渊博的家庭里，顾先生兄弟姊妹都受到良好的教育，为日后的成就奠定了基础。在国务院公布的享受政府特殊津贴的专家中，顾家有包括顾诚先生在内的三人榜上有名，这在全国也是极其少见的。

回顾先生的治学之路，出身书香门第给他提供了良好的治学潜质，其一生的学术发展与北京师范大学厚重扎实的学风和学术传承有更为密切的关系。

1957 年，顾诚先生考入北京师范大学历史系。此前，自 1951 年始，他在南昌市人民监察委员会、南昌市委党校工作，1955 年加入中国共产党。因为年龄与工作关系，他比别的同学有较强的分析和解决问题的能力。上学期间，他参与了故宫博物院档案部（今中国第一历史档案馆）的档案整理和周一良先生主持的通用教材《世界现代史》的编写工作，培养了较强的独立科研能力。

顾先生毕业后留校工作，在白寿彝先生的建议和指导下，开始了明史的研究。“文革”开始后，先生被分派到学校新成立的外国问题研究所美国研究室工作。1971 年以后，他毅然决然地从“文革”阴影中走出，开始了五年的“私活”——上班点卯后，偷偷找书看。为防止“意外”，他选择了自己感兴趣的明末农民战争史作为研究的对象。据他讲，“在‘文革’之前我摘录的明清史资料已经不少，有那么一堆。‘文革’初期抄家之风极为盛行……在处理抄摘的史料时我留了个心眼，把有关农民起义的史料保存起来，即便有人看到这也是历史上的‘红线’材料，而从朱元璋起义的、与帝王将相有关的史料都进了造纸厂。这也就是后来重理业务以探讨明末农民起义作起点的一个重要原因……许多学术界同行是在1976年四人帮垮台，甚至1978年十一届三中全会以后才重理旧业，我多争取五年左右的时间（尽管不是全部时间），不能不说是一件幸事”（顾诚《我与明史》，《社会科学评论》2003年第1期）。

也正是由于这一时期的勤奋积累，1977年，顾先生回到历史系工作不久就发表了著名的《李岩质疑》，这篇用力颇深的论文，也奠定了他在明清史学界的地位。此后二十余年，先生的研究主要围绕明末农民战争史、南明史和明代的卫所制度等来展开，取得了彪炳史册的成就。

如果说先生早年对农民战争史的研究还带有时代烙印的话，对南明史、明代卫所制度和管理系统等问题的研究则与之一脉相承。明末农民战争史与南明史的密切关联勿需赘言，而卫所制度的研究也是源于对明末农民战争史的研究，他说，“最初感到卫所制度值得研究还同李岩问题有关”，原因在于李岩之父李精白的卫籍身份问题。顾先生从明代的卫籍入手，发现卫所制度背后竟然隐藏着非常重大的历史问题，于是他暂时中断了对南明史的研究，集中五年时间研究卫所制度及其相关问题。

顾先生的治史方法，深受北师大的两位史学大师的影响，一位是老校长陈垣先生，另一位则是马克思主义史学家白寿彝先生。

在考证之法方面，他说："以前陈垣先生曾经谈过研究历史应当在收集材料上做到'竭泽而渔'。明清史料浩如烟海，往往力不从心，但作为一种治学的律己精神，作了一种努力的方向，总是应该的。"（张越《顾诚教授访问记》，《史学史研究》1995年第2期）北师大另一位史学家赵光贤先生在总结从陈垣先生那里的收益时特别提到了"考证功底"的重要性，他说，既然相信史学的"求真"职责，求真则有赖于"史料"，由于史料本身具有局限性，就需要详加考辨，考辨既要充分占有史料，（又要）有必要的科学方法，惟如此，才能最大限度地接近历史的真实。（赵光贤《我在史学研究中是如何贯彻实是精神的》，载赵艳国《史学家自述——我的史学观》，武汉出版社1994年）陈垣的治学精神成为顾先生等人治史的重要精神财富。

顾先生非常感激白先生在早年对他的指导与赏识，认为是白先生指导他走向治明史之道。顾先生多次告诉笔者，白先生主编的《中国通史》是呕心沥血之作，是真正的"主编"，与现在许多挂名"主编"大不相同，对白先生充满了敬意。在给学生授课时，他说："治学要像白先生那样，既要注重史料的占有、考辨，又要注意宏观问题、为现实服务。"顾先生秉承前辈学者的学风，践履之，传承之。白先生强调对史料的充分占有，"去伪存真，去粗取精，经过考核分析才是可靠的"，顾先生则明确表示，学术讨论“不要在低水平的占有材料层次上停止不前”；又如，白先生认为：“决不要想找材料支持我的观点。这不是个正确的态度。”顾先生则非常严肃地告诫他的学生：“如果不去研读大量原始材料，想用一些所谓‘理论’做框架，填充一些二三手的材料就想毕业，那是不可能的。”白先生多次强调史学工作在教育上的重大意义，顾先生亦以此为研究的重点。以下我们结合顾先生的治史成就对其治史风格详加论述。

二、发覆之作，探寻历史的真实

顾诚先生一生心无旁骛、潜心治学，平均每天读书时间在10小时以上。从1978年以后，他共出版有《明末农民战争史》和《南明史》两部专著，参加撰写著作5部。学术论文计39篇，约50万字，可见其下笔之慎重。在他的笔下，一个个明清史研究领域长期错讹的观点被纠正，长期迷惑人们的问题得到了最为合理的解释，每发一覆，便接近历史的真实一步。虽然他的许多结论具有颠覆性，由于他的立论扎实、论证严密，又几乎不给别人留下反驳的机会。他的《明末农民战争史》荣获北京市社科成果二等奖，被认为是“敢于创新，见解独特，精于考证，立论坚实”的经典之作。（诸葛计《〈明末农民战争史〉简评》，载《历史研究》1987年第5期）日本明史学会会长山根幸夫在《东洋学报》第67卷的1、2号分两期介绍了该书的主要观点。《南明史》全书新意迭出，寓论于事，论史于征，语言优美，颇受褒奖，被认为是“在吸收前人研究成果的基础上，以其丰富的史实，扎实的功底，深刻的论著，独到的见解，把南明史的研究全面地推进到一个新的水平，是一部不可多得的佳作。这对于明末与清初历史研究的深入，是一个很大的贡献”（陈梧桐《一部将南明史研究推向深入的佳作》，《历史研究》1998 年第 1 期）。该书获第四届国家图书奖和北京市社科成果一等奖。

《李岩质疑》是顾先生的奠基之作。李岩问题因郭沫若同志的《甲申三百年祭》等作品而变得家喻户晓。顾先生在研读史料时发现，这位地位仅次于李自成的农民起义将领的史料竟然没有一条能站得住脚，相反大量可靠史料证明他的生平事迹均不可靠。他把大量的精力放在史料的辨伪上，逐一否定了与李岩有关的记载，并解释清楚了李岩传说的来龙去脉。（《李岩质疑》，《历史研究》1978 年第 5 期）文章发表后，美国的明清史学者戴福士（Roger V. Des Forges）寄赠了他数年研究的、与之相似的观点，即李岩确系乌有先生。他对顾先生的研究给予高度的评价，并变换了研究的思路与角度，进一步丰富了先生的观点。（郝玉生、秦新林译：《李岩故事的起源及其研究意义》，《殷都学刊》1998 年第 1 期，原文刊于《美国东方学会杂志》第 104 卷第 3 期）

在明清之际重大的历史事件和理论问题的研究上，顾先生多有发覆，澄清了许多误解。如大顺政权的性质问题，有学者从根本上否定历史上曾经有过农民政权，他则认为大顺政权就是一个典型的“由起义农民建立起来的代表贫苦农民利益的革命政权”，同时，他还认为农民政权“决不可能长期存在”，“它们不是被地主阶级的武装所摧毁，就是在胜利进军的途中由于领导人的蜕化转变为封建政权”，但也不意味着“大顺政权根本不可能统一全国，成为继明王朝之后的另一个封建帝国”。大顺政权同样面临两条道路，其失败的根本原因在于“大顺政权没有随着阶级关系的变动相应地调整自己的政策”，即没有及时从农民性质的政权转变为封建政权，满、汉地主阶级的联盟，里应外合，通力镇压，是大顺农民革命政权失败的根本原因。（《论大顺政权失败的主要原因》，《北京师范大学学报》1983 年第 6 期）与之相一致的，顾先生认为，李自成起义军“确实曾经长期采取流动作战的斗争方式；但是，要说李自成奉行一种什么‘流寇主义’却是难以令人信服的”。李自成起义军长期采取流动作战的方式应当肯定，在四处征战过程中，大顺政权也在各地部署武装力量、建立自己的政权，并为巩固这些政权做出了种种努力。在《明末农民战争史》一书附录的“大顺政权地方官员表”和“大西政权地方官员表”中，可以一目了然地看出李自成和张献忠农民政权的性质和建立地方政权的情况，因为大顺和大西政权“在每一个相当于省管辖的地区内，都有高级将领统兵镇守，战略要地一般都部署了相当的武装力量，甚至州、县基层政权也大抵配置了专职武官带领地方武装维持治安”，也是对“流寇主义”观点绝好的回击。（《明末农民战争史》，中国社会科学出版社 1984 年）

对南明时期大顺、大西农民军余部抗清斗争的评价问题，顾先生也提出了全新的观点。他认为清军入关后，当时的社会矛盾发生了相应的变化。明末和清军入关初期，阶级矛盾是主要矛盾，但清政权建立后，在统一全国的过程中推行了民族压迫政策，民族矛盾不断激化，其地位逐步上升。清初二十多年连绵不断的战火，“应该说这是满洲贵族竭力推行民族征服和民族压迫政策所带来的直接结果”，这一矛盾也促成了抗清联合阵营的形成，大顺、大西农民军余部与南明政权联合抗清的做法在当时是值得称道的。（《论清初的社会矛盾——兼论农民军的联明抗清》，《清史论丛》第二辑）

也正是对农民起义军的浴血奋战和对清统治者倒行逆施的民族压迫政策相关史料的深入把握，顾先生以坚实的立论反驳了那种认为，“南明势力不过爝火余烬，苟延残喘而已”的观点，认为直到顺治十一年以后，复明运动才“逐渐化作泡影”，如果诸多反清计划觅得机缘，颠覆清政权并非没有可能。基于农民起义军在南明史上抗击清统治中所起的重要作用，《南明史》是以抗清农民军为主线来论述的。在《关于夔东十三家的抗清斗争》一文中，他认为，“在长达二十年的大规模抗清斗争中，真正的主力是由起义农民组成的大顺军和大西军”，夔东十三家的抗清斗争具有非常重大的意义，“正是由于以农民军为核心的抗清斗争的顽强斗争，才使清朝统治者多少认识到了蕴藏在人民当中的雄伟力量，迫使他们为稳固自己的统治不得不采取一些有利于安定人民生活、恢复社会生产的措施”。

顾先生对清初二十余年的社会经济恢复发展的评价不高，对所谓的“康乾盛世”持低调的态度。他说，他的研究“着重分析的是各派势力的成败得失，以哪一种势力取胜对中国社会生产破坏最小，最有利于推动我国社会前进为褒贬的标准”。

在《明末农民战争史》中，他用确凿的事实证明了大顺军推翻明王朝、接管整个黄河流域几乎对社会生产没有造成什么破坏，并且扫荡或狠狠打击了那些严重阻碍生产力发展的贵族官绅势力。而清朝在统一全国的战争中，大多实行“屠城血政”，经济的恢复发展效果相当有限。在《南明史·序》中，他说：“清朝统治的建立是以全国生产力大幅度破坏为代价的，稳定后的统治被一些人大加吹捧，称之为康雍乾盛世。正是当中国处于这种‘盛世’的一百多年里，同西方社会发展水平的距离拉得越来越大。”

顾先生晚年密切关注明代的卫所制度和明朝疆土管理问题。他在《中国社会科学》和《历史研究》等杂志发表的《明前期耕地数新探》《明帝国的疆土管理体制》《谈明代的卫籍》和《卫所制度在清代的变革》等四篇文章，在明清史学界再次引起震动。他创造性地提出明朝两大管理系统的论断，其基本观点是：明朝的整个疆土是分别隶属于行政系统即六部—布政使司（直隶府、州）—府（直隶布政司的州）—县（府属州）；军事系统即五军都督府—都指挥使司（行都指挥使司、直隶都督府的卫）—卫（直隶都司的守御千户所）—千户所两大系统的。明代军事系统的都司（行都司）、卫、所在绝大多数情况下也是一种地理单位，负责管辖不属于行政系统的大片明朝疆土。明代体制的这一重要特点，为历来治明史者所忽视。他的这一研究引发了明清史学界在诸多领域的思考，有学者认为，他的这一理论对长期争论不休的明清两代的人口与耕地问题的解决大有裨益，也进一步论证了清前期社会经济的恢复与发展是相当滞后的观点。

顾先生的创新不是刻意去标新立异或哗众取宠，而是对相关问题在科学研究基础上去探寻历史的真实，去澄清大量史籍错误或前人的误解。如在研究沈万三问题时，他认为："到目前为止，从民间到学术界都说沈万三是明初人，至少认为他的主要事迹发生在明朝洪武年间。这是一个绝大的错误。"他断言"沈万三是元朝人，有关他本人在明初的一切'事迹'纯属讹传"（《沈万三及其家族事迹考》，《历史研究》1999年第1期）又如对史可法的评价，他一反传统观点，认为"史可法的一生只有两点值得肯定：一是他居官廉洁勤慎，二是在最后关头宁死不屈。至于他的整个政治生涯并不值得过分夸张。明清易代之际激于义而死焉者多如牛毛，把史可法捧为巨星，无非是因为他官大；孰不知官高任重，身系社稷安危，史可法在军国重务上决策几乎全部错误，对于弘光朝廷的土崩瓦解负有不可推卸的责任"（《南明史》，中国青年出版社1997年）。对于他一反传统的观点，许多人从情感上难以接受，但看了他的论证，又感觉难以反驳。

顾先生每发一覆，必以翔实的史料为基础，以最大限度地接近历史的真实为目标，虽为颠覆之作，多有惊人之论，细读其文，惟有佩服其功力。

三、无信不征的考辨，严谨持重的学风

顾诚先生的考实功力为学界公认。他的史料运用几近"竭

泽而渔”，并摸索出科学的考据方法，可谓当代考实之学的杰出代表。他谨严的治学态度和无信不征的考实学风，是留给后人一笔最为宝贵的财富。史学理论家刘泽华先生把顾先生的《李岩质疑》和陈寅恪先生的“曹冲称象之事”的考证方法作为当代历史学考实的典范。（刘泽华《历史研究中的考实性认识》，《文史哲》1989 年第 1 期）

顾先生在庞杂的明清史料里披沙拣金。如在明末农民战争的研究中，他对“古元真龙皇帝”的解释（《古元真龙皇帝试释》，《历史研究》1979 年第 5 期），对子属乌有的荥阳大会和“分兵定向”策略的论证，否定了清初关于张鼐或李双喜统率孩儿军的说法，澄清了车厢峡之困和抗击张献忠的女将军沈云英的相关事实等；对李自成起义军何时从何地入豫以及何时称帝进行了详细的考订，摆事实，讲道理，令人折服。（《明末史事杂考》，《中国农民战争史论丛》四，河南人民出版社 1982 年）

在《南明史》中，全书考订出的史实及史籍错讹之处俯拾即是，既有子虚乌有的“韩王定武政权”，也有李自成殉难的时间和地点、李定国病死的时间和地点，以及马士英的归宿等，还有对一些重大历史疑案的解释，如李定国进军广东的举止，郑成功与永历朝的关系，以及“长江之役”的价值等，传统观点被顾先生笔下耳目一新、令人信服的结论所取代。在这本巨著中，先生随手出校，把考实之法贯穿于字里行间，论证恰如其分，做到言不轻出，无一字无出处。如姜瓖反清时间，先生据康熙二十一年《山西通志》考得，《清史列传》卷 80《姜瓖传》载为十一月，“时间有误”（第 528 页）；对严重错误，如乾隆四十四年《甘州府志》载甘肃回民米喇印抗清事，明确指出为“大误”（第 549 页）。当然对自己无法确定又可能有错误者，也会明示之，如在考订王应熊病死的时间和地点诸书记载不一致，先生认为“刘道开为同时同乡人，所记可能较准确”，李天根的《爝火录》所记“恐不可靠”（第 626 页），表明了他对不同讹误的处理态度，做到让读者心中有数。在考订时，往往会对考辨的方法加以说明，如《清世祖实录》卷 45 对济尔哈朗进军湖南的记载出现错讹的原因，他说“济尔哈朗的奏疏是用满文写的，实录译成汉文时，因音近致误，辰州当是郴州，杜允熙即堵胤锡”等等（第 579 页）。

顾先生扎实的考辨功力源于他“板凳要坐十年冷”的刻苦钻研精神，源于“竭泽而渔”式的史料搜索，以及敏锐的洞察力。《南明史》直接征引的地方志史料有二百余种，而他把明末及南明义军所到地区的省、府、州、县志书全部翻检一遍，达上千部之多，仅云南一省的方志就查阅了一百余种。一些珍贵的史料，如《南明史》的封面配图出自柳同春的《天念录》中的插图，该书生动地描述了清军围困南昌城的情形，是顾先生在图书馆里首次发现并利用。他多次强调，史实考辨不仅必要而且必需。他认为：“历史研究做到言必有据比较容易，困难的是要鉴别哪些记载可靠，哪些不大可靠，哪些根本不可靠。”

顾先生无信不征的治史风格，源于他严谨持重的学风。先生读书很广博，知识面相当宽广，但他的学术研究一直专注于自己的领域，恪守“言不轻出”的原则。顾先生始终把培养年轻学人良好的学风当作重要的问题来抓紧落实，他说“学风的好坏，关系到学术发展的前途”，治学切忌浮躁，树立严谨的学风是学术界的当务之急（张越《顾诚教授访问记》，《史学史研究》1995 年第 2 期）。他认为，学风问题，其实是做人问题，一个人首先应当诚实守信，尊重别人的劳动，不欺瞒、不偷懒；要勇于承认自己的差距与不足，“做学问先学会做人，真理比面子更重要”。在《南明史 · 凡例》中，他写到，本着对读者负责的态度，书中引用史料“虽在摘录时经过核对，力求准确，也不敢说绝对没有笔误”，他郑重地提醒读者：“如果有人未见原书而从本书中转引史料，请注明引自本书。这不仅是著作权问题，更重要的是对读者负责和学术上良心的体现。”顾先生以一位学者的良知，以及对后学负责的态度，发出了掷地有声的忠告。

四、以马克思主义史学理论为指导，密切关注重大社会问题

顾先生是一位坚定的马克思主义史学家，他始终坚持用辩证唯物主义与历史唯物主义的基本理论指导自己的研究，认为只有尊重历史、尊重历史史实、实事求是地去诠释历史，才是历史学的治学之道。

以他所倡导的扎实严谨的学风为例，他说，史实的考辨是理论研究的基础，只有对史料深入挖掘，才能找到所谓的“理论”和“规律”，他说，“我们是历史唯物主义者，相信历史的本来面目是可以认识的”，恢复历史真面目凭借的是“第一手材料”。（《再谈李岩问题》，《北京师范大学学报》1979 年第 2 期）

在治学方法上，他认为，历史研究应当在马克思主义基本理论指导下，充分吸收国外科研方法和学术成果，要反对两种错误的倾向，“看不到海外学者运用新的科学方法研究历史可以借鉴，学术上取得了的成果可以引进，无疑是错误的；对海外学者的史学理论、研究方法、发表的作品不加分析地奉为楷模，大加鼓吹，则至少是一种幼稚的表现”（肖黎主编《中国古代史导读》明代部分，上海文汇出版社 1991 年）。

顾先生是在肯定历史学是一门科学的前提下展开研究的，他说，“历史不是可以随意打扮的小姑娘”，不要认为历史研究过于容易，历史学是一门最硬的学问，尊重客观史实的重要性非常重要，“实事求是地对待学问，清醒地认识到自己的知识相当有限，许多问题仅具一般常识，甚至毫无所知……至于在理论和观点问题上，则遵行‘百家争鸣’的方针，不必强求一律，既不想把个人看法强加于他人，也不想违心地迎合某种思潮或论点”（《我与明史》）。正是承认历史的客观存在，所以他才不会停滞在“有史料”的低水平层面上，而是要穷尽史料，广征博引，考辨史料，务求信史，使自己的研究最大限度地接近历史的真实。

先生始终坚持史学的阶级属性，认为史学研究为现实社会服务是其义不容辞的责任，“任何一部史籍都是自觉或不自觉地在它当时的政治条件下产生，又反过来为作者所选择的政治服务的”，他说，像郭沫若同志的《甲申三百年祭》，其史学价值就不能简单地从纯史学的角度去衡量，“《甲申三百年祭》是时代的产物，又为推动历史前进作出了贡献。这正是它的优点。

史学的科学性，首先在于揭示隐藏在历史现象背后带有规律性的东西，用以指导现实斗争”（《如何正确评价〈甲申三百年祭〉——与姚雪垠同志商榷》，《中国史研究》1981年第4期）。

先生的考实细致入微，他的视野始终放在中国的历史长河中和整个世界范围内，去洞察研究的对象。他说：“应当说微观研究是宏观研究的基础；离开了微观研究成果的综合，所谓宏观研究就将失去科学的依据，变成研究者主观的遐想。”先生认为，在史学研究过程中，一个明清史学者，一定要注意到“明代在我国历史上的地位和明帝国在当时世界上的地位……改变就事论事，力图从更加广阔的眼界开展明史研究……中国在世界上由先进转为落后大致发生在明中期至清中期这400年间，研究中国和西方社会发展的速度并找出其原因是明清史工作者的重要任务”（肖黎主编《中国古代史导读》明代部分，上海文汇出版社1991年）。农民战争史的研究在1949年以后相当长的一段时期内，成为“五朵金花”之一，是历史研究中的“显学”，它与20世纪30年代社会史大论战有直接的渊源，而那场大论战又源于人们对当时中国向何处去的关注。先生对中国历史发展道路以及发展阶段的宏观思考，体现在与西方历史比较的基础上、在世界史的范围内研究中国历史的意识，其学术意义是显而易见的，所以，在谈到研究明史的重要性时，他说：“世界各国的发展是不平衡的，有时落后，有时先进。我们中国长期处于世界领先地位。研究明史可以知道中国是怎样落后的，这是对中国国情的研究和认识，我以为这是研究明史的关键所在。”（肖黎《在明史中辛勤耕耘》，《光明日报》1990

年4月4日）

顾先生也非常乐意对一些与自己学术研究密切相关的重大社会现实问题提出自己的看法。如近年来，李自成殉难的地点成为地方政府和明史学界关注的焦点。顾先生从崇祯十七年大顺军南撤路线研究入手，利用档案材料，考查李自成牺牲的经过和大致时间，以及牺牲后大军的行程路线后得出结论：李自成死于湖北通山县“无可怀疑”，并对李自成归隐湖南石门县夹山寺的观点进行了反驳，认为以清廷和南明政权均没有在湖北获取李自成的尸首为由，来否定李自成死于湖北通山县是“徒劳无功的”，乾隆年间何璘所撰《书李自成传后》一文和有关奉天玉和尚的所谓遗存史料都是不可靠的。（《李自成牺牲的前前后后——兼评石门县为僧说》，《北京师范大学学报》1982年第2期）他说，对这些社会热点的争论，应当本着实事求是的原则，以第一手材料为基础分析论证，以达到揭示历史事实、服务社会的目的，这充分体现了顾先生作为史家的社会责任感和史学服务社会的自觉。

顾先生推动了新时期历史学研究的理论与实践的发展。以《南明史》的研究为例，何龄修先生认为，该书“代表南明史研究迄今为止所达到的最高水平……只有顾诚教授《南明史》对南明史全过程和具体问题做了精深的分析、研究。也就是说，只有顾诚教授一人真正前后贯通地、比较透彻地掌握南明史”（何龄修《读顾诚〈南明史〉》，《中国史研究》1998年第4期），他“所提出的一些带理论色彩的学术观点，受到了清史学界的高度重视”（高翔《1998年清史研究综述》，《中国史研究动态》1999 年第 3 期）。他对农民战争史研究的意义、明清易代、人物评价标准以及清前期的社会发展等重大问题提出了凝重的思考，给治明清史者提出了许多指导性和启迪性意见。秦晖先生认为，顾先生在史学与史识方面做出了重大的贡献，创造了新的史学研究范式，他说："在坚实的史料基础上，《南明史》的史识史论都有鲜明特色……像这样对传统史学、改革前史学与当前流行史学范式都实现了超越的著作，应当说是非常罕见的。因此在一定意义上可以说《南明史》本身便可能预示着一种新的史学研究范式的出现，这种意义显然已经超出南明史研究的范围。"（秦晖《南明史研究与顾诚的〈南明史〉》，《北京日报》1997 年 11 月 16 日）

顾先生的实证、求实的治学态度与方法，以及淡泊名利的身体力行，不仅成为创造学术精品的典范，也体现了一位历史学家应有的崇高品格和科学精神。郭小凌先生对《南明史》的评价，也是对顾先生学问人生的评价，他说："顾诚用自己的《南明史》证明，社会科学中的真理（真实），哪怕是很小的真理，也同自然科学中的真理一样，绝不是一块铸好的硬币，拿过来就能用，同样需要寻找者付出巨大的代价，需要时间、精力和才智的慷慨投入，需要长时间与这个浮躁喧嚣的时代进行抗衡的勇气。那些靠一知半解、东拼西凑、媚俗媚上、投机取巧等小聪明、小伎俩拼凑学问的人，是永远同真理无缘的。"（郭小凌《文章不写一字空——评顾诚〈南明史〉的治史方法与治史精神》，《史学理论研究》1998 年第 4 期）

原刊于《江西社会科学》2004 年第 11 期。

顾恋寂寞修己志　道德文章彰其诚

——纪念我的导师顾诚先生

2003年6月25日上午11点45分，我最后一次进入急救病房，与一名医护人员把先生抬到推车上，然后护送到太平间。我还清楚记得，4月7日上午，我与两名护工把他放在这张病床上，当时先生还努力地微笑，我坚信他会从这里走出去。因为在入院前的晚上，他还告诉我："根据我的病情，估计把你送毕业还是没有问题的。"而今，先生住在北医三院的呼吸重症病室里整整80天后，仍然离我们而去。

我是先生唯一的在校博士生。在近两年的学习时间里，聆听先生教诲，品味先生的道德文章，感悟先生的人格魅力。先生去世已经三个月了，在这段撰写学位论文的紧张日子里，经常打开两年的学习日志，近二十万的文字常常把我拉回到逝去的每一个日日夜夜，泪水竟不能自已。

一、做学问先学会做人，真理比面子更重要

先生要求他的学生要做到最基本的两点，一是诚实，二是用功。随先生学习，印象最深的是，每次汇报学习，他会利用不同的话题，反复强调要诚实做人。入学不久，学界爆出北京大学某青年学者抄袭事件。先生平淡地说，抄袭问题，看似学

风问题，其实是做人问题，做人最起码的品德是诚实，要尊重别人的劳动，引用别人的东西，就明确地标示出来。学习过程中，先生只要发现我的言谈举止间稍有偏差，就会严肃正告。

先生是一个非常诚实的人。在《南明史·凡例》中他说，本着对读者负责的态度，书中引用史料“虽在摘录时经过核对，力求准确，也不敢说绝对没有笔误”，他郑重地提醒读者：“如果有人未见原书而从本书中转引史料，请注明引自本书。这不仅是著作权问题，更重要的是对读者负责和学术上良心的体现。”（《南明史》，中国青年出版社 1997 年，第 8 页）先生还给我讲过《沈万三及其家族事迹考》文章发表后的一则故事。该文“前言”说：“沈万三确实是一个值得研究的人物……近年来，更掀起了一股沈万三热，他住家的地方周庄——今属太仓市，成为旅游圣地。”（《历史研究》1999 年第 1 期，第 76 页）文章发表后，一位读者来信说：周庄并不属于太仓市，而是属于苏州昆山（县级）市下辖的一个镇，他就是当地人。先生说，当时他也很吃惊，那是自己查过地图以后写上去的，怎么会出错呢？经校对回忆：当时，打开一本地图集去翻看周庄资料时，看完周庄那一页（昆山市），又在另一页（太仓市）上多看了几眼，然后合上地图就写上了太仓市。先生就给那位读者回信表示感谢。先生说：“真理比脸子更重要，错了就要承认。”在学生面前讲到自己的错误，先生是那样的坦诚，让我深受教育。

2002 年春，北师大历史系为纪念建校一百周年出版了论文集《史学论衡》，先生的论文《明帝国的疆土管理制度》收录其中（北京师范大学出版社 2002 年，第 430 页）。自己校对一遍后，让我帮助再校对一遍。我发现其中一条引自实录的材料有误，“弘治十五年，十三布政司并直隶府州实在田土总计四百二十二万八千五十八顷九十二亩零”，稿子注释为“《明孝宗实录》卷八”。根据上下文，应当改为“《明孝宗实录》卷一九四，《明武宗实录》卷八”。其实，这处错误的原因应当是：最初发表在《历史研究》1989 年第 3 期排版打印时漏掉了中间的“一九四，《明武宗实录》卷”几个字。先生接到我的电话后，略微停顿，说“那肯定是错了，改过来”。先生后来告诉我，一个人不可能不犯错误，自己错了，就要承认并一定改正过来，尽可能地避免犯错误。实际上这处注释错误，顾诚先生此前就发现了，我曾在北师大历史系资料室的《历史研究》合订本上看到过顾先生的亲笔修改。

二、板凳需坐十年冷，耐得寂寞方得真

先生招收研究生，必讲坐冷板凳的功夫，做学问非刻苦不行。考查的方法是定期到家里汇报学习。先生听完，看似随意地问几个问题，就能发现是否偷懒。一次，我谈及自己来自河南，对明清时期本地的材料比较熟。先生随口问：“你家在商丘，商丘在明代是彰德府吧？”我说：“是归德，彰德在豫北。”先生接着说：“明代河南都司卫所旗军的份地是多少亩？”我说：“五十亩。”先生马上语言严峻起来：“你从哪里看的？”我说是从现代人写的一本专著上。先生严肃地指出：“研究明代河南的卫所，不看当地的方志，只看现代人的著作是不行的。

成化《河南总志》看了没有？嘉靖本和顺治本《河南通志》看了没有？你去看一看这三个版本的志书，再看一看河南卫所的卫所份地是多少！”先生就此事接着说，研究历史问题，前提是对材料的挖掘与利用，读书一定要多看原始材料。他说，明清史料浩如烟海，有待于挖掘的新材料还多的是，不要认为没有了新材料，像他在写《明末农民战争史》和《南明史》时是深有体会的。先生说，做他的学生，如果不去研读大量原始材料，想用一些所谓“理论”做框架，填充一些二三手的材料就想毕业，那是不可能的。

先生强调，做学问非甘于寂寞，肯下苦功不可。先生喜欢晚上看书，每天早上五点多钟才在安眠药的辅助下入睡，下午一点多钟起床，吃些点心，然后开始看书。去年冬天，癌细胞转移到腿上，走路已经很困难了，他还在学校库本阅览室看书，下午 2：00 入馆，一直到晚上 7：30 分左右回家（库本室是从早 8：00 至晚上 10：00 开放的），吃过晚饭，与家人一起看一会电视，然后接着看书。

先生常说，自己老了，跑不动了，年轻时看书条件差，为看一些珍贵的史料颇费周折。如看《后湖志》是在“文革”末期，专程跑到南京。那时图书馆还不对外开放，他托了熟人，说了许多好话，才让看抄本。抄录完后，担心出错，央求人半天才看到原件，而现在国家图书馆就有影印本。当年北图善本部规定，一天只能看三种书，而且分季节看，明清史料本来就杂，翻一翻没有价值，只好还了，大半天的时间也就白白浪费了。为研究南明史，先生在昆明住了一个月，春城的奇山秀水难以撼动先生对知识的渴求，每天就是从招待所到图书馆，两点一线。先生喜欢用大 16 开方格稿纸摘录史料。先生故去后，在整理遗稿时，数尺高的手稿和几大箱摘抄材料昭示着先生曾经付出的辛劳。听说我在看书时，基本上是把材料输入笔记本电脑里，先生很羡慕。他说，用电脑写文章，修改起来确实方便，像他的《南明史》前后改动誊抄多少遍，每抄一遍要好几个月的功夫。他很认真地说：治学永远不变的是坐冷板凳的精神。

先生安贫乐道为人熟知。他说："我不是不会挣钱，只是有些钱是不能拿的。"以先生的名望，许多出版单位向他约稿，一些文化单位请他撰稿、做顾问、做访谈。如《明末农民战争史》出版后，一家出版社数次约写一部《李自成传》，出版社说，只需要把原书稍加改动，通俗一些就可以了。但先生认为新作必须在原作的基本上有所创新。他慎重考虑后，还是拒绝了出版社。一些要拍明代战争题材电视剧的单位，请先生做顾问，报酬丰厚。先生听了情况后，说："让我当顾问，你们的电视剧就没有办法拍了，这钱我不能拿。"一些杂志社来信约稿子说："顾先生，就给我们写一篇稿子吧，您总不能要求自己的文章篇篇都是精品吧。"先生淡然一笑，谢绝好意。就在 2003 年的寒假，先生还让家在吉林的学生帮助查找一本《佟氏家谱》。先生对这个课题的研究已进行好几年了，复印和抄录的材料也非常多，虽然草稿已成，但认为创建并不大，就把稿子放起来了。先生说："发表文章是好，既有名，又有利。但发表文章是那么简单的事情？不要总想着发文章，要多看书，先掌握有大量的材料，再去思考整理。"

顾先生心无旁骛，潜心治学，一生仅有两部专著，三十余篇学术论文，足见其下笔之慎重。

三、严师良友自有度，师道尊严后人仰

先生自1983年开始招收硕士，1994年开始招收博士研究生，所有研究生加起来也不过15人。不了解的人，普遍的说法是顾先生要求学生严格，近乎苛刻，因此许多人不敢报考。先生常常问我："我要求严吗？"作为顾先生的学生，我自有亲身的体验。他说，"我仅仅要求学生达到基本的要求"，"能做到基本合格也就可以了"。生活中的顾先生不乏亲情、友情，不乏慈祥与关心，只是在原则性问题上，是没有可以商量的余地的。本来是一些基本的要求和校系的规章制度，但当"不正常"默视为"惯例"时，先生的循规蹈矩，自然也就显得"严酷"或"怪异"了。

先生常说，当老师的，自己的所作所为一定要值得学生去尊重。先生给学生讲课不多，在社会上没有兼职教学。先生不止一次说，身体不好，生活方式特殊，不想再延聘，但只要延聘，就要讲课，带学生。先生近年只给历史系古代史研究生开设专题课，每学年三次，每次三小时。尽管所讲内容都是最熟知的研究成果，但也要提前一周备课，从所讲重点到史料的取舍，都要反复斟酌。2002年春，先生给我所在的2001级上课，这也是他给学生最后一次集中授课。第一次讲卫所制度与明朝的疆土管理制度，下午两点开始，一直到五点过了才下课。下课后，

让问一问同学们有何意见。大家要求休息一次。第二讲是卫所制度与明代耕地问题，中间休息了一次。这一讲结束，让同学们准备一些问题，下一次解答。第三讲，先生首先谈治学与学风，他说“历史是门很硬的学问，不是可以任意打扮的小姑娘”；“要端正学风，不要把历史学看得太容易了”；“端正学风，不是老生常谈，对年轻一代要反复强调”。接下来，先生讲了如何查阅史料，史料与史学的关系，如何选题等。这一次先生又没有休息，带的水一口也没有喝，一直到五点半过了，还被学生围着。后来，我说中间又忘记休息了，先生说：“没有忘记，内容实在太多了。”

先生带一个日本留学生，这个学生的汉语水平一般。每次上课都要写厚厚一沓便条，往往四五个小时还不行，经常留在家里吃完晚饭，再接着讲。

当顾先生学生真的非常幸运，只要想见他，周一到周五的下午或晚上，只需要打一个电话。每次通电话不超过十几秒钟时间，所说的内容几乎完全一样：“我想过去谈一谈这一段学习情况，您现在方便吗？”先生十有八九的问答是“好，过来吧”。就这么简单。如果有事，他会说：“如果你的事不急，等两天过来。”或者会说：“你到下周再给我联系吧。”到下一次去的时候，先生一定会解释为什么当时没有让到家里。我读书期间遇到这种情况，也只有三次：一次是因为要备课；一次是他作为中国古代史的学科带头人准备申报国家重点学科材料；第三次是正急着给一位申报副教授的年轻老师写评语。作为一名学生，能真真切切感受到他对学生的真心相待和足够的尊重。

先生一般要求学生每隔三、四周汇报一次自己读书学习情况。每次汇报大致的程序是：我先谈这一段时间的看书情况，读了哪些书，这些书有哪些特点，有哪些心得体会，然后再提出几个问题。这时，先生会拿出专用笔记本，低着头边听边记录，然后解答问题，一个小时左右。

剩下的一两个小时先生会结合所汇报的内容，讲一些他的体会或治学之道，讲到高兴时，白白的、长长的眉毛一动一动的，神采飞扬，瘦瘦的脸上堆满了陶醉的笑，一只手在桌子上不由自主地轻轻点击（另一只手夹着烟），或两只手合在一起摩擦揉搓（不抽烟的时候），或舞在空中，或交叉于胸前，还时不时地双手交叉做出一个翻手腕的动作，这是先生心情最舒畅的时候。讲着讲着，会突然停下来提一个问题，如果回答对了，先生会说："你还是看了一些书的。"如果问答错了，特别是基本的史实错误，先生会很生气地说："你搞错了。"有的时候根本不给你纠正，到下一次来时，又被提出来。有一次，先生在聊明代的火器技术时，说清朝相当一部分火器技术尚不如明代，我当时脱口而出："似乎从发展的角度看，应当超过明代吧？"先生没有问答，只是盯了我一眼。下一次汇报学习时，先生问我："上次你问我的一个问题，我没有回答，现在理解了吗？"其实，我当时已经从先生的眼神中看到了不满，下去以后就去查资料，并试着进行了解释。先生笑着说："其实也没有你说的那么复杂，就是因为在技术的研究与火器的管理上，清代采取了更为严厉的措施。"

先生不高兴时，一脸的严峻，他会用犀利的目光盯着你，这个时候，你不能低头，必须在先生的近乎惩罚的目光里承认错误；他也会气愤地抖动着手大声训斥："你又搞错了！"印象最深的一次是，2001 年腊月二十六那一天傍晚，先生对我入学后第一学期的学习颇不满意。正在发火的时候，想抽烟，发现烟盒里已经空了，对我说了一句："不给你说了，我得买烟去。"把我一个人扔在书房里，自己往门口走。我关上了门，低着头一直跟在他的后面，下了楼，一直跟到师大小北门东边的天桥上。他长叹一口气说："回家过年吧！不要瞎想，当导师的总要为学生着想。"先生的恨铁不成钢的训斥和发自肺腑的关爱，让我的泪水夺眶而出。

每次汇报，去之前两天就开始紧张，如赴刑场般痛苦；一旦置身先生的书房，聆听先生的教诲，恰似沐浴春风般畅快。两三个小时的时间悄然在先生苍老的、一字一句、合着深浅不一的咳嗽声中流逝。每次都聊很晚很晚，直到师母做好了晚饭，或者到深夜近十一点，先生才说："太晚了，你该回去了。"每次从先生家里出来，总有点儿恋恋不舍。有了这种感觉，害怕因记录打断先生的思路，我基本不做笔记，只是在不知道的书名或人名时，才记下来。从先生家里一出来，回到宿舍，马上打开电脑，再花上一两个小时，把与先生的谈话内容全部记下来。近两年里，我记录了约二十万字的学习记录。如今，打开文件夹，先生的音容笑貌常跃然屏幕。

今生不幸，学业未就而导师已逝；今生有福，而立人生幸得先生一二。

原刊于《北京师范大学校报》2003 年 9 月 30 日。

顾诚先生的读书之道

当今的学术界，能像顾诚先生那样长夜孤灯，刻苦攻读，不流转，不阿奉，一坐就是几十年，直到人生的尽头，恐怕没有几人。作为顾先生的弟子，或耳濡目染，或在整理先生遗作时，或与师母交谈中，略知其治学之路径，及读书之法门，兹连缀成文，名之曰“读书之道”，祈地下人间各得其所。

顾先生熬夜看书的习惯为学界熟知，每天凌晨在安眠药的辅助下入睡，午后起床开始又一天的读书写作。这种习惯的养成与他的学习与工作经历颇有关系。

顾先生 1934 年生于南昌市的一个知识分子家庭。16 岁参加工作，23 岁考入了北师大历史系。那时候，白天政治运动及繁重劳动多，想看书只有在晚上，所以常常“开夜车”。大学期间，对先生读书影响最深的有两件事：一是 1959 年夏天给故宫博物院明清档案部整理档案，稍后不分昼夜地整理抄录、撰写；二是 1960 年，他被调到由北大、北师大、人大等老师组成的高中《世界历史》教材编写组。为了完成任务，真可谓夜以继日，熬夜看书写作的习惯算是养成了。

毕业后留校的顾先生被分派到由白寿彝先生任组长的中国史学史研究小组做明代史学史研究，也由此走上了明清史研究的道路。虽然“文革”期间被阴差阳错地指派到外国问题研究所工作，但他始终没有改变对明史的热爱。1971 年，林彪事件发生后，顾先生对“文革”终于大彻大悟了，他白天应付上班，下班后从历史系借来书研读。常常是东方发白时才睡觉，稍后在同事剧烈的敲门声里，哈欠连连地去参加“政治”运动。一到假期，就到南京的哥哥家里，利用私人关系，躲在南京图书馆里抄史料。今天我们仍然不难想见，在那个喧嚣的年代里，长夜孤灯下，先生伏案苦读的瘦削身影。

有了多年的积累，顾先生 1977 年 10 月回到历史系后，即于次年 5 月发表了著名的《李岩质疑》等引起学界巨大反响的文章，也奠定了他在明清史学界的地位。70 年代后期很长一段时间里，除上课和必须参加的活动外，先生就骑着自行车到北图善本部、古籍部和科学院图书馆看书，白天抄，晚上核对史料、撰写论文，睡觉的时间寥寥无几。学校的明清史，尤其是明代的典籍，没有留下先生名字的很少。

由于常年熬夜看书，抽烟、饮浓茶的习惯也伴随而来，以至于到晚年，生物钟完全颠倒，习惯已经难以改变。是日复一日、年复一年地熬夜看书耗尽了先生的身体。先生住院后，在三人共处的病房里无法休息，加上身体虚弱，第四天晚上便不省人事，高度昏迷，此后虽然苏醒，但再无明显好转。可以说，先生就像一盏灯，油枯灯熄。真正击倒他，夺去他生命的，恰恰是他几十年长夜孤灯下读书的习惯。

明清史的研究要做到“竭泽而渔”大抵是难以实现的，但学界仍然毫不吝惜用这一词语来表达对顾先生搜集明清史料用力甚勤的敬意。打开他的论著，我们不能不叹服先生读书确实以此为目标。如撰写《明末农民战争史》时，他把农民起义军沿途十多个省的数百个府州县的由明至清末的千余部地方志全部查阅一遍。撰写《南明史》时，他在昆明住了一个多月，查阅永历朝相关材料，把明清时期云南方志搜罗殆尽。许多鲜为人知的材料，正是在先生这种“竭泽而渔”式的资料检索中被发现。柳同春的《天念录》是一部生动、真实描写清军围困南昌城的文献，就系先生首次利用。又如他使用了罕见的朱元璋《御制纪非录》等书，把明初建国功臣朱文正事迹梳理得清清楚楚。

如今我们可以看到他征引的文献及相关考辨是如何客观地反映历史的真实，但已经无法知道为获取这些史料而付出的艰辛。在《南明史·凡例》中，他说“凡属本书作者认为是后人托名伪造的文献一概摒弃不用，如明末遗民刘彬的《晋王李定国传》之类”，看似简单的一句“一概摒弃不用”，不知包含了先生多少个不眠之夜的考辨，这些考辨又建立在阅读多少原始文献排比论证的基础上。看一看先生摘录的一摞摞的文献资料可能会略知一二。

先生家藏图书相当丰富，正史、工具书、笔记小说、文学戏剧、文集、资料汇编和现当代人的研究专著等有七千余册。据先生讲，他一生的收入几乎都用来买书了。当得知我花800多元买了一套《明经世文编》，他说，对这套书他印象很深，中华书局1962年出第一版时，定价75元，当时还买不起，第二版就涨到了195元了，一出版就买回来了。现在工资收入吃饭买书没有问题了，最担心的是房间太小，书没有地方放——书桌下、床上和床头边，沙发旁，都堆满了书——显得比较乱，也不让师母整理，“一动就找不到了”。

先生抄史料，多用大 16 开方格稿纸。到图书馆看书，先看几十页，需要抄录的地方用小纸条夹起来（小纸条是用硬装烟盒装的），感觉可以抄半天了，就暂停阅读。晚上回到家后，把抄录的材料拿出来，细细读一遍，凡是读不通的，用红笔标注，第二天抄录时再加核对，避免笔误。每条史料用红笔标题，标明要点。每张稿纸通常只抄一条史料，所以半页或小半页的比较多，也有一条史料连续数页者。然后大致分类，用旧挂历做封面，用书夹子夹起来，随时增补、调整。稿纸是先生在印刷厂定制的，边距较宽，以便添补新内容。直到先生去世，还有厚厚的几摞，师母把这些稿纸送给弟子们，我们都感到沉甸甸的。

正是由于先生搜集史料几近竭泽而渔，同行中占有的相关材料最为丰富，所以虽然他的观点带有独创性或颠覆性的，许多人难以接受，但能动摇他的观点者寥寥无几。许多学者说：“你可以不同意顾先生的观点，但你既无法回避他的研究，也几乎不可能推翻它。”

先生故去后，我协助师母清理他在学校所借图书，在注销先生的借阅书单时，发现他看书之多，令人动容。先生的借阅记录（虽然书早已归还，为下次借阅方便，要求管理员保留下来的）上，不仅有专业文献，还有外文资料、期刊等，其中一种《传记文学》的杂志借阅最为显著，有数百期之多。先生一直订阅的报刊有《文摘报》《参考消息》《文摘周报》等。在整理先生的信件时，发现有一些寄自天津邮票公司的信封，师母说，先生爱好集邮，订有《集邮》杂志，有几年直接从邮票公司订票，但因收入微薄，集邮纯粹为了欣赏，增长知识。

在随先生学习两年间，深感先生的博学多识。如与先生谈及历史时期“黄河清”的现象，先生竟能从水利史、天文学和环境变迁等方面加以解释，让人心服口服；又如我写了一篇“明代润笔”的小文，先生随口说出中国古代各朝的数条史料，让我自叹学识浅薄。一次我提到硕士时研读经济史，谈及所谓“平均利润与世界资本市场的形成”问题，先生讲起古典政治经济学和世界经济发展的大势，头头是道。谈学习英语，先生随手从身边拿出一本原版书，能翻译得相当流利。研究南明史时，1661 年郑成功劝降荷兰殖民当局书信的内容，顾先生在国内一直没有找到，后厦门大学转给他一份由荷兰学者胡月涵（Johannes Huber）提供的英文文本，是他自己把它翻译成文言后加以引用的。（《南明史》，中国青年出版社 1997 年，第 1045—1046 页）可知，他是一位具有高度思想觉悟与洞察力的学者；一位具有高度社会责任感、兴趣广泛、学识广博的学者。

不久前，师母把整理好的家藏图书的清单交给我打印，除数百册系海内外学者赠送的图书外，其他均为自购书。其中竟然还有一套四函近二十册民国初年出版的线装医学书，然我从未与先生论及中医学和相关典籍，不能不说是极大的遗憾。转念想：我从先生那里获得的知识又能是先生拥有知识的多少呢？所幸者，略知先生读学、治学之道之万一，亦足矣！

原刊于《北京师范大学校报》2004 年 6 月 30 日。

顾诚先生的英文功底

大明招封大将军国姓致书于大员长官费烈德瑞克·揆一阁下：澎湖地近漳州诸岛，乃该州所属之地。大员紧依澎湖，故此地亦必归中国同一政府之管辖；事实证明隔海两边地区之居民皆系中国人，其处田产自古以来即为彼等所有并垦殖……最后，我已派出十二船官兵进入尔等之城，以防止一切抢掠与混乱，这样居住于那里的人——中国人以及荷兰人——都将保有其财物，无人受害，如此一切人均将安全有保，任何人无需害怕余之官兵。

书于永历十五年三月二十九日，钤国姓爷印。

这是顾诚先生所著《南明史》（光明日报出版社 2011 年，下同）第 747—748 页中的一段文言史料。读者也许不知道，这则史料是从英文转译成中文的，它的翻译者就是顾诚先生。对这条史料的出处，顾先生这样写道：

此文为荷兰胡月涵（Johannes Huber）先生提供之英文本，厦门大学寄赠。原本当为汉文，但在中方文献内尚未发现，现据英文本转译于此，仅供参考。

在人们的印象中，顾诚先生是一位考据精深的传统史家，他撰写的《明末农民战争史》和《南明史》均以史料考辨详实名闻学林。他对李岩身份的质疑、对“荥阳大会”的否定以及《明末农民战争史》一书所附大顺、大西政权地方官员表格，无不体现了他一贯的“竭泽而渔”和“无信不征”的考实风格。此外，他对明代耕地数字的解释、对明代卫所制度属性的更正、对沈万三及其家族事实的考订，都被认为是实证之力作。

对顾先生“十年磨一剑”的专著——《南明史》的史料使用，学界更是津津乐道。该书直接征引的地方志史料有200余种，而他更是把明末及南明农民军所到地区的省、府、州县志书全部翻检一遍，达1000多部，仅云南一省的方志就查阅了100余种。不少珍稀典籍也是顾先生在图书馆里首次发现或加以引用，《南明史（上）》封面配图出自清初武将柳同春所撰《天念录》，记载了顺治五年（1648）南昌守臣金声桓、王得仁“反清复明”，柳同春化装出逃，向清军报信，南昌城终惨遭屠城，然而从《天念录》的书名完全看不出内容的端倪。对著名目录学家、明清史专家谢国桢先生的《增订晚明史籍考》和《南明史略》，顾先生既有引用，也多有补证或纠正。20世纪80年代末，就有研究者把顾诚先生的“李岩质疑”与陈寅恪先生的“曹冲称象之事”的考证方法并称为当代历史学考实的典范。在日本，更有学者专文研究顾诚先生的考据方法。

其实，细心的读者能够发现，英文资料的运用也是《南明史》这部经典著作的一大特点，书中使用的英文资料还不止本文开头一处。在考证永历朝廷覆亡的若干事实时，顾先生参考了美国印第安纳大学学者司徒琳教授（Lynn A. Struve）所著的《南明史》（*The Southern Ming*，1644—1662），同时还分别参照了英国学者哈威（G. E. Harvey）的《缅甸史（上、下册）》（姚楠译，商务印书馆印行），以及貌·赫丁·昂（Maung Htin Aung）著《缅甸史》（*A History of Burma*），注释中分别标注出中译本页码和英文原版页码（第 723 页，注释二）。对司徒琳同名为《南明史》的英文原版中的若干错误，顾先生予以指证。如 1659 年流亡在缅甸的永历君臣生活困顿，永历帝“一怒之下把黄金制造的国玺扔到地上，让他们凿碎分给群臣”，对此，顾先生有如下考证，“这件事在《求野录》《也是录》《狩缅纪事》《皇明末造录》等书中都有记载，前面已经指出包括永历在内的明清皇帝都有几颗不同用途的‘国宝’，其中多数是玉制，称为玉玺，但也有金制的。永历帝这次下令凿碎的显然是金制国玺，谢国桢《南明史略》和司徒琳《南明史》（英文原版一七三页）都说是玉玺，略误”（第 700 页，注释一）。书中还指证司徒琳《南明史》中译本（上海古籍出版社 1992 年）里的若干错误，如“美国司徒琳著《南明史》英文版第一一八页说郑成功出生于日本平户，1992 年上海古籍出版社中文本第一〇四页竟将郑成功误译为郑芝龙”（第 270 页，注释三），再如“《南明史》英文版一二七页提及‘弘光大学士姜曰广’，1992 年上海古籍出版社中文译文第一一五页竟误译为‘前大学士，湖广人姜曰广’，把‘弘光’译成了‘湖广’”（第 345 页，注释九）。司徒琳《南明史》的中译本翻译者是四位明清史专业研究人员，他们师从著名历史学家、明清史专家、郑州大学历史学系教授秦佩珩先生，译者的明清史专业知识和英文水平在国内都属上乘，而且译稿最后由司徒琳教授主持、由她的研究助手严寿澂亲自校订，可以说，《南明史》译作总体质量很高。（见司徒琳著《南明史》“中文版后记”，上海书店出版社 2007 年，第 362 页）该译本也一版再版，推动了国内南明史的研究。

顾诚先生能够如此熟练地使用英文资料，缘由还要从他早年的治学经历说起。

1961 年，顾诚先生从北京师范大学历史系毕业后即留校工作，最初到白寿彝先生主持的“中国史学史组”工作，被安排从事明清史学史的研究。1963 年，顾先生又被分配到世界现代史教研室。1965 年“文革”前，北师大成立外国问题研究所，顾先生和历史系里另外三位年轻老师被调到“外研所”的美国问题研究室。顾先生之所以被分配到世界现代史教研室和美国问题研究室，最可能的原因是，早在 1960 年他还在读大学三年级时，曾被抽调到由中宣部和教育主管部门组织的，由周一良先生主持，以北京大学、中国人民大学和北京师范大学等高校老师和科研机构人员组成的全国统编教材《世界现代史》编写组，他以学生的身份竟然还被指定为分组组长，由于他出色完成了任务，也得以留校执教。不过，顾先生在大学期间学习的外语却是俄语，英语是他工作之后自学的。

顾先生在美国问题研究所工作期间，正值“文革”之期，据顾先生在《我与明史》中回忆：

> 上班时我们室是阅读新到的美国报纸、杂志，从中选择问题，整理成系统的资料。到现在我还是不清楚为什么在“文革”那样禁锢的情况下，会允许外研所花费宝贵的外汇订阅多种外国刊物（除美国问题研究室订阅美国报刊外，外国教育、苏联文学、苏联哲学三个研究室也订了不少国外相关报刊），而且在当时也没有一个上级部门过问我们的工作。（见《南明史》“代自序”）

在美国问题研究室期间，顾先生参与编写了《美国石油大辞典》，在《光明日报》上发表有《第一次世界大战期间美国对多米尼加的侵略》的长篇文章（1965 年 5 月 19 日），撰写过《列宁在〈和平法令〉中说些什么》等论文。

据师母介绍，1977 年，顾先生正式打报告申请回历史系工作，当时的历史系领导仍然坚持让他回到现代史教研室。但此时的顾先生已经“偷偷”从事明清史研究 6—7 年时间，他坚持要到中国古代史教研室。第二年，他在《历史研究》上发表了著名的论文《李岩质疑》，这也奠定了他在明清史学界的地位。

虽然回到明清史研究的专业领域，顾先生还是一直坚持他的英语阅读和学习，他曾长期订阅《中国日报》（*China Daily*），甚至他的女儿读大学时，他也建议女儿读英语专业并从事与英语有关的工作。我在 2001 年跟随顾先生读博士时，还见到过他书桌上有一些英文论著。他说会坚持每天读一些英文书籍。有一次还拿出来英文原版书让我翻译一段，我们还一起聊过“世界资本市场与平均利润的形成”等经济问题。美国学者司徒琳和戴福士也都曾到过他家里探讨问题，他曾带过3名日本留学生和访问学者。顾先生与海外学界的联系一直很密切。

当年，顾先生从俄语学习转向英文自学的初衷已不可知，但读《南明史》可知，一方面他使用英文资料的考据功夫相当精深，另一方面英文文献也只是他研究的众多手段之一。在如何对待外文资料和海外研究成果的问题上，顾先生的态度和观点是值得学习的。

原刊于《中华读书报》2011年10月12日。

长长的期盼

——写在《顾诚著作系列》出版之际

顾诚先生离开我们已整整8年了。对一个有志于沿着先生的足迹继续前行的入室弟子而言，阅读先生的论著，品味先生的道德文章，回忆先生的音容笑貌，就成为精神慰藉的重要形式。这8年，作为顾门弟子，不能再当面聆听先生的教诲，常常记挂在心头的是那长长的思念和期盼，期盼先生的著作能尽快整理出版。可是，这一等就是8年。

2003年，在顾先生去世不久，在陈宝良师兄的主持下，经海内外史学家和同门弟子的共同努力，由郭孟良先生相助，《顾诚先生纪念暨明清史研究文集》（中州古籍出版社2005年）得以出版。同时，在师母主持下，幸有施建中先生、陈梧桐先生和杨共乐先生的热情相助，顾先生论著的出版在曲折和艰辛中，即将变成现实。

我们之所以怀着强烈的紧迫感和使命感整理、出版顾先生的文集，是因为顾先生的研究对明清史学界乃至学术界都有重大意义。实际上，但凡能把历史学家顾诚与诗人顾城区分开的人，听到"顾诚"这个名字，无不充满敬意。而其中的敬意，既源自他在史学研究中瞩目的成就和谨严的治学态度，也源自他一生不变的刻苦读书精神和刚正不阿的性格。

《南明史》被公认是顾诚先生的代表作。该书一经问世，受到海内外学术界的关注是异乎寻常的，即获得了第四届“国家图书奖”（社科类）和北京市哲学社会科学一等奖。陈梧桐先生认为，“以其丰富的史实，扎实的功底，深刻的论著，独到的见解，把南明史的研究全面地推进到一个新的水平”（《历史研究》1998 年第 1 期）。何龄修先生认为，《南明史》“代表南明史研究迄今为止所达到的最高水平……只有顾诚教授《南明史》对南明史全过程和具体问题做了精深的分析、研究”（《中国史研究》1998 年第 3 期）。郭小凌先生认为，“顾诚认为明清的易代乃是影响中国近现代历史进程的一个重要关节点”。又说：“顾诚用自己的《南明史》证明，社会科学中的真实，哪怕是很小的真理，也同自然科学中的真理一样，绝不是一块铸好的硬币，拿过来就能用，同样需要寻找者付出巨大的代价，需要时间、精力和才智的慷慨投入，需要长时间与这个浮躁喧嚣的时代抗衡的勇气。那些靠一知半解、东拼西凑、媚俗媚上、投机取巧等小聪明、小伎俩拼凑学问的人，是永远同真理无缘的。这正是顾诚的《南明史》给我们的主要启示。”（《史学理论研究》1998 年第 1 期）秦晖先生认为：“在坚实的史料基础上，《南明史》的史识史论都有鲜明特色……像这样对传统史学、改革前史学与当前流行史学范式都实现了超越的著作，应当说是非常罕见的。因此在一定意义上可以说《南明史》本身便可能预示着一种新的史学研究范式的出现，这种意义显然已经超出南明史研究的范围。”（《北京日报》1997 年 11 月 16 日）

《南明史》被顾先生视为《明末农民战争史》的姊妹篇，《明末农民战争史》一书也荣获北京市社会科学成果二等奖，日本明史学会原会长山根幸夫先生曾在日本《东洋学报》第67卷的1、2号分两期介绍了该书的主要观点。围绕着明末农民战争和南明的历史，顾先生还发表了20余篇论文，其中既有顾先生对明清之际长达半个世纪重大问题的思考，代表了他对处于重大历史变革时代中国历史向何处去的理解，也有对农民战争史、明清易代、人物评价标准以及清前期的社会发展等重要史实的考辨。这些研究对治明清史以及近代史的学者都有建设性、指导性意见。

顾先生说，限于精力，他只能关注重大而基础的问题。比如，他晚年关注的明代卫所制度和明朝国家管理体制问题，事关明代政治、军事、经济、民族、社会等历史的方方面面。他不惜暂停了《南明史》的撰写和修改，用5年多时间，在《中国社会科学》和《历史研究》等杂志上发表了《明前期耕地数新探》《明帝国的疆土管理体制》《谈明代的卫籍》和《卫所制度在清代的变革》等4篇文章。他创造性地提出明朝两大管理系统的论断，在明清史学界再一次引起震动，也开创了明清史研究的新天地，这一影响在今天仍然非常巨大。顾先生曾表示，如果可能，他的第三部专著将会是明代卫所制度研究。从这一角度上讲，先生的去世，也是学界的巨大损失。即将在光明日报出版社出版的《顾诚著作系列》将汇集先生在卫所制度和明朝管理方面的论著，也许能弥补些许遗憾吧。

顾先生一生深居简出，潜心治学，著作不过两部，论文不过40篇。因为他追求的是高标绝俗，追求的是每一篇都要有新意，都是精品。熟悉的人都知道，虽然他考据功力甚深，但却不为纯粹考据而考据，他的行文绝不是那种不厌其详地开列史料。他的论著无一不是在考镜源流、辨章学术之后，选择最具代表性的史料论证自己的观点。正因如此，顾先生的论著，既观点鲜明，论证扎实，逻辑严密，又保证了语言准确流畅，哪怕是普通读者也都能读懂他的作品。

在先生去世的几年里，我接到无数的询问，有面谈、有电话、有邮件；有相知相识的学界同仁，也有素不相识的普通读者。他们共同的话题是顾先生的著作何时能再版，论文何时能结集面世。是呀，当《南明史》和《明末农民战争史》在旧书市场上持续成为暴炒的对象时，许多人都在期盼。如今，这长长的期盼，终于有了盼头。

原刊于《深圳晚报》2011 年 6 月 26 日。

“金花”的诚意绽放

——写在《明末农民战争史》再版之际

顾诚先生的《明末农民战争史》撰述于“文革”刚刚结束，初版于改革开放之初。30年之后，经光明日报出版社重新整理编辑，该书以全新的面貌和增订的内容，重新呈现在读者面前。那么，这部经典著作的魅力何在？它有哪些价值和意义值得我们去重新审视呢？

波澜壮阔的历史时代，令人徜徉回味

《明末农民战争史》是以明朝末年的农民起义为研究对象，自天启七年（1627）陕西澄城县农民抗粮杀官起，到李自成的大顺政权和张献忠的大西政权灭亡为止的这段历史，内容涉及起义的背景、爆发、经历，明廷的剿抚，以及起义的成功与失败等。

顾先生这部著作绝不仅仅限于农民起义经过和明政府应对这么简单。明末的最后二十年，是国祚270余年的明王朝垂死挣扎的二十年，也是活跃开放的晚明时代走向终结的二十年，又是明清易代最重要的二十年。顾先生注重分析了明末的社会历史变迁，研究了曾经繁荣一时、令人艳羡的晚明时代何以会

走向没落。在“关内”百姓反抗的轰轰烈火和“关外”满洲贵族的虎视眈眈双重打击之下，年轻的崇祯皇帝和腐朽的官僚群体究竟如何从积极应对到穷于应付，并最终走向穷途末路的。

1644 年，中华大地存在着五个政权：崇祯的明政权、李自成的大顺政权、张献忠的大西政权、顺治的清政权和南明弘光政权，他们代表着不同的势力和集团，都一度左右或影响着中华帝国的命运，都试图主宰千年古国的未来。其间，他们曾面对诸多选择，许多偶然的因素和历史的细节决定了中国历史后来的走向。这段历史，无法忘记，值得人们回味。

严谨持重的史实考订，让这部作品历久弥新

顾诚先生的考实功力为学界公认，他在庞杂的明清史料里披沙拣金，努力去探寻历史的真实。书中他对“古元真龙皇帝”的解释（《明末农民战争史》，光明日报出版社 2012 年，第 79 页）、对子属乌有的荥阳大会和“分兵定向”策略的论证（第 72—77 页）、对清初关于张鼐或李双喜统率孩儿军说法的否定、对车厢峡之困和抗击张献忠的女将军沈云英的相关事实的澄清、对李自成起义军何时从何地入豫（第 126 页）以及何时称帝进行了详细考订，无不史料扎实，逻辑严密，新意迭出。他把明后期相关史实真实地揭示给了广大读者。

在该书第 336—388 页，有“大顺政权地方官员表”“大西政权地方官员表”和“山海关战役后三个月内官绅叛乱情况表”等三份附表，多达 50 余页，新版比原来又增补了不少官员及其

信息。确凿的事实揭示了李自成、张献忠政权建立的情况，毫无疑义告诉我们大顺、大西政权的性质，对传统的“流寇主义”观点做了回应。同时，顾先生也用这些表格告诉我们，什么是治史的“竭泽而渔”，什么是谨严的治学态度和无信不征的考实学风。类似的考据全书随处可见。在他的笔下，一个个明清史研究领域长期错讹的观点被纠正，长期迷惑人们的问题得到了合理的解释。

在本书新补充的《我的治学经历》（代自序，第12—13页）中，顾先生总结了在明末农民战争史研究方面取得的十个方面的进展。他的这些考释与论断，历经了三十年海内外学界的检验，愈发显示了其非凡的学术价值。

高度负责的现实关怀，使作品充满人文气息

顾先生虽然把史事考订到细致入微，但他的视野却始终放在中国历史的长河中和整个世界的范围内，着眼现实，放眼世界。顾先生认为，史学研究是有阶级性的，为现实服务是史家义不容辞的责任，“任何一部史籍都是自觉或不自觉地在它当时的政治条件下产生，又反过来为作者所选择的政治服务的”（《如何正确评价〈甲申三百年祭〉》，《中国史研究》1981年第4期）。

中国农民战争史的研究曾是新中国历史学研究的“五朵金花”之一，一度成为历史研究中的“显学”。它有过两次研究热潮，一次在20世纪50年代至60年代中期，第二次在70年代末至80年代中期，国内许多著名历史学家都曾参与其中。当

时，农民战争史的研究与20世纪30年代以来社会史大论战有直接的渊源，而那场大论战又源于人们对当时中国向何处去的关注。顾先生对中国历史发展道路以及发展阶段的宏观思考，体现在与西方历史比较的基础上，也体现在世界史的范围内研究中国历史的思维架构。他认为，一个明清史学者的研究，一定要注意到"明代在我国历史上的地位和明帝国在当时世界上的地位……改变就事论事，力图从更加广阔的眼界开展明史研究……中国在世界上由先进转为落后大致发生在明中期至清中期这400年间，研究中国和西方社会发展的速度并找出其原因是明清史工作者的重要任务"（肖黎主编《明史导读》，载《中国古代史导读》，上海人民出版社1991年）。

顾先生乐意在自己学术研究内发表对重大社会现实问题的看法。比如，李自成殉难的地点和时间，是湖北、湖南等地方政府和明史学界关注的热点。顾先生认为李自成牺牲于湖北通山县"其说良是"，而归隐湖南石门县夹山寺"绝大多数都是依据传闻和推测"（第286—288页）。他说，对这些社会热点的争论，应当本着实事求是的原则，以第一手材料为基础分析论证，以达到揭示历史事实、服务社会的目的，"不是随风转舵，故意标新立异，而是唯真理是求"（《明末农民战争史·前言》）。这充分体现了顾先生作为历史学家的社会责任感和服务社会的自觉。

顾诚先生对明末农民战争史和南明史研究给读者一个突出的印象是他对于那个时期的社会矛盾的揭示，对社会底层民众的贫苦生活的剖析，对解决复杂社会矛盾的全方面思考。这些思考和相关的研究成果，今天仍有重要的社会与学术意义。清史学者姚念慈先生曾说过：“现代知识分子最本质的特征，就是必须作为人民大众主体利益的自觉代言人。当统治者或者强势集团的利益与弱势的人民大众的利益发生冲突时，必须毫不犹豫地站在后者一方。人道主义应该是对现代知识分子的一个根本性的要求，这与历史研究的理性精神并不矛盾。”（姚念慈：《“康乾盛世”与历史意义的采择——在庆祝王戎笙先生八十寿辰学术讨论会上的发言》，《清史论丛》2011年号）顾诚先生就是具有这种可贵品格的现代知识分子。

顾先生的实证、求实的治学态度与方法，以及淡泊名利的身体力行，和他那些建立在历史科学研究基础之上的人文关怀和现实思考，经得起时间的检验，经得起历史的检验。《明末农民战争史》像他的《南明史》一样，不仅成为创造学术精品的典范，也体现了他作为一位历史学家应有的崇高品格和科学精神。

原刊于《出版参考》2012年第5期。

重新认识明朝的历史

——英文版《隐匿的疆土》跋

业师顾诚教授所著《隐匿的疆土——卫所制度与明帝国》英译本在宁平教授的主持之下，即将完稿并顺利出版，因为我本人组织编辑出版了本书的中文本，并见证了英译本的出版全过程，加之本人 20 年来一直从事于明代卫所制度的研究，所以当宁平教授提出希望我在英译本出版时能写点什么，我便不避僭越，欣然从命。我想借此一是纪念我的导师顾诚先生的悉心指导，二是感谢翻译者宁平教授的辛苦付出，三是向读者介绍一下我对这本书及其观点的认识。

我于 2001 年考入北京师范大学历史学系（现历史学院），跟随顾诚先生攻读中国古代史（明清史）博士研究生，其实，早在 1994 年的秋天，我曾到顾先生家里，表达了想跟随他攻读博士生的意愿，他也表达了对我的欢迎，只是后来我因为留校参加工作，并没有参加入学考试。2003 年 6 月顾先生去世时，在他主持之下，我的博士论文开题早已完成，但论文《明代班军制度研究——以京操班军为中心》尚未完成。我所研究的班军制度，就是建立在都司卫所管理制度基础之上的一种军政制度，它的理论依据就是顾诚先生提出的明朝疆域管理的“两大系统”理论。

我当时选择卫所制度来研究，一是顾诚先生正在进行的卫所制度研究，有着广泛的学术空间，我在学习了他的关于明代卫所制度研究的论文之后认为，顾诚先生对卫所制度的认识，打开了认识明代历史，甚至是明清五百年历史的一扇窗户，有值得研究的巨大空间。二是作为研究生，在导师最擅长的领域做研究，可以达到这一领域的高水平。顾诚先生提出的明朝管理的两大系统观点，涉及面很广，他已经进行的研究主要在耕地、疆域和户口管理层面，我的师兄梁志胜教授（现就职于陕西师范大学历史文化学院）主要关注的是卫所武官的世袭问题，我便把关注点放到了卫所军人层面，最终以“班军制度”为题作为学位论文研究对象，并顺利通过了毕业论文答辩，专著《明代班军制度研究——以京操班军为中心》（中央民族大学出版社，2006年）还获得北京市哲学社会科学优秀成果奖。如果没有顾先生提出的明代卫所制度基本属性的理论，就没有后来我一系列的研究，以及我自己指导的30余篇研究生论文。

据顾诚先生讲，他在早年研究李岩问题时，发现地方文献记载李岩之父李精白的籍贯有明显的分歧，进而他注意到明代官方文献记载的耕地数量差别巨大，一直存在两个数字统计系统（一是850万顷左右，二是500万顷上下），学界对此解释颇为不一。此外，明代传统的行政区设置有南北二直隶和十三布政使司，在广大的边疆均不设府州县，而是以都司卫所来管辖。对此，历史地理学家谭其骧先生绘制的《中国历史地图集》和著名的文化学者柏杨在《丑陋的中国人》中的解释截然不同，谭先生认为边地卫所是明代的疆域，柏杨认为明代的疆域与秦朝的大小差不多（并不包括广大的卫所管辖的边疆地区）。

如何解释它们之间的重大分歧？顾诚先生认为巨大分歧的根源都在于对“卫所制度”的理解上。明朝的疆域管理分行政和军事两大系统，一是行政系统（县、州—府、州—布政使司、直隶府州—六部），二是军事系统（卫、直隶都司的千户所—都司、行都司、直隶卫—五军都督府），它们是各自相对独立的两种不同的“地理单位”。可以说，都司卫所不仅仅是一种军事组织单位，它在很大程度上也是一种“地理单位”，拥有自己相对独立的管辖权，不仅管辖有不隶属于司、府、州县的田地和人口，甚至在很长时期内拥有相对独立的行政权、司法权、教育权（科举考试权）和财政权等。李岩属卫籍，户籍与乡贯的地点不同，所以地方文献记载不一致。明代耕地数字存在巨大差异，大的数字是包括了两大系统的，小的数字仅是户部（行政）系统的。在边疆地区，由都司卫所管辖的，也是明代的疆域，谭其骧先生绘制的地图才是准确的。只不过，由于军事系统的部分资料相对保密，卫所辖地在明前期并不对外公开，可称之为“隐匿的疆土”。

顾诚先生关于明朝管理系统的理论一经提出，虽然存在不同的意见，如有学者详细统计明代耕地面积之后认为，卫所管辖的耕地面积达不到四百余万顷，实际上，卫所辖地与实际屯田是两个不同的概念，前者大，后者小，而顾诚先生主要是解释明代耕地大小数字出现的原因，卫所辖地有时候是无法准确统计的，但越来越多的明清史学者接受并进一步论证他的观点，如张海瀛先生《张居正改革与山西万历清丈研究》（山西人民出版社1993年)一书,以传世珍稀的明代山西万历清丈文册实物,证实了卫所独立管辖权的存在,曹树基《中国人口史(明时期)》(复旦大学出版社2000年)、郭红等著《中国行政区划通史(明时期)》(复旦大学出版社2007年)时,均视卫所为独立管辖系统。

顾诚先生的“两大系统理论”提出之后的三十余年间,随着明代卫所制度的研究不断深入,影响和促进到清史研究的诸多领域和学科的发展,从传统制度史、边疆民族史,到历史地理学、历史人类学等,卫所制度与明清国家、地方和社会已成为学术热点。(彭勇《学术分野与方法整合:近三十年中国大陆明代卫所制度研究评述》,日本《中国史学》第24卷,日本朋友书店,2014年,第59—70页)卫所制度的研究能成为热点,很大程度上是因为人们对卫所属性的理解大大拓展。由于卫所像府州县一样,具有相对独立的管辖权,包括人口、土地、财政、行政、司法、教育和民政等,且又与州县民户呈现不同的特质,这也就不难理解何以卫所制度会有如此广阔的研究空间了,甚至在明代以后数百年间都产生有深远的影响。[赵世瑜《卫所军户制度与明代中国社会——社会史的视角》,《清华大学学报(哲学社会科学版)》2015年第3期]也正是由于卫所是具有管辖权的地理单位,卫所制度在清代虽然呈现归并于州县的大趋势,却又长期存在,明清五百年间的政治、军事、经济、社会、文化教育、生活习俗、边疆管理和民族关系等历史的诸层面紧紧联系在一起。人们对明清历史的认知,也在不断地更新和拓展,也因此打开和更新了明清史研究的诸多领域,让大家重新认识了明代的历史。

实际上，对卫所制度的研究，曾是顾诚先生计划中的第三部专著，很遗憾因为他的病逝未能实现。在他去世之后，为了传承顾诚先生的学术，更好地推进明清史的研究，我们同门弟子在师母的带领下，开始筹划出版顾先生的全集，陈宝良教授（西南大学）、张永江教授（中国人民大学）、张升教授（北京师范大学）和孙献涛师兄（时任光明日报出版社总编辑）与我一起，收集整理文稿，以“顾诚著作系列”的形式编辑出版了《南明史》《明末农民战争史》《明朝没有沈万三：顾诚文史札记》《李岩质疑：明清史事探微》和《隐匿的疆土：卫所制度与明帝国》等5种6册，陆续由光明日报出版社出版。其中《隐匿的疆土：卫所制度与明帝国》一书被列入2016年度国家社科基金中华学术外译项目，由宁平教授主持论证和翻译。其间，明史专家赵毅先生积极推荐，推动这一著作的立项和翻译，在此表示由衷的敬意和感谢。

宁平教授是南开大学历史学博士，又是英语专业教授，有长期留学美国等英语国家的学术经历。近三年来，我们两人无数次地沟通、交流与打磨，她一丝不苟的专业精神，真诚善良的处事作风，让我很感动，她实在是翻译这部历史著作很好的人选。我为导师的著作有这样负责的教授来翻译而高兴，在此特别表达我最诚挚的感谢。美国著名汉学家、布法罗纽约州立大学历史系教授 Roger V. Des Forges（戴福士博士）是著名的明清史专家，是顾先生生前的好友，也是我尊敬的学者（我们曾在北京三次见面，他也曾应邀到中央民族大学历史文化学院来讲学），他和夫人 Ellen 教授不计名利，携手对全部的翻译稿做了润色，这也是学界合作的一段佳话，感谢他们的真诚付出。我相信有了这一英译本，对推进海内外学术的发展，推进明清史的研究有重要意义。

原刊于 *The Hidden Land: The Garrison System and the Ming Dynasty*，Routledge，2019 年 9 月，跋。

给顾诚先生“送礼”

2014 年 11 月 28 日，顾诚先生 80 岁冥寿。前几天与一位朋友聊天，我才注意到。对于这样的日子，我一向并没有刻意去记忆，实际上，我父母的冥寿、祭日，我也常常忘记。在忙碌的日子里，尘封那些刻骨铭心的记忆，并不愿轻易地去触动它，那些发自肺腑的情感，又有多少人能理解呢？

过去的 11 年，我写下了多少与顾诚先生有关的文字已经记不清了，正像我回忆父亲和母亲的文字，都是我下了很大的决心才写下的。每一次都让我的心情久久难以平静。今天我要写的“给顾诚先生送礼”，也曾多次动笔，都是开个头又停下来了。

1994 年的秋天，我第一次到顾诚先生家里，准备报考他的博士，是空手去的。联系导师带礼物，我认为这样不好。后因 1995 年硕士毕业留校任教，就放弃了报考。在放弃考试的最初前两年，过春节时还给他寄张贺卡，此后也就断了联系。

2000 年秋，我再次决定报考他的博士时，只带着报名材料和推荐信去见他。本系老师郑永福教授和他的夫人吕美颐教授是北师大历史系毕业，也是顾先生的学生，他们说，顾先生抽烟，托我给先生带一条烟。我到北京后，在京的姐姐说，她家里刚好有烟，既然导师喜欢抽烟，不如一并再送一条。我到顾先生家里的时候，没有说其中一条是我送的，只说是郑老师让我带的烟。顾先生高兴地问起两位老师在郑州大学历史系的情况。2001 年春天，我到北师大参加博士入学笔试和面试，考前、考完都没有见他。考完后，给顾先生打个电话，说考完了，然后告别。顾先生也说：回去等消息吧。

2001 年秋，北师大新生入学特别晚。报到时，已到了中秋节。我给顾先生打电话，说来报到了，想到家里坐坐。实际上，该过节了，家姐备了一份礼物，让我带给导师。顾先生接到电话说：不行啊，系里下午要开会。我说：稍晚一点再过去吧！顾先生说，不知道开会到几点，你不要来了！态度很坚决，我也不好说再去了。

开学后的一周，报完到、办完手续，顾先生约我到家里。我从姐姐家里拎了一箱饮料和一盒茶叶，去见先生。师母开门，我进了门，直接把礼物放到书房外面。顾先生坐在书房里，我坐在先生的对面，他说了一些要求、想法。一天后，下午，突然接到顾先生的电话。他说：“你明天晚上有课吧？上课前来我家里一下。”我也不知何事，一路小跑敲开先生的门。顾先生说：“把你的饮料和茶叶拿回去，这个我用不着！”见先生态度坚决，我拎起饮料，收起茶叶，直接进教室了。同学见我拎饮料进教室，问怎么回事？我笑道：“导师不喝饮料，送给我了。”同学说：“你导师太好啦！”

两周后，到先生家里汇报学习。听完我汇报之后，在解答我问题之前，顾先生先解释了为什么让我把饮料拎走。他说：“我不喝饮料，茶叶也喝不完，你搁这儿也浪费。上次中秋节，你要过来，不就是想给我送月饼吗？我知道系里的会一般不长，但告诉你会不知道开到什么时候，是不想让你过来。”他接着说：“你现在读书当学生，不能给老师送东西。如果今后毕业了，还记得老师，给我送点小礼物，我还是可以考虑收下的。”顾先生一向严厉，此后再也不敢了。

关于学生给顾先生送礼的事，此后一年，确实见识过两次。一次是 2002 年，有一名考生，参加博士入学考试，从老家带了一袋小米，考前没有送，考完之后不敢送。走之前，那名同学托一名在读的硕士送到顾先生家里，在火车站给顾先生打个电话，说请导师收下小米。顾先生说东西不能收。那名硕士同学后来拎着小米找我，希望我转给顾先生。我说：“我也不敢送。”

2002 年秋，已经毕业的梁志胜师兄到北京，从陕西老家给顾先生带点家乡特产。顾先生是笑纳了的。这事，我是偶尔一次听顾先生说的，他说：“梁志胜毕业几年做得不错，在继续研究明代卫所制度，还申请到了国家社科基金项目，从老家给我带了礼物。”谈到自己的学生，顾先生的脸上露出了难得的笑容。

顾先生说，他喜欢喝茶，以前经济困难时，买最便宜的砖茶，买一大块掰着喝，最困难的时候是喝树叶，树叶青青的很好看，但很难喝。现在收入高了，啥也不缺。现在喝茶，泡一次，喝一天。自己有时候买点，有时候是老家亲戚送些。自己平时对吃没有什么要求，就是抽点烟、喝点茶，完全买得起。听先生解释这么多，我再也没有给先生送任何东西了。

2002 年冬天，顾先生的身体越来越差。第二年春天，确诊为肺癌。入院不久，又碰上“非典”。师母带着我和师弟，轮流到医院看护先生。顾先生的病情时好时坏，吃饭主要靠师母做往医院送。5 月初的一天，师母和我聊顾先生的病情，说到最近顾老师的胃口不错，对水果很感兴趣了。也很巧，当天中午，在京工作的妹妹给我送了许多零食，还有大半个西瓜。我马上回宿舍把西瓜给师母送到家里。第二天，师母说顾先生吃西瓜很高兴，听说是我的西瓜，笑笑点点头，很开心的样子。

生病中的顾先生吃到我送的最后的东西，也许是我买的蔬菜吧？因“非典”越来越严重，师母让我和师弟撤离北医三院，不再轮流在医院“防守”。当天傍晚，与师母聊天时，她提到家里蔬菜吃完了，我骑自行车到菜市场买了几种蔬菜，放到老师家门口。此后，顾先生一直住在监护病房，师母一个人往医院跑，送饭、与医生联络。我主要负责协助处理校内的事务，与系里沟通，跑校医院办手续。再一次见到先生时，已是“非典”警报解除。不久，先生去世。

在很多人看来，顾诚先生一些做法确实有不通人情之处，简单的礼尚往来，也是生活中沟通的一种方式，是礼仪礼节的表达。平心而论，顾先生对在读学生不得送礼的禁令，确实让学生、让导师都省去了太多太多的麻烦事。有时候，即便是很小的礼物，它实际上涉及做事的原则和做人的态度。小小的礼物，给学生、给导师，都出了不小的难题。简简单单的交往，也让人心里最坦荡。这也是我做研究生导师之后的切身体会。

原发表于新浪博客“大鹏扶风”2014 年 11 月 28 日。

忆吴智和先生

明史学人，对台湾吴智和先生的大名无不知晓，他的以茶史为代表的明代社会生活史研究成果是公认的学术经典，我曾认真阅读过他指导的硕士研究生林为楷的学位论文《明代的江防体制》（在北师大读书期间由陈宝良老师提供，另刊于《明史研究丛刊》07），深感那是一篇堪比许多博士论文的佳作，很佩服这样的导师。此后，无论是吴先生本人的论著，还是他主编的“两刊”（《明史研究专刊》和《明史研究丛刊》）都会及时关注，他组织编写的《明代社会生活史类目》等，是我教学时的重要参考材料。

自从我2004年加入中国明史学会，学会组织的每次学术活动我大都会参加，奇怪的是，从没有见过吴先生，因为中国台湾明代史研究会一直会有代表参加会议的。一直到2012年，我的2010级研究生余劲东同学有意申请赴中国文化大学吴智和先生那里做交换生，当他提出让我给吴先生推荐信时，我意识到还不认识他。于是，马上给明史学界的朋友打电话，打了五六个电话也没有结果。据说，只有林金树先生与吴先生有些联系（后来得知，韦庆远先生和柏桦教授与吴先生也多有交往）。我只好硬着头皮给吴先生写信，介绍学生、介绍自己，也介绍一下我的学校，希望给我的学生一个交流和学习的机会。还好，余劲东顺利进入中国文化大学，如愿投到吴先生门下。我与吴先生的距离也一下拉近了。

劲东入学后，一直与我邮件联系，最长的时间间隔也不会超过半月。据他说，吴先生每周三到周五到学校，会与余劲东见面，指导读书学习。劲东最后确定选题为明代京察研究，是充分听取了吴老师意见的。在撰写过程中，吴先生每周到学校，解答他的问题，把每周写出来的文稿带走修改，既督促了论文的进展，也大大提升了论文的质量。等到结束在文化大学的交流学习时，论文初稿大致完成 2/3（全文约 14 万字）。这篇论文后来获得了校级优秀学位论文，吴老师指导之功在我之上。我也特别提醒劲东，在“后记”致谢时，一定要表达对先生的感激之情。

据劲东讲，吴先生当年暑假就要退休了，他的教职可能由一位得意弟子接替，而劲东恰是他的最后一位学生，学术传承，师生情谊，真是机缘相投。当时，我正在整理顾诚先生的文集，遂把新出版的第一种《南明史》寄给劲东，请他转交给吴先生。吴先生因不使用电子邮件，他也请劲东转达他的谢意和问候，表示他同样有图书相赠。

2012 年 6 月 9 日，劲东同学返回北京。他给我讲了吴先生的明史研究、创办期刊、培养弟子的故事，有的我听过，有的没有听过，对吴先生的敬佩又添几分。劲东还带来吴先生的亲笔信一封，表达了对我和劲东的鼓励和期望。当时我想，今后有机会赴台，一定去拜望吴先生，访学问道。

万万没有想到，2012 年 7 月 17 日早晨，我收到了劲东同学转来吴门弟子林为楷先生的邮件，得知德高望重的吴智和先生于 16 日清晨因心脏病病逝，颇为震惊，悲痛不止。当时我在西北旅行，遂即在我的博客“大鹏扶风”上向海内外学人报告了吴先生去世的消息。

又不久，吴门弟子连启元先生邮件相告，欲出版《明史研究专刊》（第十七期）纪念吴先生，特向我约稿。我像一个准备面见自己严厉老师的学生，认真写作，希望文章能得到吴先生的认可，最终递交的论文是《建武兴文：明代建武守御千户所建置考论》，选择这个题的原因，除了它是我长期关注的问题外，还因为吴先生曾指导过研究生谢忠志做过相关研究，也算是与吴先生的一次间接对话吧。稍后，在北京故宫博物院开会时，与中国文化大学美术系的吴美凤教授交谈，向她询问吴先生的情况，她说，吴先生的退职手续实际还没有办理完毕，突然离世，实在令人惋惜。

这年暑假，在山东蓬莱参加中国明史学会的年会，与吴先生的弟子连启元教授见面交流，得知吴门弟子很感念先生的恩德，余劲东的访学让吴先生有一种“得英才而教之”的快乐，他和几位仍然在从事明史研究的同门，也将会传承先生的学问。

附：吴智和先生的来信

彭勇教授如晤：

教授门下高弟劲东，此次来敝所学术交流，自首次见面而始，至今夜谢师宴止，前后不过四阅月。其间硕士学位研究主题、史料搜阅、大纲拟定、论文撰写等等学术研究历程，可以用“勤勉缜密，才堪造就”八字来形容，具见名师出高徒之不虚。当我在台北街头一家书店，看到贵著《明代班军研究》一书时，急着翻阅内容，深感敬服，不意数年后，教授的高足，却在我今年届退最后一学期在阳明山文化大学有一段学术缘分，而且也是敝所有史以来的第一位。

今夜谢师宴也是我离开文化大学的最后一夜，更是劲东束笈有得的丰收之旅。中央民族大学历史文化学院2010级硕士研究生，有如此卓越硕士导师以及如此勤奋硕士生，可谓难能可贵。明史学术研究之途，有两位未来可期之明史学人，在人生老中青三阶段中，得以相会，一切都是一个“缘”字。

下周始，至七月中，将打包杂什回罗东，其间将明史研究专刊、丛刊邮寄至贵院，请查收。劲东将回，托请转交此函。迟覆是歉！

吴智和

二〇一二.六.七

原发表于新浪博客“大鹏扶风”2013年9月7日。

忆王兴亚先生

2020 年 7 月 5 日，郑州大学历史学院退休教授王兴亚先生因病去世，当天下午从郑大历史系得知消息，有些意外，很难过，内心久久无法平静。虽然很长时间没有与王老师直接联系过了，但还时常关注他的身体和研究情况，从郑州的师友那里有机会就打听、了解他的状况。听说王先生前两年身体不太好，稍后恢复还不错，此后还时常有论著发表。没有想到，在 2020 年这个多灾多难之年，王老师也走了，享年 85 岁。

我 1988 年考入郑州大学历史系，王老师当时在历史研究所工作，系、所是楼上楼下，时常能遇到。我那时比较喜欢读书，在系所资料室、学校图书馆看书时，时常能碰到王老师，他和另一位时常泡图书馆的刘铭恕先生，都是瘦小身材，时间长了，印象很深，知道他们都是刻苦的读书人。等到我留校读研究生之后，因为读的是明清经济史方向，与研究明史的王老师的交流就更多了。读书期间，时常向王老师请教问题，还到过他家里，在书房里畅谈。读硕士期间我参加的第一次学术会议，就是王老师组织的河南省人才史学会的研讨会，他任该学会会长，他告诉我可以写论文参加。因为是人才史学会，我便递交了题为《试论多尔衮与汉族知识分子政策》的论文。文章撰写过程中，得到王老师的指导、修改，会上也有学者予以鼓励、肯定。

第一次参加学术研讨会，还免费吃住，很兴奋，会后就投到了南阳师范大学主办的《南都学坛》上，还有幸被采用发表了，《高等学校文科学术文摘》竟然还有观点摘要转载，真是喜出望外。编辑部刘太祥老师也很高兴，又约我写了一篇。在学术刚起步的时候，有王老师的帮助，很是感激。

硕士毕业后，本有意报考北师大顾诚先生的博士研究生，但时任郑州大学历史系主任的戴可来老师力邀我留校工作，加之夫人已在郑州工作，就决定留在郑州大学文博学院（当时历史系改称）工作了。此后几年，因我的硕士导师张民服教授主要研究明史，按照系里的学科发展定位，我的研究方向侧重在清代，研究的重点放在河南地方史上。其间，我跟随张民服老师参加撰写了《河南通史》（第三卷，明清部分），后来又参加撰写了《中原文化通史》（明清卷），再后来还主编了郑州大学出版社策划的旅游系列规划教材《中国旅游史》。王兴亚老师作为明清史领域、河南省著名的教授，自然成为这几部书稿的审读专家。王老师对明清时期河南地方史非常熟悉，涉及领域也广。他的评审意见时常会写很多页，字体小而工整（后来也有录入电脑的评阅意见），对书稿中的许多问题抓得准，分析透彻，无论是知识疏漏，还是逻辑思维，指瑕都极为中肯。

在郑州大学工作学习的 11 年间，多次聆听王老师的教诲，对他给予的帮助，至今感念心间。离开之后，王老师出版的书、发表的论文一直都在关注，包括像关于李岩家谱及其身世的研究和清代河南碑刻的整理，受益和启发都不少。王老师与我的导师顾诚先生也非常熟悉，他们都是研究明末农民战争史的专家。在北师大读书时，曾听顾先生谈到与王先生、栾星先生的交往，特别提到了李自成下落之谜的研究。美国学者戴福士先生几次到北京来，我们一起约饭聊天，王兴亚先生也是我们常聊到的。2014 年 11 月，戴福士先生专程到郑州、焦作考察，到了郑州大学，特别约见了王先生。因为戴福士先生也一直关注李岩问题，而王先生又是较早发现、利用并公布李氏家谱详情的专业学者。近些年，李岩之谜再次引起了海内外学术界的注意，与王先生的坚持和研究有很大关系。2020 年初，戴福士先生出版了他的关于李岩的专书 *The Mythistorical Chinese Scholar-Rebel-Advisor Li Yan, A Global Perspective, 1606-2018*（Leiden：Brill，2020），特别赠送我一本，我知道，这与王兴亚先生的发现和研究是密不可分的。

离开郑州之后的生活节奏越来越快，回过郑州几次，或参加统稿会，或参加研究生答辩会，或是同学会，因为交通便捷，大部分是当天往返，也没有留出时间去拜望先生，想想挺遗憾。虽然很少联系，但感恩一直在心里。听朋友讲，晚年的王老师在聊天时，提到 20 世纪 90 年代初郑大历史系明清史学科建设和发展，也会提到那几年我跟着他读书和学习的事情。很怀念那段美好的时光。人过中年，喜欢回忆，那些过往都成了美好，而现实的无奈和凄凉却不得不面对。

原发表于新浪博客“大鹏扶风”2020 年 7 月 22 日。

忆王天有先生

最后一次见王天有老师，是 2012 年暑假的 8 月 23 日，在故宫博物院建福宫召开的“明代宫廷生活史”学术研讨会上。当时，王老师受邀做主旨发言，他仍旧是那样的风趣，谦和之中不乏大气，开场白很有意思：“每次来开会，都要讲点什么，去年的明宫史会上讲的，据说还引起了大家的反响和争议。”王老师说的是 2011 年末，同样由他的门生赵中男先生召集的明代宫廷史会议，当时王先生讲到了对“宫廷史”的理解，讲到了“前朝后寝”的理念，讲到辛亥百年后的帝王思想阴影不散等等。像许多次会议一样，王老师的朋友多，前来聊天的也多，我倒没有急于“凑热闹”。可惜这次会议还没有来得及与王先生“私聊”，到下午才注意到，王老师已离会了。

王老师的论著，在读本科时就有阅读，但真正认识王老师，还是在 2004 年夏季我的博士论文答辩会上。王老师受邀担任评审和答辩委员。查阅收藏的当年答辩纪录，还可见王老师对拙著的基本评价，论文评定为优秀。6 项评分中，创新性和难度为 92 分，选题、文献、理论和能力为 90 分。他认为，学界过去对军事史的研究多是描述性的，真正研究者不多，吴晗对此问题多有关注，但《明史·兵志》比较差，明代军事史研究有待深入，他的博士生李新峰就选择做了明前期的兵制。王老师对论文写作的具体意见有：第一，在班军制度的管理中，兵部等六部也有司、科参与，可慢慢解决；第二，班军制度在各方面的影响，现存材料批判的多，出现了问题才“纪录”，但制度存在肯定有合理的一面，这要注意，比如捐纳、赎刑等“弊政”之中的“合理”一面。他提出的问题是：“明朝军事制度受元朝影响更多一些，具体有哪些方面？”当时的答辩场面还比较轻松，尤其是当王思治先生让我解释一下“班军制度”中的“制度”，什么是“制度”，制度有哪些属性时。我认为思治先生问题背后应该有别的意思，因为我的论文对班军制度的基本属性有归纳，但何谓“制度”，我确实没有从理论层面做过系统的思考。在简短问答之后，我径直向王天有老师发问：“王老师，您一直从事制度史的研究，我想请问您指导的吴艳红的博士论文，为什么称‘明代充军研究’，而没有称‘充军制度研究’，不加‘制度’二字，当时有什么考虑。”当时在场的老师和同学都笑了，在这样严肃的答辩场合，出现学生向答辩老师发问的情况，我不知道在其他的答辩会上是否存在，但我在当时那种场合下竟然就问了。王老师没有怪罪，而是讲了他当年写《明代国家机构研究》的想法，并说称“充军制度”也是可以的。当时的场面，至今让我感动。

答辩结束后，王老师知道我将留在北京工作，他一再鼓励我踏踏实实做学问，并让我尽快把论文中考据味道最浓的“京操班军来源卫所考”修改出来，发表在他主编的《明清论丛》上。感谢他的指导，这篇 2 万多字的论文很快就发表出来了。毕业前夕，王老师还应邀到北师大做学术报告，内容是“明代政制问题”，但海报却打印成了“政治”。这次报告中间，王老师随口说起，许多人愿意请他作报告、当评委等，因为他很能理解人家的难处，理解学生的不易。这一点，我在王老师去世之后，他的同事罗新教授在微博的纪念中能看得出来，罗教授同样对王老师的宽厚仁慈予以高度评价。我对王老师的博学、宽厚，也有了更深一层的认识。

自2004年毕业之后，我与王老师的交往主要是通过明史会议，以及同在京城的便利，每年会有两三次小范围的见面。印象比较深的有好几次。一次是他受万明研究员之邀，到中国社科院历史所明史室演讲，讲的内容是“关于明史研究的几个问题”，是明史研究中争议颇多的问题，比如，如何认识明代的宦官专权、帝王怠政与国家权力运行之间的关系。王老师认为，宦官不都是坏的，也有发挥积极作用的；帝王怠政的另一个侧面也反映了国家制度可以正常运行。在几次明史学会主办的国际学术研讨会期间或学术考察之际，曾向王老师请教明清易代问题，当下乃至民国以来对明史的“腐朽性与先进性”评价问题，他短短几句分析，能让人茅塞顿开。其实，从老一辈学者身上所学到的，更多的是他们治学的态度和接人待物的风范。

王老师给人最大的印象是博学多思，既有对重大问题的思考，也有对具体问题的关注，听他的报告或者与他聊天，让人感到“听君一席话，胜读十年书”，能让人宏观地看待历史问题、准确地把握历史的细节。有几年，王老师因忙于行政事务，参加明史学会的会议少了，他开玩笑说：“再不来开会，就要被开除了。”每次会议，王老师都是大家“请教”的对象。记得南京明史会时，我本想找王老师聊天，一进他房间，有一位湖南青年学者正在请王老师指教新著，这样的例子还有很多。

王老师为人非常谦和，关心他人，颇有君子之风。王老师作为北大历史系的掌门人，他的好，自有他的同事和学生去评价。每次见到王老师，他都会嘘寒问暖，更重要的是多有鼓励。有一次见王老师，他说："你的明代润笔那篇文章写得不错。"我当时很惊诧，王老师竟然还注意到了那篇小文章。还有一次，王老师说："彭勇，要请客了！你那《天朝落日》挣了不少钱吧！"这真让我吓了一大跳，我主编有两本通俗历史读物，明史学界的同仁一本也没有送，我认为是面向普通大众的读物，没有必要分散专业人士的精力，也怕大家批评我"不务正业"。没有想到，王老师竟然知道我编著了这么一本书！前几年，还能从明史界朋友那里知道，王老师对我的研究表示过赞赏，这真是莫大的鼓励。他也曾不止一次提过，做了多年的行政职务，"武功废了"，那是王老师的谦虚。但长期担任行政职务，严重影响到了专业研究，我也担任多年行政职务，虽然不能与王老师的工作量相提并论，但对行政事务严重影响科研是深有体会的。王老师在繁忙的行政、教学和研究之余，还能注意到这样的小事情，真让人惊叹。

以我近年研习明史的体会，明史学界恰是有像王老师这样一批提携后学的长者，让中国明史学会中的同仁们能够和睦相处，年轻人也能从中得到很好的帮助和训练。如今王老师的许多弟子已成为海内外明史学界的中坚力量，传承他的学术和思想，愿王老师含笑九泉。

原发表于新浪博客“大鹏扶风”2012年12月9日。

床头一本书

自从入大学开始，枕边经常就放一本书。这书或十天半个月，或一两个月换一次；床头书的种类，随着年龄和兴趣的变化在不断替换，但总是有一些不变的东西在里面。每天晚上，洗漱完毕，上了床，便把书从枕头下取出来，把枕头竖起来，或塞一个厚厚的靠背，或倚在床头，或靠在墙上，然后怡然打开，接着昨天的内容美滋滋地读起来。

读书是读者与作者进行的心灵对话，卧床看书，时间或长或短，但书一定要精于选择。入睡前的“对话”，言语要平和，格调要高雅，带着超然的心态，去细细品味，然后呷着书的余香进入梦乡。

床头书是一首催眠曲。不知自己失眠始于何时，但自从有了失眠，“培养睡意”也就成了每天晚上的头等大事。生活在集体宿舍里，由于统一的作息时间，想靠读书培养睡意也颇为不易——需要一番计较才能达到催眠的效果——要比别的同学提前上床；又如，隔三岔五的“卧谈会”，高谈阔论间，把刚刚培养的些许睡意冲得荡然无存，还要再打开收音机或复读机，重新召唤睡意。博士入学第一学期，因为有英语过关考试的压力，所以床头书多为英语书，那时候看得最多的是王焱华教授的《研究生英语听说教程》，还有就是 *Reader's Digest*，再配以似懂非懂的英语磁带录音，常常在哈欠连连中进入梦乡。有时半夜被室友的鼾声吵醒，或者刚刚想入睡，室友的鼾声已经响起，便顺手把床头书扔到他的床上，室友口中喃喃自语，翻个身，鼾声也就停下来，自己也可以借此机会入睡。

床头书是一味镇静药。工作 6 年之后重新当起学生，内心世界里充满了太多的思绪与杂念，心境也纷乱如丝。每天在学校库本室、古籍部或国家图书馆分馆抄地方志、档案或缩微胶卷，到晚上十一点，早早上床，摸出枕头下面的书，换换脑子。这一时期的床头书多是一些学术大师的人物传记或回忆录，如陆键东先生的《陈寅恪的最后二十年》、何世进先生《吴宓的情感世界》、季羡林先生的《牛棚杂忆》、于光远先生的《文革中的我》等，有的是重读，有的是初次阅读。每天或三五十页，或十页、八页，精彩处或有所顿悟，便夹上小纸条，第二天把趣事或心得体会写在学习笔记里。心也随着大师们的学问人生、坎坷经历、轶闻趣事一起跳动。想一想也是，与他们相比，我们所处的学习与生活环境是何等的优越，有什么心结不能消解呢。

床头书是一盏长夜孤灯。在撰写学位论文最紧张的两三个月里，我差不多天天封闭在宿舍里组织材料，整理思路，除了食堂就是宿舍。虽然每天仍然是 12 点钟熄灯，但往往到凌晨 2 点还无法入眠，到早上 6 点钟，窗外乌鸦的叫声会准时把我叫醒。夜复一夜，陪伴我的是学院路上稀稀落落的车来车往和身边室友细微的呼吸声，我担心我的眼疾——虹膜睫状体炎复发，到校医院请求开一些镇静的药。医生听了我的陈述后说，你还年轻，不要吃安眠药，吃点调节神经的药就行了。她接着说，历史系有位老师几十年就是靠安眠药助眠，前不久因病去世了。我告诉她，那位老师就是我的导师。大夫说，她家原来就住在我导师家前面那幢楼，那时候一直很惊奇对面一家房间里的灯一直是亮着的，晚上睡觉时是亮的，半夜到卫生间灯是亮的，早上起床时发现灯还是亮的。后来才知道老先生是夜间看书，白天睡觉。我心里想，先生本来就是一盏长夜孤灯。

大约一个月前，一位外地的朋友来看我，我们到师大南门“绿叶缘”饭店吃饭，因朋友要坐晚上十点钟的火车回，长夜难熬，吃完饭，我们拐进附近一家书店，想给朋友买本书以作消遣。很快我的目光被一本封面素淡、嵌有一张老照片的书吸引——《我们仨》，我知道这是一本关于“提起名字就会让人肃然起敬的学界前辈”的书，毫不犹豫买了两本，一人一本。在此后的数日里，不足十万字的书我一读再读，每遍都能品出不同的甘苦。“高山景行，私所仰慕”，我不想在此对书、人、事做出评价，我知道，这部书需要用一生去品味。

现在我依然失眠，但似乎早已习惯了子夜时分窗外汽车的轰鸣和凌晨时分乌鸦的嘈杂，我常常在黑夜里一动不动地盯着窗外昏黄的灯光，静静地躺着。《我们仨》就放在枕头边，它宛如漫漫长夜里的一盏孤灯，陪我等待新的一天……

原刊于《北京师范大学校报》2004年2月文艺副刊。